2021本格ミステリ・ベスト10

探偵小説研究会 編著 原書房

CONTENTS

COLUMN

2020 国内本格ミステリランキング

1 透明人間は密室に潜む

阿津川辰海

光文社 ［得票点数：235］

2 蟬かえる

櫻田智也

東京創元社 ［得票点数：166］

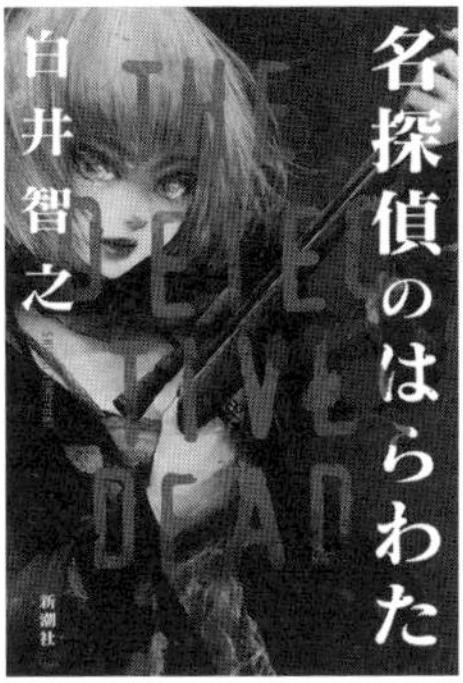

3 名探偵のはらわた

白井智之

新潮社 ［得票点数：157］

4 楽園とは探偵の不在なり

斜線堂有紀

早川書房 ［得票点数：136］

4 たかが殺人じゃないか

辻 真先

東京創元社 ［得票点数：136］

6 ワトソン力

大山誠一郎

光文社 ［得票点数：135］

7 欺瞞の殺意

深木章子

原書房 ［得票点数：95］

8 鶴屋南北の殺人

芦辺 拓

原書房 ［得票点数：74］

9 法廷遊戯

五十嵐律人

講談社 ［得票点数：47］

10 エンデンジャード・トリック

門前典之

南雲堂 ［得票点数：45］

2020 国内本格ミステリランキング

11 ジョン・ディクスン・カーの最終定理

柄刀 一　**創元推理文庫**［得票点数：44］

12 立待岬の鷗が見ていた

平石貴樹　**光文社**［得票点数：43］

13 幽霊たちの不在証明

朝永理人　**宝島社文庫**［得票点数：41］

14 汚れた手をそこで拭かない

芦沢 央　**文藝春秋**［得票点数：33］

14 揺籠のアディポクル

市川憂人　**講談社**［得票点数：33］

14 巴里マカロンの謎

米澤穂信　**創元推理文庫**［得票点数：33］

17 プロジェクト・インソムニア

結城真一郎　**新潮社**［得票点数：32］

18 あの子の殺人計画

天祢 涼　文藝春秋［得票点数：31］

19 赤ずきん、旅の途中で死体と出会う。

青柳碧人　双葉社［得票点数：30］

20 うるはしみにくし あなたのともだち

澤村伊智　双葉社［得票点数：28］

21	Another2001	綾辻行人	KADOKAWA	[27]
22	オレだけが名探偵を知っている	林 泰広	光文社	[26]
23	ノッキンオン・ロックドドア2	青崎有吾	徳間書店	[23]
24	五色の殺人者	千田理緒	東京創元社	[20]
25	同姓同名	下村敦史	幻冬舎	[18]
26	向日葵を手折る	彩坂美月	実業之日本社	[17]
26	世界樹の棺	筒城灯士郎	星海社	[17]
28	死者と言葉を交わすなかれ	森川智喜	講談社タイガ	[16]
28	修羅の家	我孫子武丸	講談社	[16]
30	赤い部屋異聞	法月綸太郎	KADOKAWA	[15]
30	これはミステリではない	竹本健治	講談社	[15]
30	探偵は御簾の中	汀こるもの	講談社	[15]
30	ビブリア古書堂の事件手帖Ⅱ	三上 延	メディアワークス文庫	[15]
30	デルタの悲劇	浦賀和宏	角川文庫	[15]

作家別得票

1	阿津川辰海	[27]
2	櫻田智也	[20]
3	白井智之	[19]
3	斜線堂有紀	[19]
5	辻 真先	[16]
6	大山誠一郎	[17]
7	深木章子	[11]
8	芦辺 拓	[10]
9	五十嵐律人	[6]
9	門前典之	[6]

選出方法：対象作品は2019年11月から2020年10月（奥付）までに発行された本格ミステリ小説の新刊作品。「本格」の範囲は各回答者に一任し、11月4日までに寄せられたアンケートの1位～5位（10点～6点）にもとづいてランキングを決定した（回答が順不同の場合は一律8点を、その他変則的な回答もこれに準じて対応した）。

2020

国内本格ミステリ・ランキング総評

本年はコロナ禍が世界を覆い、舞台・映画などのエンタメ業界も大打撃を受けた。小説界への影響はそこまでではないが、沈鬱な空気を吹き飛ばす作品が並んだのは喜ばしい。

混戦の中、一位を獲得したのは阿津川辰海『透明人間は密室に潜む』。ランキング上位常連の新鋭が趣向に富んだ短編集でついに戴冠。二位の櫻田智也『蟬かえる』はポスト泡坂から著者独自の作風に羽化したことが評価されてか、前作の二十九位から大幅に順位を上げた。白井智之『名探偵のはらわた』は犯罪実話をエンタメ本格として呑み込む新たな領域へ突入して、自身最高の三位に。斜線堂有紀は多作作家でありながらも、勝負作で四位という大金星を上げた。新鋭が上位を席巻する中、大ベテラン辻真先が著者にしか書き得ない『たかが殺人じゃないか』で四位タイを獲得。「辻真先」としての最高順位を更新した。十二位の平石貴樹、三十位の竹本健治ら、新本格以前から活躍しているベテラン作家の活躍は心強い。大山誠一郎は軽妙なパズラーで六位に。大山はデビュー以来六作連続ベストテン入りという快挙を成し遂げた！深木章子『欺瞞の殺意』は渾身の多重解決もので自身最高の七位。実力派作家芦辺拓は八位。六年ぶりのトップテン入りというのは意外であった。今年の本格ミステリ新人王は九位の五十嵐律人『法廷遊戯』。完成度の高さと趣向が票を集めた結果だろう。他の新人作家に、このミス大賞関係のデビュー作として初ランクインの朝永理人や、鮎川賞受賞作家千田理緒、ミステリデビューを果たした筒城灯士郎が続く。トップ三十には入らなかったが城戸喜由の潜在能力は計り知れない。

十位の門前典之は本格の極北を行く作家ながら、実は初のトップテン入りだ。十一位の柄刀作品は傑作短編の長編化だが、全く違った読後感に。十四位の芦沢央短編集は「埋め合わせ」の出来に圧倒される。米澤作品は十一年ぶりの小市民シリーズ新刊。結城真一郎の飛躍に加え、市川憂人・天祢涼・青柳碧人・澤村伊智らも実力を遺憾なく発揮した。

　二十一位以降の作品についても触れていく。新本格一期生、綾辻行人・我孫子武丸・法月綸太郎・歌野晶午が相次いで作品を刊行したが、本格に特化した作品がないからか、上位には食い込めなかった。だが著者の特長が出た作品ばかりで、本格ファンにもオススメ。下村敦史『同姓同名』は主要登場人物全員が同姓同名の傑作社会派本格。デビュー作以降ランキング上位には絡んでいないが、一作一作大きく飛躍し、本格界でも要注目だ。常連作家以外のランクイン作はいずれも著者の代表作となり得る佳作ばかり。汀こるものは初のランクイン。久々のランクイン組は十八年ぶり長編の林泰広を筆頭に、彩坂美月・森川智喜・三上延が並んだ。最後に、浦賀和宏の余力と可能性を十二分に残した中での訃報は衝撃だったが、十九年ぶりの三十位以内ランクインに少し救われる思いである。（嵩平）

1

透明人間は密室に潜む

阿津川辰海

光文社

二〇二〇年四月　一八〇〇円（本体）［長編］

装画／青依青　装幀／泉沢光雄

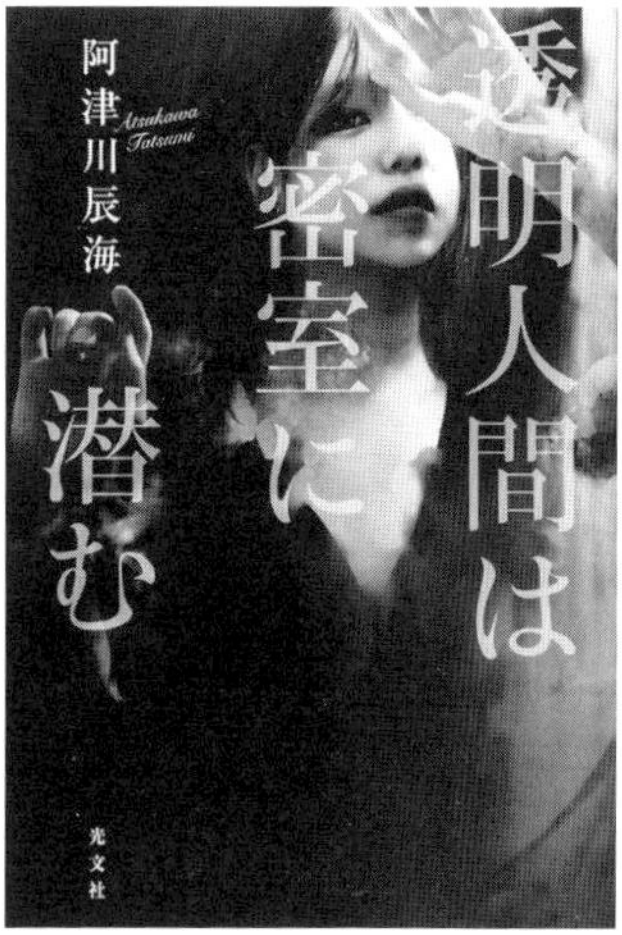

**本格の魂は継承されていることが
本作の第一位を持って
証明された**

二〇一七年、阿津川辰海は『名探偵は嘘をつかない』で新人発掘プロジェクト「KAPPA-TWO」に選ばれデビューした。本ランキングでは、デビュー作で三位、第二作『星詠師の記憶』は六位、第二十回本格ミステリ大賞の候補作にも選ばれた第三作『紅蓮館の殺人』は三位にランクインし、気鋭のなかでもめきめきと頭角を現している。

もはや新本格ムーブメントあたりに生誕した若手作家は、レアケースではない。阿津川はその世代よりもさらに後の一九九四年生まれ。さらに下の世代が先駆者たちと肩を並べ、同等に評価される時代になってきた。逆に上の世代から見たら、弟子たちとランキングを競う状況である。双方のプレッシャーは計り知れないが、いずれにせよ、ジャンルに歴史的価値が生み出されたことは「よきかな」の一言に尽きる。

栄えある一位を獲得した本書『透明人間は密室に潜む』は、四つの独立した短編を集めた作品だ。ある程度のベテランでないと、何かしらつながりのある連作短編集でなければ一冊の本として出版するのは難しい状況である。その現状に打ち勝って世に出たことは非常に喜ばしい。

表題作「透明人間は密室に潜む」は、細胞の変異により全身が透明になってしまう病気が流行っているという状況における密室殺人を描く。主人公は、十数年前から透明人間病に罹患している人妻だ。彼女は透明人間病の研究家で、新薬開発をしている大学教授を殺害しようと決意する。シミュレーションを重ね、ついに目的を遂行できたのだが、実行現場に人が入ってきてしまった。

「六人の熱狂する日本人」は、アイドルグループのファンの間で起きた殺人事件について、六人の民間裁判員たちが評議を行うワンシチュエーションもの。容疑者も犯行を自供しているため、簡単に評決できると思われていた事件が、評決直前の最終審議で覆されていく。

「盗聴された殺人」では、異常に聴覚の優れた探偵事務所の女性社員がワトソン役を務める。浮気調査のために仕掛けた盗聴器に殺人の場面が録音されていた。すぐに容疑は晴れたものの、所長は沽券に関わると独自で調査を開始する。音を手がかりに謎を解く過程が見事だ。

「第13号船室からの脱出」では、豪華客船で行われる一泊二日の脱出ゲームのテストプレイ中に、リアルの誘拐事件が起きてしまう。ゲームと現実を交差させる珠玉の一編である。

本格ミステリの定義は人によって異なるが、大まかに共通している概念は、謎が生じて、謎を解く筋道が提示されていて、読み手も真相にたどり着けるという要素を含んだ作品である。そこに書き手独特の演出が加わって、個々の何らかの評価基準が生まれる。かつて触れた作品に影響を受け、その形式に則って新たな作品を生み出すという流れは、最初の推理小説エドガー・アラン・ポー「モルグ街の殺人」から受け継がれた本格ミステリの伝統だ。だが、作品数が膨大になるにつれ、トリックは出尽くし、新たな発想を生み出すことが困難になっている。

本書における阿津川の進んだ道のひとつは、過去に敬愛した作品の素材を組み合わせることだった。要は、好きな要素をふんだんに盛り込む手法を用いている。

あとがきにもあるように、表題作はG・K・チェスタトン『ブラウン神父の童心』に収録された「見えない男」とテレビドラマ「刑事コロンボ」に代表される倒叙ものを取り入れている。透明人間に視点を置き、当人にしか分からない日常生活を描くことによって、犯罪が成り立つ「仕組み」と当人でも気付かない「盲点」を確立させた。シチュエーションから入り、プロセスを楽しませる作風は、本格ミステリの面白さは推理の過程にあるということを明示している。

後半では、批評の精神からオリジナリティを生み出している。第三話はテレビドラマ「古畑任三郎」の「絶対音感殺人事件」で生じた疑問に対する阿津川なりの解答だ。それが如実に表れた最終話は、どんでん返しのためだけのミスリード問題が含まれることもある謎解きゲームの仕組みに対し、意外性だけが本格ミステリの魅力ではないと示すかのごとく、「説得力のある真相」という様式美をもって、本作を締めくくっている。

過去作のリスペクトから新たな作品を生み出すことも本格ミステリの特色だが、かつて定義問題から論争が起きたこともある。そのときに行く末の心配された本格の魂は継承されていることが、本作の第一位をもって証明された。（羽住）

2

蟬かえる

櫻田智也

東京創元社

二〇二〇年七月　一六〇〇円（本体）［連作短編集］
装画／河合真維　装幀／岩郷重力＋WONDER WORKZ。

**伏線を物語の中に
自然に溶け込ませる巧みさは
泡坂妻夫にもひけをとらない**

二〇一七年のデビュー短編集『サーチライトと誘蛾灯』から三年弱、櫻田智也と彼の生み出した昆虫オタクの名探偵・魞沢泉《えりさわせん》が帰ってきた。

　前作は一昨年の本ベスト10では二十九位に留まったが、第二作となる本書でなんと一気に二位へとジャンプアップ。しかしこの結果が意外でもなんでもないことは、本書を一読すればたちまち了解されるだろう。いずれ劣らぬハイレベルな五編が揃った短編連作である。

　巻頭の表題作は、十六年前に震災に見舞われた山形県が舞台。当時ボランティアで被災地に入っていた糸瓜京助《へちまけいすけ》は、その最終日に神社で少女の姿を見かける。その少女の姿は、震災で行方不明になっている少女の特徴と一致した。そして神社の池を捜索すると、少女の遺体が発見される。糸瓜が見たのは、少女の幽霊だったのか？　十六年後、再び被災地を訪れた糸瓜は、そこで昆虫食研究者の鶴宮と、同行者の魞沢に出会う……。

　第二話「コマチグモ」は第七十三回日本推理作家協会賞候補作。団地の一室でシングルマザーが後頭部をテーブルの角に打ち付け意識不明となり、団地から二百メートルほど離れた交差点でその娘が交通事故に遭った。いったい何が起こったのか？　刑事の桂木が現場近くにいた不審な男に声をかけると、魞沢泉と名乗った男は「彼女を車に飛び込ませたのはぼくなのかもしれません」と言い……。

第三話「彼方の甲虫」では、前作収録の「ホバリング・バタフライ」に登場した瀬能丸江《せのうまるえ》が再登場。丸江のペンションに招かれた魞沢は、中東出身の青年、アサル・ワグディと出会う。アサルの持つ甲虫のアクセサリーをきっかけに三人は親しく言葉を交わすが、翌日、アサルは遺体となって発見された……。

第四話「ホタル計画」の語り手は、一般向けサイエンス雑誌の編集長・オダマンナ斉藤。常連投稿者の少年・ナニサマバッタから、「繭玉カイ子さんがいなくなった」と連絡を受け、北海道に向かう。かつて斉藤が面倒を見ていたが、五年前に姿を消した昆虫ライターのカイ子は、北海道で水田にホタルを取り戻す計画を進めていたという……。

第五話「サブサハラの蠅」では、魞沢の旧友である医師の江口が語り手となる。〈越境する医師たち〉としてアフリカで活動してきた江口は、十数年ぶりに再会した魞沢と旧交を温める中、アフリカで直面した伝染病〈アフリカ睡眠病〉について語り始める。中東の友人を亡くしたという魞沢と同様、江口もまたアフリカで大切な人を亡くしていた……。

以上五編は、できれば収録順に読んだ方がいいだろう。筆者としては、普通はそっちを軸にするだろうネタを敢えてメインに据えないことで驚きと余韻を両立させた「ホタル計画」を集中のベストに推したいが、読者によってどれがベストに推されてもおかしくない。

法月綸太郎は本書の帯に「ホワットダニット（What done it）ってどんなミステリ？ その答えは本書を読めばわかります」という推薦文を寄せたが、その言葉通り、本書の収録作では、「何が起きたのか」という謎に対し、それまで語られていた物語の中から、「本当は何が起こっていたのか」という意想外の真相が浮かび上がってくる。そのため、各編ともミステリとしての見所を解説することが非常に難しく、何を解説してもネタバレになり得るため、あらすじを紹介することしかできない。ひとつ言えるのは、物語の全てが真相の伏線であるということだ。伏線を物語の中に自然に溶け込ませる巧みさは、著者が敬愛してやまない泡坂妻夫にもひけをとらない。

第十回ミステリーズ！新人賞を受賞した櫻田のデビュー作「サーチライトと誘蛾灯」は、その泡坂妻夫リスペクトぶりが微笑ましい佳作だった。本書でもあらゆる描写に伏線を詰め込んでいく技巧は泡坂作品のそれを踏襲しつつも、「火事と標本」など、前作後半の収録作で見られた、一個人の切実な思いが生み出してしまった結果と、それが残すやるせなさを引き立てる作劇がさらに進化している。「彼方の甲虫」で異邦の友人を喪った痛みや、「ホタル計画」で語られた過去によって、名探偵・魞沢泉は、ブラウン神父とも亜愛一郎ともベクトルの異なる魅力を手にした。

泡坂フォロワーという殻を破り、著者独自の作風が花開いた——いや、この著者の場合は蛹から羽化し力強く羽ばたいた、と言うべきか。本書で人間的な魅力がぐっと深まった魞沢泉は、令和を代表する名探偵キャラクターになるかもしれない。今から次作が楽しみだ。（浅木原）

3

名探偵のはらわた

白井智之

新潮社
二〇二〇年八月　一七〇〇円（本体）［長編書き下ろし］
装画／遠田志帆　装幀／新潮社装幀室

ふざけているようで
生真面目であることが
独特なおかしみを醸し出す

探偵事務所の助手である原田亘《はらだわたる》は、交際しているみよ子から、自分の父は暴力団の組長だと打ち明けられる。その動揺を抱えたまま、彼は岡山県の神咒寺で起きた放火事件の捜査にむかう。彼の上司である浦野灸は警察に協力して多くの難事件を解決してきた名探偵だった。だが、浦野は頼られる存在であるゆえに他にも事件を抱えており、助手が一人で動かざるをえない場面が増える。やがて、真相が判明したと思えたが……。

白井智之『名探偵のはらわた』の最初の章「神咒寺事件」は、このように展開していく。原田亘の通称は姓名を略して「はらわた」。また、怪我をした浦野に対し「名探偵の腸《はらわた》だ」とのセリフがもらされる場面もある。だが、「はらわた」は、言葉として出てくるだけでなく、この作品の性格を示唆しているように思う。

邦題に「はらわた」と入ったホラー映画が、いくつか存在する。『悪魔のはらわた』（一九七三年）ならば死体から人造人間を生むフランケンシュタインものの一作だ。また、『死霊のはらわた』（一九八一年）は、復活した死霊に襲われると同類になってしまう、ゾンビものに近いパターンの話だった。どちらも身体損壊のインパクトでショックを与えるスプラッターホラーの有名な作品である。

そして、『名探偵のはらわた』も、復活を主題にした小説なのだ。やがて作中では、過去の凶悪殺人犯が次々に鬼になって蘇り、名探偵と対決することになる。

様々な名探偵が揃ったらどうなるだろうという夢想のもと、サム・スペード、エルキュール・ポワロ、ミス・マープル、チャーリー・チャンなどがモデルのキャラクターが出てくる映画『名探偵登場』（一九七六年）のような趣向は、小説でもしばしばみられる。逆に既知の暴れ者が多数現れるゴジラ・シリーズの『怪獣総進撃』（一九六八年）みたいなパターンもある。悪者の出現が相次ぐ『名探偵のはらわた』は、後者に近い。

本書の目次をみると「神咒寺事件」に続く章は、「八重定事件」、「農薬コーラ事件」、「津ヶ山事件」となっている。どこかでみた字面だと思う人も少なくないだろう。最初の章以外の事件は昭和の事件をもじって命名されており、実際の出来事をアレンジした七つの事件が、物語の開始前にまず紹介される。

このうち、「津ヶ山事件」と「青銀堂事件」は横溝正史が『八つ墓村』、『悪魔が来りて笛を吹く』でそれぞれ題材にした津山事件、帝銀事件がモデル。「八重定事件」は、女が恋人の局部を切断して持ち去った阿部定事件を下じきにしている。そのほか、「玉ノ池バラバラ殺人事件」は玉ノ井バラバラ殺人事件、「椿産院事件」は寿産院事件、「四葉銀行人質事件」は三菱銀行人質事件、「農薬コーラ事件」は青酸コーラ事件に対応している。ミステリ好きには、わりと知られた事件ばかりだろう。

普通のミステリであれば、塩田武士が『罪の声』でグリコ・森永事件をモチーフにして行ったように過去の事件の背景を想像したり、横溝のように実在の事件から着想を得た先に新たな物語を展開したりするだろう。だが、本作では過去の殺人鬼が現代に出現するだけでなく、当時のやり口で凶行を繰り返すのだ。人が復活するだけでなく、事件全体が蘇るとんでもない状況だ。津山事件の都井睦雄の「思う様にはゆかなかった」という言葉がエピグラフになっている通り、なかでも「津ヶ山事件」の扱いが大きい。大勢被害者が出る。異様な敵に対峙する〝名探偵〟も異様なものになる。主人公の恋人の設定からして、当然、暴力団もストーリーにかかわってくる。なんとも盛りだくさんでにぎやかな内容だ。

ただ、食用クローン人間や人面瘡など猟奇的なモチーフを何度も書いてきた著者にしては、グロテスク描写は抑えめ（あくまで〝当社比〟的にだが）。過去の出来事が現在に流れこむ特殊設定ならではの仕掛けが施されているだけでなく、もっと普通のシチュエーションでも使えるのにと思うトリックも挿入される。いろいろな角度から多くのネタが用意されているのだ。奇抜な設定ではあるが、律儀に本格ミステリにとりくんでいる。ふざけているようで生真面目であることが、独特なおかしみを醸し出す。そうした著者の持ち味が存分に発揮された作品だ。

本の外の現実世界では理屈の通用しないことが多い。ところがこの小説では、とんでもない現象が起きていても、理屈が通る世界になっている。しかも主人公は、事件に立ちむかうことで頼りない助手から一人前の探偵へと真っ当に成長していく。読後感は意外によい。（円堂）

4

楽園とは探偵の不在なり

斜線堂有紀

早川書房

二〇二〇年八月　一七〇〇円（本体）［長編書き下ろし］

装画／影山徹　装幀／内川たくや（ウチカワデザイン）

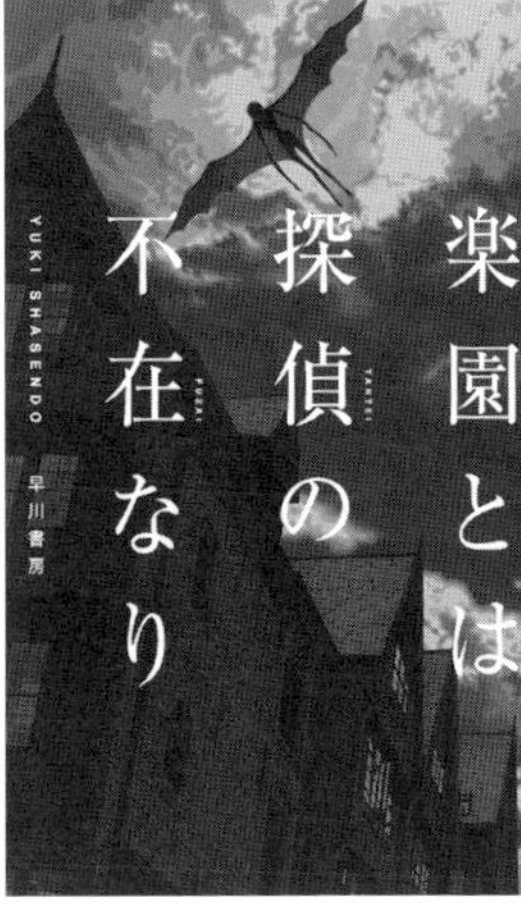

天使が人間社会に齎《もたら》したルールは
不条理そのものだが
それが謎解きと密接に絡んでいる

天使と聞くと、大抵のひとは背中に二枚の翼がある美形か、キューピッドに似た子供の姿を思い浮かべるだろう。しかし、キリスト教における上位の天使である熾天使《セラフィム》や智天使《ケルビム》は複数の翼を持つ異形の姿とされているし、アルブレヒト・デューラーの版画「書物を呑み込むヨハネ」に描かれた天使は『ヨハネの黙示録』の記述に準拠した奇怪なものだ。文芸の世界でも、パトリック・マグラアの短編「天使」や山尾悠子の『夢の棲む町』などには、極めて禍々しいイメージの天使が登場している。

斜線堂有紀の長編『楽園とは探偵の不在なり』に登場する天使も、冒頭一行目からいきなり不気味なイメージで読者に衝撃を与える。もし目の前に現れたら、天使よりは悪魔だと思うひとのほうが多いに違いない。

作中の世界は、この天使の出現によってすべてが一変した。五年前、地上に大量に降臨した天使たちは、二人殺した人間を（どんな理由があろうとも）問答無用で地獄に堕としはじめた。しかし何故か、殺した人数が一人の場合は何の罰も受けずに済むのだ。一人ならよくて、二人なら厳罰を受ける理由とは何なのか。だが天使たちは何も語らず、不条理なルールだけが人間社会に定着してゆく。

それでも、二人も殺すような悪人が地獄行きになるのは結構なことではないか……と思うかも知れない。だが、天使の降臨以降、一人までなら殺しても罰を受けないなら殺したほうが得……と考える者や、どうせ地獄に堕とされるなら出来るだけ多くの人間を道連れに……とテロに走る者が続出し、人間社会の倫理は一変してしまったのだ。その煽りを食らったひとりが、私立探偵の青岸焦《あおぎしこがれ》だ。天使の裁きによって、探偵という職業の存在意義が薄弱化したのみならず、ある事件によって、自分が大切に思っていた存在を喪ってしまったのである。

傷心の彼は、常木王凱《つねきおうがい》という大富豪から招待を受ける——「常世島《とこよじま》に来ないか、青岸さん。その島で我々は、天国の有無を知ることが出来る」という謎めいた言葉によって。天使という存在に憑かれた常木は、天使たちが集まる孤島・常世島に建つ館で暮らしていた。常木と三人の使用人、青岸を含む四人の招待客、そして招かれざる客の記者——計九人が館に集まったが、そこで殺人事件が発生する。そして犠牲者がまた一人、そしてもう一人……。連続殺人が不可能になった筈の世界で、犯人はどのようにして人々の命を奪い続けているのか。

……というあらすじからわかる通り、本書は近年大流行中の特殊設定ミステリである。天使が人間社会に齎《もたら》したルールは不条理そのものだが、それが謎解きと密接に絡んでいることが本書の美点で、特に後半に起きるある事件での天使の使い方などは、本格ミステリ的なセンスに溢れている。

そして本書は、探偵の存在意義をめぐる物語でもある。世界の倫理そのものが丸ごと変容してしまった時に、それでも不可解な謎に挑み続ける青岸焦の姿は、迫り来る山火事の中で役割を全うしようとする阿津川辰海『紅蓮館の殺人』の高校生探偵・葛城輝義や、間もなく世界が終わりを迎えるのに刑事であり続けようとするベン・H・ウィンタース『地上最後の刑事』のヘンリー・パレス、あるいは連合軍の空襲により夥しい屍が転がるベルリンで連続殺人の捜査に従事するハラルト・ギルバース『ゲルマニア』のユダヤ人の元刑事オッペンハイマーらを彷彿させるものがある。

「Webジェイ・ノベル」掲載の井上真偽との対談で、著者は「個人的な希望なんですけど、不条理な中でも考えることを諦めなかった人間は、世界を変えられる力はなくても少し報われたらいいなと思いながら書いています」と述べている。青岸焦の姿は巨大な不条理の前でも抗い続ける人間の象徴であるからこそ、本書は多くの読者の共感を得たのかも知れない。また、天使が裁きを下す世界という設定自体はまだ他にも使い道がありそうなので、シリーズ化が期待される。

著者の斜線堂有紀は、『本格ミステリ・ベスト10』では今回が初ランクイン。ライト文芸から登場した期待の新鋭で、今年度の作品では『詐欺師は天使の顔をして』も特殊設定ミステリだった。こちらは、誰もが超能力を使える街などの複数の異世界を遍歴しながら元相棒を追う詐欺師の物語。城平京『虚構推理』風の詭弁的推理や、異世界ならではの不思議なトリックが楽しめるし、宿命的な関係の相手に向けた執心の描写は著者の個性が全開となっている。(千街)

4

たかが殺人じゃないか
昭和24年の推理小説

辻 真先

東京創元社

二〇二〇年五月　二二〇〇円（本体）［長編書き下ろし］

装画／しらこ　装幀／石松経章（Keisyo 事務所）

本書に用意されているのはかなり大胆な趣向なのだが最後の最後までわからない

辻真先、一九三二年生まれ。日本のTVドラマ・アニメを草創期から知る脚本家であるのみならず、戦後日本のサブカルチャー全般に大きな足跡を残した偉人である。そこにはもちろん、ミステリ作家としての業績も含まれる。そして、八十八歳の今なお、小説家としても脚本家としても現役のクリエイターであることには感嘆するしかない。

前回、『本格ミステリ・ベスト10』で著者の小説がベストテン入りしたのは、七位になった二〇一三年刊行の『戯作・誕生殺人事件』であり（その前は二〇〇八年に刊行された牧薩次名義の『完全恋愛』で三位）、七年ぶりのランクインとなる。著者は多くのミステリ小説を発表してきたが、特に近年の作品群からは、新たな代表作を更新せんとする意気込みが感じられる。

『たかが殺人じゃないか　昭和24年の推理小説』は、サブタイトルから察せられる通り、二〇一八年に刊行された『深夜の博覧会　昭和12年の探偵小説』の続編にあたる。前作で漫画家志望の似顔絵描きの少年だった那珂一兵《なかいっぺい》が、映画館の看板絵描きの青年として引き続き探偵役を務めるほか、「巴御前」の異名を取る教員の別宮操《べっくみさお》（前作では伯爵家の使用人）や、愛知県警の犬飼警部補（前作では刑事）も再登場している。

前作が、ミステリを「探偵小説」と呼んでいた時期を背景にしているのに対し、本書は、一九四六年（昭和二一年）に「偵」という字が当用漢字から外されたため、「探偵小説」を「推理小説」と言い換えるようになった戦後が背景である。漢字の問題のみならず、戦後にはさまざまな制度の変更があった。そのひとつが学制改革である。

物語が始まる前年の昭和二三年、GHQは中学三年までを義務教育とし、その後に三年間の高校を置く通称六三三の新制を誕生させ、並行して男女共学をスタートさせた。しかし、本書の主人公である風早勝利《かざはやかつとし》少年は、過渡期の煽りを食らって就学期間が一年不足することになった。明治以来、男女七歳にして席を同じうせずが当然だった教育の世界に齎《もたら》された変革に、教師も生徒も大混乱……本書は、そんな時代が背景である。

ミステリ作家を目指している勝利が結成した推理小説研究会は、顧問である別宮操の勧めで、映画研究会と合同で修学旅行代わりの一泊の合宿に出かけることになった。ところが、そこで勝利たちは不可解な密室殺人事件に巻き込まれてしまう。更に夏休みの最終日にはもう一件の殺人が……。操が呼び寄せた那珂一兵が指摘した真犯人の名前は？

著者自身と同世代に設定されている勝利少年は、名古屋の空襲を身をもって体験している。普通なら、十代の少年少女が主人公のミステリで、彼らが死体慣れしていることなどまずないだろう。ところが本書では、主人公は空襲体験があるため、被害者の死に顔を見て生きているか死んでいるかを判別できるのである。実際に戦中戦後を知る著者だからこそ書ける生々しさだ。そして、そんな死と生が隣り合わせの恐怖をかいくぐった時代が背景だからこそ、『たかが殺人じゃないか』というタイトルに籠められた万感の思いは粛然と受け止めざるを得ないのである。

そういうシリアスなテーマ性を持つ作品でありながら、冒頭で読者が犯人だと宣言した作家デビュー作『仮題・中学殺人事件』以来、その作風に常に顕著だったミステリとしての遊び心の要素がたっぷり詰まっている点も著者らしい。本書に用意されているのはかなり大胆な趣向なのだが、最後の最後までわからないように仕組まれていて、読後思わずにっこりするひとが多い筈だ。ティーンエイジャーたちの謎解き合戦が繰り広げられるのは青春本格ミステリの王道だが、彼らの身近で起きた殺人事件とはいえ、推理を交わす姿には晴朗な印象が強く、それが戦後の解放感に重ねられているようにも感じる。

因みに、『たかが殺人じゃないか』とはもともと、一九七五年に著者が第二十一回江戸川乱歩賞に応募した原稿のタイトルであり、その投稿作は後に『離島ツアー殺人事件』（文庫版のタイトルは『紺碧《スカイブルー》は殺しの色』）として刊行されたものの、当時は不謹慎だからという理由で改題を余儀なくされたとのこと（二〇一九年の全日本ミステリー連合の合宿にゲストとして参加した際の発言）。一度は没になったそのタイトルに愛着を持ち、八十代後半になってようやく同タイトルの小説を書き上げた著者の気の長さにも驚かされる。（千街）

6

ワトソン力《りょく》

大山誠一郎

光文社

二〇二〇年九月　一五〇〇円（本体）［連作短編集］

装画／杉田比呂美　装幀／bookwall

たまたま居合わせた人々が
推理合戦を始め
警察の介入前に真相を解き明かす

警視庁捜査一課の和戸宋志は、窓のない部屋で目を覚ます。監禁されたのだった。捜査員として特に大きな手柄もないため恨まれるとは思えない。だが、彼には特殊能力があった。なにかの謎に直面すると、周囲の人間の推理力を飛躍的に向上させるのだ。名探偵シャーロック・ホームズの捜査には、いつも友人ワトソンが同行していた。ワトソンがそばにいるから、ホームズは高い推理力を発揮できたのではないか。それになぞらえ、和戸は自身の能力をワトソン力と呼んでいた。所属先が検挙率十割なのもワトソン力の影響だが、自身が推理するわけではない和戸の功績とはみなされていない。だが、非番の時にも力が発揮されることはあった。そこで恨みを買い、監禁されたのかもしれない。彼は過去に遭遇した事件を回想し始める。

大山誠一郎『ワトソン力』は、そんなプロローグの後、二つのインタールードをおりこみつつ七つの事件が語られ、エピローグで監禁事件の解決に至る。

「第一話　赤い十字架」——雪と断崖に囲まれたペンションの一室で銃殺死体が発見される。絨毯には血で描かれた十字架が五つ残されていた。

「第二話　暗黒室の殺人」——彫刻家の作品展を催す地下ギャラリーで停電が発

生。闇のなか、撲殺事件が起きる。

「第三話　求婚者と毒殺者」――日本有数の家電メーカー会長が、島に令嬢の婿候補たちを招いたが台風が到来。そして毒殺事件が起きる。

「第四話　雪の日の魔術」――ブルーシートに囲われ、周りは雪景色の建築現場で銃殺死体がみつかる。彼はどこから撃たれたのか。

「第五話　雲の上の死」――離陸した飛行機の座席で男性客が亡くなっていた。調べた医者は、毒物が原因だという。

「第六話　探偵台本」――火事から和戸が助け出した男は、「孤島殺人事件」と題された台本を握っていた。一部が焦げ結末が失われたその推理劇の真相は。

「第七話　不運な犯人」――バスジャックが発生したのに寝たままの乗客がいた。彼はナイフで刺殺されていた。

　大部分はクローズド・サークルの事件だ。たまたま居合わせた人々が和戸のワトソン力に影響されて推理合戦を始め、警察の介入前に真相を解き明かす。

　なぜ、この設定を選んだのか。「小説宝石」10月号のエッセイ「万人に与えられた権利」（ウェブでも読める）で著者が、「多重推理の趣向をやりたかったから」と語っていた。決まった名探偵がおらず、ワトソン力で関係者みんなの推理力が高まっていれば、誰が真相をいいあてるかわからない。警察が乗り出す前のクローズド・サークルならば「推理することは、万人に与えられた権利です」と主人公がいう通り、好きなだけ推理合戦を行える。エッセイを要約するとそうなる。

　その意図を理解したうえで、気づくことがある。本の帯には「僕以外、みんな名探偵。」とあるが、実態はそうではない。議論の過程では、いくつも間違った推理が示され、次々に捨てられていく。素人たちがああでもないこうでもないと、即席探偵になる光景はコミカルだ。そのように迷推理を披露して名探偵の名推理を引き立てるのは、ミステリにおけるワトソン役のはずではなかったか。

　ワトソン力は、完全無欠の力を与えはしない。その人の推理力を高めるだけだ。このため、各話に一人は一時的に名探偵になれるものの、推理への意欲は高まっても間違えるだけの人が続出する。それって、ワトソン力でホームズ役以上にワトソン役を増やしていないか。推理合戦が始まると和戸の口数が減るのは、迷推理するワトソン役を他人に譲ってしまうからだろう。このため、監禁され一人にされたことは、彼が自力だけで、本気で推理しようとする初の機会になる。

　一方、ホームズとワトソンのような名探偵と助手（友人）のコンビは様々なミステリの人気作にみられ、その関係性への妄想も誘発してきた。だが、和戸は誰か決まった人の助手ではない。では、迷推理も同志愛もないワトソン役になにが残るのか。視点人物となり、語り手となって事件の発生から解決までの経緯を伝えることだ。語り部の彼がいるから、読者はミステリを楽しめるともいえる。その意味で興味深いのは、実際の殺人事件以外に唯一、火事で欠損した推理劇の台本を復元するエピソードを盛りこんだこと。真相解明までたどり着いて完結するように、劇団関係者の推理をうながすのだ。ミステリの伝え手であるワトソン役にふさわしい行為である。和戸は、やはりワトソンだった。（円堂）

7

欺瞞の殺意

深木章子

原書房

二〇二〇年二月　一八〇〇円（本体）［長編書き下ろし］

装幀／坂野公一

本格ミステリが積み重ねてきた
歴史の重みまでも
体感することが出来る渾身の傑作

　昭和四十一年に発生した楡家殺人事件。巨大な権力を持った政治家にして弁護士でもある先代当主、楡伊一郎が亡くなり、その法要の日に事件は起こった。長女の澤子、そして長男夫妻の子で澤子の養子でもある芳雄が相次いで毒殺されたのだ。その状況から、二人を毒殺した犯人はその場にいた家族や関係者、十人の中の誰かだと考えられた。そんな中、最重要容疑者として浮上してきたのが、澤子の夫、治重である。殺害の動機と機会があったのに加え、彼の喪服の上着ポケットから毒入りチョコの付着物が見つかったことが決定打となった。容疑を認めたことから、治重は無期懲役の判決を受け、収監されることとなった。

　その事件から、四十二年後の平成二十年、仮釈放となった治重は、伊一郎の次女で、かつての想い人である橙子への手紙をしたためる。治重と橙子はともに、伊一郎の意向により、当時意に添わぬ相手と結婚させられていたのだ。その治重が橙子へと送った手紙には、裁判で明らかになった事実とは全く異なる治重の「告白」が記されていた。「僕は無実です。そして橙子さん。あなたも本当はそれをご存じのはずです。」

　二人の往復書簡から、事件の態様は予想もしなかった方向へと、次々と移り変わる。一体事件の真相は？

　ミステリのパターンとして定着している、多重解決ものと書簡体ミステリ、この二つを組み合わせたのが本作である。その結果、複数の登場人物らによる「推理合戦」が行われることが多い多重解決ものとしては珍しく、一対一の構図で推理がリライトされていく。このような構造の多重解決作品としては、他に円居挽らの（疑似）法廷ものなどが思い当たる程度だが、作例が少ないのにはそれなりの理由がある。多重解決ものの古典的名作、A・バークリー『毒入りチョコレート事件』などに顕著だが、性格・知識・立場や視点・推理力などが異なる複数の人物が探偵役としてその推理を披露するのは、各人に具わった特徴が推理の独自性に繋がり、それぞれの推理や真相が単調にならないよう配慮されているためである。それは読者を飽きさせないという効果のみならず、同じ条件の同一の人物がなぜ次々と推理・意見を変えるのか、という不自然さを排除するための手法でもあった。

　本作では、推理が記された書簡の内容と、前の推理を否定された事実を踏み台に、新たな推理を構築していく。物語の大部分を占めている書簡部分は、推理パートであるのと同時に手がかりでもあるのだ。それらの手際の巧さもあって、本作では新たな「推理」が登場するに足る納得のいく理由付けがなされている。

　事件のあらましは冒頭の数十ページでほとんどが語られる。その時点で既に事件の真相を推理することは可能であるものの、以後の書簡でも新たな手がかりは登場してくる。だが、そのような点は本作にとって瑕でもなんでもない。この作品は、その前の章までの情報を基にした解決編を、全ての書簡において行っている小説なのだから。そのような意味では、近年発表されたある多重解決もののミステリが近い作例のように思うが、本作の狙いは全く異なる。目くるめく多重解決の果てに、作者が仕掛けた罠に読者はまんまと嵌まることになるだろう。

　またこの作品は、往復書簡という二人だけの「プライベート」なやり取りが主であるゆえに、多重解決ものでは珍しい、二人の恋愛感情を推理に付与させることにも成功している。それは当事者同士の推理合戦ならではの魅力で、物語を読み進める牽引力としての役割のみならず、その微妙な関係性が推理が二転三転する展開にも寄与している。そしてその「プライベート」さには、また別の大きな意味が隠されているのだ。

　作品・小説の形までもがパラレルに変わってしまうというダイナミックな物語運びに、この「悲劇」はこういう話だったのかと、読者は幾度も嘆息することだろう。この作品を通じて、書簡は人と人とのやり取り、アクションとリアクションであることを実感させられる。この往復書簡という行動により、眠っていた過去がどのように甦り、二人はどのような顛末を迎えるのか。

　各々の推理が披露され、覆されていくたびに、推理小説を読みなれている読者であれば、その過程に様々な名作ミステリのオマージュがちりばめられていることに気づかされる。名作の跡を辿り、快作の愉しみに溢れ、現代の新作として誕生した本作は、本格ミステリが積み重ねてきた歴史の重みまでも体感することが出来る渾身の傑作だ。（嵩平）

8

鶴屋南北の殺人

芦辺 拓

原書房

二〇二〇年六月　一九〇〇円（本体）［長編書き下ろし］

装画／影山徹　装幀／坂野公一（welle design）

古典を咀嚼して
ありえたかもしれない
もう一つの古典を出現させた

『本格ミステリ・ベスト10』には毎回、作家がその年に発表した作品や執筆の進捗状況、予定を記した「新作近況会」のコーナーがある。『鶴屋南北の殺人』で芦辺拓の本では恒例の「あとがき――あるいは好事家のためのノート」をみると、同作については２０１０年版の「新作近況会」から「鶴屋南北殺人事件」の仮題で予告していたと書いている。「それ以前から言及はしていたようですが」と断ってもおり、２００９年版には「森江春策と鶴屋南北の時代を超えた推理合戦は必ず実現させます……たぶん、そんなに遠くないうちに」、２００８年版には「もちろん原書房での某本格大作を忘れちゃいませんよ」とあった。着想から発表まで十年以上かかったわけだ。実際に作品を読むと、時間を要したのも無理はないと思う。とても凝った内容である。

「わたしが取り返してほしいものとは……鶴屋南北なのです」

弁護士で名探偵の森江春策は、その依頼に面食らう。南北といえば、江戸時代の歌舞伎作者である。依頼者は彼の幻の戯曲を発見したが、他の人物が勝手に舞台化しようとしているという。森江は交渉のため、京都にある洛陽創芸大学の虚実座へ赴く。だが、舞台で屋台崩しのテスト中、死者が出る。大学の運営をめぐる争い、南北の幻の作品に関する謎が深まるなか、屋外で十数メートルの高さに蓑虫のごとく吊り下げられた死体が出現するなど、事態は混迷していく。

『鶴屋南北の殺人』は目次でわかるように一番目、中幕、二番目と歌舞伎興行に準じた構成をとっている。一番目、二番目の中身はいずれも序幕、二幕目などと章立てされ、各章は「〜の場」と命名された部分が連なってできている。戯曲の上演を模して小説が仕組まれ、歌舞伎に親しんだ人なら、大切（最後の幕）で終わりを告げる拍子木の音が聞こえる気分になるはず。同作で特に興味深いのは、幻の演目「銘高忠臣現妖鏡《なもたかきちゅうしんうつしえ》」だ。題名にも暗示されているが、それはよく知られた「忠臣蔵」に関連した芝居だった。「忠臣蔵」といえば、『鶴屋南北の殺人』刊行より前の二月に同じく原書房の「ミステリー・リーグ」から、稲羽白菟『仮名手本殺人事件』が発表されていた。歌舞伎の古典『仮名手本忠臣蔵』の舞台上で役者が毒殺される話だ。同作も大序、二段目などと上演をなぞった章立てであり、幕間に相当するところに容疑者の一人が書いたとされる『東海道四谷怪談』に関するエッセイが挿入されていた。

　鶴屋南北は『桜姫東文章《さくらひめあずまぶんしょう》』、『盟三五《かみかけてさんご》大切《たいせつ》』、『天竺徳兵衛韓噺《てんじくとくべえいこくばなし》』など多くの演目が未だ現役だが、最も人気なのはお岩の亡霊で有名な『東海道四谷怪談』だろう。同作は『仮名手本忠臣蔵』の裏にあった物語と設定され、討ち入りに参加しなかった浪人を悪役にすえていた。

『仮名手本殺人事件』の場合、梨園の家族に起きた事件に歌舞伎演目と通じるテーマを持たせ、物語全体を手堅くまとめていた。だが、『鶴屋南北の殺人』は、もっと大胆である。南北は、亡き主君の仇を討つ忠義の正しさと悲劇を描いた物語の裏に、怨霊と悪が敵対する世界を創出した。ひねった趣向である。だが、『仮名手本忠臣蔵』自体が、江戸時代の事件だった赤穂浪士の討ち入りを幕府の目を意識して『太平記』の世界に置き換え脚色したものだった。芦辺は「銘高忠臣現妖鏡」という架空の演目について、別の世界に置き換える歌舞伎の手法、ものごとの裏側をとらえる南北の発想を踏まえ創作している。過去の作品の謎が解かれるにつれ、現在の事件の真相に近づく。『仮名手本忠臣蔵』と同じ名の人物が登場しながら別の物語が展開される「銘高忠臣現妖鏡」は、なにを意味するのかが、本作最大の面白さだ。

　現代の大学のお家騒動では「アート無罪」を掲げる金髪のメディアゴロが憎まれ役となる。近年、現代アート周辺で不祥事やトラブルが相次いだことを視野に入れ、このメディアプロデューサーを名乗る戯画化したキャラクターを投入したのだろう。軽薄な彼は、狡知に長けた南北の引き立て役のような位置にいる。

　かつて芦辺拓は、中国の古典『紅楼夢』の世界のなかでミステリを成立させた『紅楼夢の殺人』（二〇〇四年）という傑作を書いた。一方、『鶴屋南北の殺人』は、古典を咀嚼してありえたかもしれないもう一つの古典を出現させた。森江春策は名探偵のわりに派手なキャラクターではないが、『異次元の館の殺人』（二〇一四年）などのように平気で時空を超える稀有な存在だ。今回も森江は時を越え、過去に現れる。稚気に満ちた作者のアイデアが楽しい。（円堂）

9

法廷遊戯

五十嵐律人

講談社

二〇二〇年七月　一六〇〇円（本体）［長編書き下ろし］

装画／榎本マリコ　装幀／小口翔平（tobufune）

「ひとがひとを裁く」ことを裁く物語――
メタ・リーガルミステリといえそうだ

過去五年間、司法試験で合格者を出していない底辺校である法都大ロースクールでは、「無辜《むこ》ゲーム」と呼ばれる法廷ゲームが人気を博していた。「無辜」とは「無辜の民」のように「罪のない」「イノセントな」の意味だが、「無罪ゲーム」とは呼ばれない。「無辜」が宗教的・道徳的にも「罪がない」のに対し、「無罪」は「司法上の罪がない」に意味が限定される。作中では「冤罪」と「無罪」の定義が同じように議論されており、この命名は重要な伏線になっている。

学費全額免除の特待生、久我《くが》清義《きよよし》はキャンパス内で過去のスキャンダルを暴露され、名誉棄損にかかわる無辜ゲームを仕掛けられる。十六歳の時、収容されていた児童養護施設「けやきホーム」の施設長をナイフで刺したのだ。ホームの集合写真と傷害で逮捕された当時の新聞記事の切り抜きが自習室で公開された。やはり同じ養護施設で育った「家族」のように信頼する織本《おりもと》美鈴《みれい》を証人に、清義は暴露した犯人を指摘してみせる。裁くのは、すでに司法試験に合格しているスクールきっての秀才、結城《ゆうき》馨《かおる》だ。無辜ゲームの刑罰は「目には目を」の同害報復であり、犯人は二十四時間、名誉を傷つけられる言動を許容せざるを得なくなる。

この法廷ゲームに勝つことより、清義

が気にしたのは「養護施設の写真をどうやって手に入れたのか」だった。だが犯人は「自習室のロッカーに入っていた」と答えるのみ。同じころ、美鈴のアパートのドアスコープにアイスピックが突き刺される。その柄には「君の行動は筒抜けだ」と監視宣言とも脅迫とも受け取れるメモと、やはり施設の集合写真が添付されていた。彼女も何者かによって無辜ゲームを仕掛けられたのだ。

清義は馨の助言を借り、この実行犯に肉薄するものの、その人物がやはり何者かの意を受けて行動していたことを確認できただけだった。読者はここで、清義、美鈴ともに何かうしろ暗い過去があり、不気味な脅迫者の影におびえている印象を抱くことになる。

やがてふたりはロースクールを修了。司法試験にも合格し、清義は弁護士への道を歩みはじめる。そこに、研究者をめざしているはずの馨から、「久しぶりに、無辜ゲームを開催しよう」とメールが来る。同窓会気分でかつてのキャンパスの模擬法廷に入った清義が目にしたのは、胸にナイフの刺さった馨の死体。そして、全身を返り血に染め、「私が殺したんだと思う？」と問うてくる美鈴の姿だった。

物語はその後、逮捕、起訴された美鈴を法廷で弁護する清義にフォーカスして展開する。状況証拠は決定的に不利なのに、彼女は取り調べに黙秘。法廷闘争にもなぜか非協力的で、かたくなに無罪を主張するのみ。だが、何か決定的な秘密を握っているような美鈴の指示に清義は振り回される。起訴されたら最後、有罪率約九十九・九パーセントという、日本の刑事司法の異常な数字を前に、彼は「家族」を救うことができるのか。

検察官と弁護士の丁々発止のやり取りをドラマチックに描くリーガルサスペンスは枚挙にいとまがない。本作も、ある「冤罪」事件を扱っている点で、まずその作例にジャンル分けされるだろう。だが、一般の法廷ミステリでは「ひとがひとを裁く」司法制度そのものを問題視することはない。当然の前提として受け入れている。しかし、司法そのものが疑わしいと思ったことはないだろうか。Ａ・クリスティは、法の網をかいくぐる悪人に私的制裁を加えたり、裁くことに狂信的な情熱を燃やす人物が罪を犯した者たちをつぎつぎ殺していったりするミステリを書いた。彼女はこのテーマを特に追求しなかったので、ミステリファンもこの問題点を「見て見ぬふり」している印象がある。「裁く」とはどういうことか？　ひとにひとを「裁く」資格があるのか？　『法廷遊戯』はその点に切り込んだ「ひとがひとを裁く」ことを裁く物語――メタ・リーガルミステリといえそうだ。

また冤罪とは、罪がないのに罰を受けることである。それは不条理感を深め、世界への信頼を傷つける。一方、「操り」テーマは一見、関連性のないバラバラな事象を一本の因果の糸で貫き、鮮やかな全体像を描き出す。世界への不信感を払拭し、傷ついたこころを癒す（だが、構造としては陰謀論と同じ）。ゆえにこの作品が実は「操り」を秘めているのは首肯できるのである。たとえそれがどんな構図でも。

第六十二回メフィスト賞受賞作。私的制裁テーマの掘り下げ深度がとてつもない。（大森）

10

エンデンジャード・トリック

門前典之

南雲堂

二〇二〇年二月　一八〇〇円（本体）［長編書き下ろし］

装幀／岡孝治

本作はいまあえて贈られる
新本格ミステリ愛読者への
異形のプレゼント

長野県松本市中心部から車で一時間ほどの場所に、地元の名家である九条家の建てた百白荘と呼ばれる純日本風家屋があった。そのすぐ隣に、九条家と敵対する宇佐美家が無機質なコンクリートの建物を作り始めたのは、あえて挑発するためだったのだろうか。

建物の通称はキューブハウス。それは真四角のサイコロを四つ重ねたような奇妙な建築物だった。

事件のはじまりは二〇〇九年十二月。その少し前に九条家は経済的に破綻し、百白荘は宇佐美家の所有物となっていた。宇佐美家も一時期ほどの栄華とは無縁であったが、当主の宇佐美顕子の手腕は確かなもので、老舗旅館と料亭の経営を軌道に乗せていた。キューブハウスも、ゲストハウスとして建てられたものだ。

そのキューブハウスと百白荘に挟まれた通路で、ひとりの男が死んでいるのが発見された。首の骨が折れていた。現場は一面の雪景色だったが、周囲には男自身のものを含め、足跡は見当たらない。転落死と思われた。

どちらの建物も窓は閉ざされていた。キューブハウスの屋上に人が出入りした痕跡はなく、落ちたとすれば百白荘の屋根からである。なんのために男が屋根に上ったのかはわからなかった。

第二の事件はその翌年。百白荘の大座敷で首つり死体が発見されたのである。

不審な点はいくつもあった。首をつったのが扱いづらいワイヤーロープであったこと。発見時、死体はぶら下がっていたのではなく、床に敷かれた布団の上に倒れていたこと。なんらかの理由でワイヤーが外れたのだろうか。現場は密室。他殺の決め手に欠ける上、犯行方法の推測も困難だった。

そして、二〇一五年。これまでもいくつもの不可解な事件を解決してきた名探偵、蜘蛛手啓司とワトソン役の宮村達也がふたつの事件の再調査のためにキューブハウスを訪れる。

泊まり客はほかに三人。翌日に実施される大規模なウォーキング大会に参加するメンバーだった。

だが、その夜。

ハウスの客室で、刃物で切り刻まれた死体が発見される。奇怪な惨劇の幕開けだった。果たして蜘蛛手がたどり着いたあまりにも異様な犯行の全貌とは——？

第十一回鮎川哲也賞を受けた『建築屍材』以降、蜘蛛手シリーズは『浮遊封館』『屍の命題』ののち、番外編の『灰王家の怪人』をはさみ、『首なし男と踊る生首』へとつづく。いずれもすさまじい謎と、それ以上にすさまじい真相で読者を驚かせてきた作品群だが、『エンデンジャード・トリック』は、その五年ぶりの新作だ（本作から読み始めても問題はないので安心してほしい）。

そもそも、大がかりなトリックや入り組んだ犯罪と物語のリアリティを両立させるのは非常に困難なものだ。話運びの無理を目立たせず意外性を担保するために、作家はそれぞれに工夫を凝らす。

この点、本シリーズの解決方法は鮮やかだ。無理だのなんだのこざかしいことを言わず、振り切ればいいのである。

本作の前半三分の一弱では、刑事による捜査が描かれる。ややスローペースに思えるものの、途方もないトリックを現出させるためには必要な手続きだ。その後、蜘蛛手が登場し、壮大な見世物の第二幕が始まる。事件が矢継ぎ早に起こり、謎解きに至ってテンションはさらに高まる。なんという高揚感。

本作では一〇〇ページ近くを残して、挑戦状が挿入されている。ただの挑戦状ではない。「新本格ミステリ愛読者への挑戦状」だ。いわく、「ここで使用されているトリックは、（略）本格ミステリを愛する読者にとってはすでに市民権を得ているものと解釈する」——

わざわざ「新本格ミステリ愛読者」と書き、その上で挑戦状をたたきつけていることに注目だ。人によっては、本作のメインの仕掛けはある程度予測がつくだろう。なんとなくあれではないかと。おそらくは、いくつかの先行作品が頭に浮かぶはずだ。

だが、本作の魅力はそこからだ。読者が思う「あれ」をひとつやふたつではなく、片端からぶっ込み、かつ、一歩先を行く。すべてを見抜ける読者はいるのだろうか。小技もいちいちきいている。個人的には第二の事件での小道具の使い方を読んだとき、快哉を叫んだ。そして、最後の最後まで気が抜けない。怪作だ。

本作はいまあえて贈られる、新本格ミステリ愛読者への異形のプレゼントなのではないだろうか。読後にタイトルの意味を思うとき、実に感慨深い。（松本）

11

ジョン・ディクスン・カーの最終定理

柄刀一

創元推理文庫　二〇二〇年九月　七八〇円（本体）［長編］
装画／建石修志　装幀／山田英春

読者が非現実の世界に〈亡命〉する手立てが巧みに用意されている

横須賀の浦賀にある、大邸宅めいた別荘・海浜邸に夏合宿のために集まった五人の学生たちとテイラー教授は、犯罪実録集『未解決事件への入り口』にカーがコメントを付した一冊『カー設問詩集』の謎に挑戦する。

まず「フランドル魔弾事件」は、未亡人オルガ・フランドルが、自室の病床から、運河を超えた先の病院にいる、夫の仇敵を射殺する事件である。

もう一つ、「イーストエンド人体発火現象事件」は人間が自然発火して焼死した事件であるが、にもかかわらず、死体の下の絨毯は全く焼け焦げていなかった。しかも、左手だけが生身のまま残っていた事件である。

この二つの過去の事件に挑戦する学生たちの間に、現実の殺人事件が発生する。彼らのうちの一人・友坂夕也が水中銃で撃たれ、海浜邸の中庭で死体となって発見されたのだった。

周知のように本作は、『密室と奇蹟　J・D・カー生誕百周年記念アンソロジー』（東京創元社、二〇〇六）に収録された「ジョン・D《ディクスン》・カーの最終定理」を切り出して長編化したものである。『密室と奇蹟』は二〇二〇年八月に文庫化されたが、そちらには「ジョン・D・カーの最終定理」は収録されていない。

内容は、カー作品の世界観のパスティーシュであり、それへのオマージュであるが、作中に登場する書物が『未解決事件への入り口』にしても『カー設問詩集』にしても、現実と非現実の境界線を見事に無効化していて、読者が非現実の世界に〈亡命〉する手立てが巧みに用意されている。それどころか作者が率先して〈亡命〉をし、読者を先導／扇動しているようでさえある。

一方で、本作は作者なりのカー論であるとも言えよう。登場人物の言葉を借りて、作者自身のカーに対する考察を展開しており、その意味でもカー&柄刀一マニア垂涎の一冊である。（浦谷）

12

立待岬の鷗が見ていた

平石貴樹

光文社　二〇二〇年七月　一六〇〇円（本体）［長編書き下ろし］
装画／またよし　装幀／岡本歌織（next door design）

巧緻なミスディレクションに舌を巻くこと請け合いの傑作

本作で平石貴樹は「北海道は推理小説に向いていない」と、ある人物に言わせる。古い家柄、大きな企業・組織がなく、犯罪の土壌が未成熟だというのだ。そのせいか函館を舞台にしたこの作品、地方都市ならではの地縁・血縁が犯罪の背景に据えられている。夫婦、兄弟、上司と部下、愛人など、複雑に入り乱れた人間関係が事件の伏流になっている。

函館のバーで働いていた柚木しおりは読書好き。東京転出後、編集者の目に留まり、推理作家としてデビューする。『はんかくさい女』『立待岬の鷗が見ていた』など、著作は評判になり、注目を浴びていた。しかし五年前、彼女の周辺では未解決、あるいは不審な三件の事件が発生していた。しおりの元夫の殺害事件。しおりの兄が勤務する不動産会社の社長殺害事件。同不動産会社社員の轢き逃げ事件。昨年、刊行された『潮首岬に郭公の鳴く』（本ムック十位）にも登場した湯ノ川警察警部補、舟見俊介は暗礁に乗り上げたこれらの事件について、『潮首岬』の難事件を見事に解決したフランス青年、ジャン・ピエール・プラットに相談し、協力を依頼しようと思いつく。ジャン・ピエールはしおりの発表したミステリを読み込み、そこにヒントを探ろうとする……。

マスコミ、マスメディアに広く流布した情報に事件の鍵が隠されているが、『盗まれた手紙』のように目の前にあるからこそ見えない。この趣向自体はありきたりなのだが、この作品では、見ているのがタイトル通りに「鷗」なのだ。探偵がその一点に気づくことが事件を解決に導くのである。この点、作中でしおりを通して語られるミステリ論が堂々と伏線として機能している。「たなぐにいい（持ち運びに便利）」「こえくてこえくて（疲れて疲れて）」など、北海道の浜言葉も方言のリアリズムとして了解していると、伏線だと気づかない。平石の巧緻なミスディレクションに舌を巻くこと請け合いの傑作である。（大森）

13

幽霊たちの不在証明

朝永理人

宝島社文庫　二〇二〇年三月　七八〇円（本体）［長編書き下ろし］
装画／456　装幀／鈴木大輔（ソウルデザイン）

殺人犯が誰か限定してゆく詰め筋は静かに、しかし加速度を徐々に増して興奮を誘う

第十八回（二〇二〇年）『このミステリーがすごい！』大賞優秀賞受賞作。本作でデビューした朝永理人《ともながりと》は、一九九一年（平成三年）生まれ。青崎有吾（九一年生）や白井智之（九〇年生）、阿津川辰海（九四年生）ら〝花の平成一桁《ひとけた》組〟にまた一人、新しい才能が加わった。

羊毛《ようもう》高校二年二組の文化祭の出し物は、相当に力の入ったお化け屋敷だ。二組の教室の前には長蛇の列ができるほど人気を博していたが、〝首吊り幽霊〟に扮していた女生徒、旭川明日葉《あさひかわあしたば》が開演中に絞め殺される事件が発生する。被害者に熱烈片思い中だった語り手の「僕」は、事件の解決を警察任せにしておけないと言い張る同級生、甲森璃瑠子《こうもりりるこ》とともに独自の調査を始めるのだが……。

本作の原型は、第二十七回（二〇一七年）鮎川哲也賞に投じられ、最終候補に残った『幽霊は時計仕掛け』。当時の選考委員から、「本格としての謎解きはとてもきれいだった」（加納朋子）、「お化け屋敷の数時間が延々と続く前半は、凡手なら読むに堪えなかったでしょう。読ませてしまうというのは非凡です」（北村薫）と高い評価を受けていた。しかしまあ、この年の鮎川賞は、受賞作に決まった今村昌弘『屍人荘の殺人』のインパクトが強すぎたということだ。

とにかく、名探偵役の甲森璃瑠子のキャラクターが奮《ふる》っている。昔風にいえばネクラな彼女は、「人気者になりたいんです」という不純な動機から、たいして親しくもなかったクラスメイトの死の真相を突きとめようと奮闘するのだ。分刻みで被害者の死亡時刻を絞り込み、それにより殺人犯が誰か限定してゆく詰め筋は、静かに、しかし加速度を徐々に増して興奮を誘う。前半は特にラブコメ要素も濃厚で、ユーモアを基調とした青春ミステリだが、犯人像や殺人の動機は〝身近なところの空気を読む〟ことに敏感すぎる高校生たちの精神風俗を切実《シリアス》にとらえ、苦さを残す。（佳多山）

14

汚れた手をそこで拭かない

芦沢 央

文藝春秋 二〇二〇年九月 一五〇〇円（本体）［短編集］
装画／Q-TA 装幀／大久保明子

何気ない日常の中 不意に魔が差した先にある 泥沼の怖ろしさ

芦沢央《あしざわよう》のベスト20入りは、『許されようとは思いません』（二〇一七年版十三位）以来、本書が二度目となる。どちらもノンシリーズの短編集だ。芦沢は本格プロパーの作家ではないが、周到な伏線とミスリードを張り巡らせたその作品には、本格ミステリの技巧が縦横に駆使されている。本書もまた然り。『許されようとは思いません』以上にその技巧が研ぎ澄まされた好短編が揃った。

特に本格ファン好みなのが、日本推理作家協会賞の候補となった最初の二編だろう。傍若無人な老人の事故死の原因を巡る巻頭の「ただ、運が悪かっただけ」は、どういう種類のミステリだったのかが浮かび上がる結末が、タイトルと絡み合っていわく言い難い読後感を残す。

最も技巧的なのは二編目の「埋め合わせ」。点検ミスでプールの水を流してしまった小学校教諭が、水道代の弁済を怖れて隠蔽工作を図る話だが、中盤での物語の思わぬ転調、張り巡らされた伏線が導き出す意想外の結末に至るまで、高密度のアイデアを詰め込んだ贅沢な一編。

ほか、隣人の熱中症による死は誤配された電気代の未払い請求書を渡しそびれたせいではないかという不安を描く「忘却」、スキャンダルで作品がお蔵入りになるのを怖れた映画監督が主演俳優を殺してしまう「お蔵入り」、昔の不倫相手から借金を頼まれた料理研究家の女性が落ちた陥穽を描く「ミモザ」と、本書の五編はいずれも、何気ない日常の中、不意に魔が差した先にある泥沼の怖ろしさを描いて間然するところがない。その引き金となるのが、誰も避けて生きることはできないお金の問題だ。

お金を巡る日常の小さな綻びが、やがて取り返しのつかない結果を生む様を描くとき、本格ミステリ的な伏線とその回収がいかに効果的に結末を引き立てるか、ということを本書は味わわせてくれる。このヒリヒリとする恐怖から、貴方は決して逃れられない。（浅木原）

14

揺籠のアディポクル

市川憂人

講談社　二〇二〇年一〇月　一七〇〇円（本体）［長編書き下ろし］
装画／町田七音　装幀／鈴木久美

著者の細やかな感性はナイーブな幕切れともかかわるものだろう

タケルは都内の病院に付設された無菌病棟《クレイドル》で日々を送っている。

中学校の授業中に気分が悪くなり、救急車で運ばれた。気がつけば《クレイドル》の中だった。外界の菌は命にかかわるからと、毎日薬を飲み、身体を清潔に保つように言われている。

主治医と看護師は全身を無菌服に包み、IDカードを使ってガラスの二重扉の外からやってくる。食事も掃除も洗濯も、全自動で機械が行う。《クレイドル》の大半は空き室だった。

タケルのほかにもうひとりだけ、患者がいた。名前はコノハ。同じ年齢の少女だ。血の気のない肌。細い身体。左腕は球体関節を模した義手だった。

当初はなかなかうまくいかなかったコノハとの関係だが、ふたりは次第に距離を縮めていき、《クレイドル》での穏やかな日々が過ぎていく。そんなある日。

大嵐により隣接する病棟の貯水槽が落下し、渡り廊下が押しつぶされる。ナースコールもつながらず、タケルたちは《クレイドル》に閉じ込められる。不安の中で眠りにつき、翌日に目が覚めてみると、誰も出入りできないはずの《クレイドル》にはコノハの死体があった。

本作はまずミステリとして非常に細かいところまで考えられている。謎の検証場面において、あり得る可能性をさりげなくつぶしていくところなどには目を瞠らされる。後半は読者を翻弄するように物語が広がるが、実は伏線は多い。

IDカードの再入手のシーンなどを見ても、ミステリ的な仕掛けとはさほど関係しないささいな叙述にも気を配っていることがわかる。こうした著者の細やかな感性は、ナイーブな幕切れともかかわるものだろう。本作の冒頭部でタケルがコノハに触れようとして手をはねのけられるシーンは、無菌病棟での生活を余儀なくされたふたりのつながりの哀しさを象徴的に示している。この世界は、美しく、閉じており、さみしい。（松本）

14

巴里マカロンの謎

米澤穂信

創元推理文庫　二〇二〇年一月　六二〇円（本体）［連作短編集］
装画／片山若子　装幀／岩郷重力＋WONDER WORKZ。

達観しながら逃げ切れないでいるのに通じてほろ苦く、共感を呼ぶ

小鳩常悟朗と小佐内ゆきは、表面だけ小市民になりすましている高校一年生である。過去の苦い経験から、もう周囲との軋轢を起こしたくないからなのだが、二人がそのために取り結ぶ関係はユニークだ――男女交際からほど遠い、利用し合う互恵関係である。

二人が知り合った『春期限定いちごタルト事件』から『夏期限定トロピカルパフェ事件』までの平穏な期間をごく大人しく送っていた二人だったが、小佐内を「ゆきちゃん先輩」と慕う中学生、古城秋桜《こすもす》が急接近してきたことで一変する。

パリで修行した有名なパティシエ、古城春臣が名古屋に出店し二人が食べに行くと、三個のはずのマカロンが皿に四つあった。それが秋桜との出会いになる「巴里マカロン」。運動場の真ん中で小佐内が隠したCDの行方を小鳩が推理する「紐育《ニューヨーク》チーズケーキ」。タバスコ入りの激辛あげぱんを食べた者が名乗り出ない謎の「伯林《ベルリン》あげぱん」。停学にされた秋桜に泣きつかれて、小佐内が学校に乗り込む「花府《フィレンツェ》シュークリーム」など、〈トラブルもしくはその萌芽からいち早く手を引く〉はずの小市民二人が次々と事件に巻き込まれ、小鳩が推理する破目になる四編は、日常の謎として粒ぞろいだ。たとえば「伯林」の推理は「二人だから注意力が増したんじゃなくて、二人だから注意力が落ちたんじゃないか」など、心理の機微を突く冴えがある。

柔道部の暴力を知っても、正義の回復に自ら関与まではしない「紐育」。秋桜が停学にされた「花府」では、犯人やいい加減な生活指導教官に一矢報いてやれと読者は感じるのだが、〈理不尽を受け流す〉のが〈小市民心得〉なのである。

少年少女たちの、とても処世術とはいえない立ち位置だが、古典部シリーズの折木奉太郎が「やらなくてもいいことなら、やらない」と達観しながら逃げ切れないでいるのに通じて、ほろ苦く、それが読む者の共感を呼ぶ。（波多野）

17

プロジェクト・インソムニア

結城真一郎
新潮社　二〇二〇年七月　一六五〇円（本体）［長編書き下ろし］
装画／コルシカ　装幀／新潮社装幀室

誰もがこころの底に秘めている「悪」や「欲望」の露呈

「ユメトピア」――それは「夢を科学する」ベンチャー企業、ソムニウム社が社運を賭けた新規事業である。眠っている間、現実そっくりの夢の世界を複数人で共有しようというのだ。ナルコレプシー（ところかまわず入眠してしまう病気）を患う蝶野恭平は、実用前のこの実験に参加することになる。病状の改善につながる望みを託したのだ。実験参加者はドリーマーと呼ばれ、「夢を見ている」ことを意識しつつ、その内容を自由に操り、ユメトピアで遊ぶことができる。だがあまりにリアルなため、現実と区別がつかなくなることも。その結果、「夢の中で死んだら、現実でも死ぬ」。

物語冒頭は、ホテルの一室での中年男性の死亡事故（？）である。睡眠中に急性心筋梗塞に襲われたらしい。枕元には拳銃。誰かに襲撃されることを恐れていたのか。しかしスーツケースには、その拳銃と別口径の大量の銃弾。この男性はドリーマーのひとり。何かおぞましい悪意が「夢の世界」に侵入している……。蝶野はその謎を探るべく夢と現実で推理をめぐらす。

P・K・ディックやW・ギブスンのSF、あるいは岡嶋二人『クラインの壺』（一九八九）を連想させる設定で、リアルと非リアルの狭間のサスペンスをまずは描いてみせる。次に、ドリーマーたちの殺害について、「どうしたら犯行が可能か」という謎がストーリーを牽引する。さらにところどころに挿入される、公園のバラバラ殺人事件やローカル鉄道の土砂崩れ脱線事故のイメージが本筋とどうつながるのか、読者の興味をかき立てる。

だが、作者のいちばんの関心は、誰もがこころの底に秘めている「悪」や「欲望」の露呈のようだ。VR世界での倫理観の低下と、それに抵抗する人間的絆が「蝶のように舞い、蜂のように刺す」ごとき手際で物語られる。「アクロバティック」という言葉がふさわしい、新鋭の野心作だ。（大森）

18

あの子の殺人計画

天祢 涼

文藝春秋　二〇二〇年五月　一六五〇円（本体）［長編書き下ろし］
写真／青山裕企　装幀／関口聖司

「社会派と本格が見事に融合した」と表紙の見返しにある惹句は伊達ではない

　三年前の本ムックで二十九位の『希望が死んだ夜に』につづく「仲田・真壁刑事シリーズ」第二弾である。『希望』は神奈川県警捜査一課の真壁巧が、少年課の仲田蛍とコンビを組み、虐待、DV、子どもの貧困の深みに事件の真相を探り、慟哭の真実を掘り当てる内容だった。一九年、本屋大賞発掘部門で最多票を集めたことをご記憶の方もいるだろう。本作も基本的なテーマは同様。川崎市の大手風俗店女性オーナーが刺殺される。真壁は所轄の刑事、宝生《ほうしょう》と捜査を進める。やがて目撃証言から浮かんだ容疑者は同店元スタッフの椎名綺羅。きさらという娘とふたり暮らしだ。一方、小学五年の椎名きさらは母親から凄惨な虐待を受け、親への殺意をつのらせていた。だが殺す以上は完全犯罪でなければならず、彼女は殺人計画にのめり込む。ミステリ好きの級友の翔太はアリバイトリックにくわしく、きさらは有栖川有栖の「アリバイ講義」を解説されるのだが……。

　捜査側と犯行側にパート分けされ、進行していくストーリー。アリバイ崩しが肝かと思って読み進めると足もとをすくわれる。かつて深木章子、千澤のり子がくり出したトリックが効果的に活用されているのだ。作例がしだいに増え、いまや××トリック（あえて伏す）のサブジャンルの趣である――というと大げさか。同時に、事件関係者の追いつめられた心情も胸に迫る。「社会派と本格が見事に融合した」と表紙の見返しにある惹句は伊達ではない。

　仲田は自分の推理方法を「想像」と呼ぶ。「どんなにしっかりしていても、先の見えない生活を送っていれば身も心も疲れ果ててしまう。そのせいで子どもに手をあげてしまうのは、決して許されないけれど、ありえることなんです」と言う。おそらく社会的弱者、虐げられたひとびとへの読者の「想像」を喚起することこそが、このシリーズの最大の狙いなのだろう。（大森）

19

赤ずきん、旅の途中で死体と出会う。

青柳碧人

双葉社　二〇二〇年八月　一三五〇円（本体）［連作短編集］
装画／五月女ケイ子　装幀／小川恵子（瀬戸内デザイン）

鮮明に描かれた伏線は
童話そのものですら
トリックの一部と化してしまう

前作『むかしむかしあるところに、死体がありました。』は、本格ミステリ版の日本昔ばなしだった。対となる本書『赤ずきん、旅の途中で死体と出会う。』は西洋の昔ばなしを元ネタにして、各話がひとつの世界観でつながっている。主役を務めるのは、クッキーとワインを持って旅に出た十五歳の少女・赤ずきんだ。

第一章「ガラスの靴の共犯者」では、偶然出会ったシンデレラに同行してお城の舞踏会に向かう途中、御者の黒ねずみが炭焼き職人を轢いてしまったという倒叙もの。第二章「甘い密室の崩壊」では、ヘンゼルとグレーテルの継母が、密室状態のお菓子の家の中で死体となって発見される。さらに室内のかまどの中からは、黒焦げになった魔女の遺体が出てきた。第三章「眠れる森の秘密たち」では、赤ずきんは推理力を評価され、眠り姫が消えた事件の謎を解く。最終章「少女よ、野望のマッチを灯せ」は、マッチの魔力に取り憑かれた人々が登場し、赤ずきんの旅も終結を迎える。

童話ときな臭い事件は一見ミスマッチに感じさせられるが、見事に融和されている。特に第二章の密室トリックは、この世界でなければ成り立たない素材を存分に活かし、完成度も高い。科学の発達していない世界でも、物理トリックは存在することが証明された。登場人物たちの心情は現代社会の闇に通じるほどシビアだが、美しい景色と優しい語り口が生々しさを緩和させている。そもそも童話の世界には、残忍さが秘められていた。事件は起きるが謎は解明されるものだと、最初から構えて読む本格ミステリのほうが、温かい世界なのだと思わせてくる。

代表シリーズ『浜村渚の計算ノート』のように、青柳碧人が描く少女は生き生きとして可愛らしい。その愛くるしさと誰もが幼少の頃から知っている物語が、随所で生じる違和感を包み隠す。鮮明に描かれた伏線は、童話そのものですらトリックの一部と化してしまうのだ。（羽住）

20

うるはしみにくし あなたのともだち

澤村伊智

双葉社　二〇二〇年八月　一六〇〇円（本体）［長編］
装画／SHINRI　装幀／bookwall

終盤には、幾つものトリックが積み重なり事態が二転三転する連続するどんでん返し

伏線回収の鮮やかさも評価されたホラー『ぼぎわんが、来る』でデビューした澤村伊智は、その後もホラーとミステリを融合した作品で注目を集めている。本書は、絶対に願いが叶うおまじないの存在を前提にした特殊設定ものである。

都立四ツ角高校三年二組の羽村更紗が突然、自殺した。美しくスクールカーストの上位にいた更紗には自殺の原因が見当たらず、担任の小谷舞香は困惑する。葬儀に出た舞香は、父親が更紗の顔を見せるのを拒んだことに違和感を覚えた。

葬儀の直後から、更紗は顔が醜くなったので自殺したとの噂が流れる。四ツ角高校には容姿が原因で自殺した姫崎麗美がおり、麗美に選ばれた生徒には存在しない占い雑誌「ユアフレンド」の昭和六四年四月号が届き、その中のおまじないを実行すると、クラスメイトの容姿を変えられるという学校の怪談があった。

その後も、おまじないの影響に苦しむ生徒が相次ぎ、舞香は誰が「ユアフレンド」を持っているのか調べ始める。

異様な設定は出てくるが、本書は三年二組の中から犯人を当てる王道的なフーダニットである。効果が及ぶ範囲が限られ、おまじないには煩雑な手順がある不自由なルールが、犯人と舞香の頭脳戦をよりスリリングにしたのも間違いない。

作中には、犯人のものらしき独白が随所に挿入されているので、ミステリ好きならあるトリックを疑うだろう。著者もそれを予見しており、カー『三つの棺』の「密室講義」のように、舞香たち教師にそのトリックを議論させている。ここには、それでも真相を見破られることはない、という著者の自信もうかがえる。

終盤には、幾つものトリックが積み重なり事態が二転三転する。連続するどんでん返しは、美醜は相対的なのに絶対的な基準があると思い込み、その価値観に操られ冷静な判断ができなくなっている現代社会を批判しており、トリックとテーマが見事に結び付いていた。（末國）

国内本格ミステリ 2020 MY BEST 5

全アンケート回答

秋好亮平
探偵小説研究会

1. ワトソンカ　大山誠一郎
2. ノッキンオン・ロックドドア2　青崎有吾
3. あの子の殺人計画　天祢涼
4. 透明人間は密室に潜む　阿津川辰海
5. 鶴屋南北の殺人　芦辺拓

ソリッドでユーモラスで全編ハイクオリティな1が今年のベスト。多重推理に説得力を持たせた設定の勝利。シリーズにグッと奥行きの加わった2は、前作から切れ味はそのままに、より捻くれた謎解きを堪能できる。続編も期待したいところ。4は題材の自由さや各編のアベレージの高さもさることながら、作中に登場するリアル脱出ゲームの解像度の高さに感動した。本格ミステリでしか描きえない手法で社会問題を扱った3、大量のアイデアがこれでもかと詰め込まれた5の絢爛さにも震えた。

亜駆良人
畸人郷

1. 立待岬の鷗が見ていた　平石貴樹
2. 佐左木俊郎探偵小説選Ⅰ　佐左木俊郎
3. ビブリア古書堂の事件手帖Ⅱ　三上延
4. 赤ずきん、旅の途中で死体と出会う。　青柳碧人
5. 鶴屋南北の殺人　芦辺拓

今年も面白い作品に巡り会えたことを感謝したい。

1の昨年に続く函館シリーズの新作は立待岬だったが、期待どおりにこの作品は今年一番の出来栄えだった。2に収録されている「狼群」が読める日が来るとは思わなかった。3のビブリアシリーズの新作は横溝正史ファンにとって本当に嬉しい作品である。4は童話シリーズの第2作。こちらも本当に面白かった。さらに急展開が待っていて、読者を唸らせるのである。5は力作の一言。読者はただただ堪能させられるばかりである。

浅木原忍
探偵小説研究会

1. **蝉かえる** 櫻田智也
2. **楽園とは探偵の不在なり** 斜線堂有紀
3. **汚れた手をそこで拭かない** 芦沢央
4. **名探偵のはらわた** 白井智之
5. **死体埋め部の回想と再興** 斜線堂有紀

①前作のベスト級の作品が今度は五作並んだ、文句なしに高品質な短編集。作風も確立された感があり、次も楽しみ。②倫理と論理がせめぎ合うところに生まれる感情と推理。特殊設定トリックも冴えた力作。③日常に潜む陥穽を描く端正な手つきの中に、紛れもない本格スピリットが宿っている。④あれ普通?と油断したところに襲い来る設定のツイストとキレキレの多重ロジック。流石。⑤終わってしまった物語の補遺集は「何のために謎を解く?」と探偵へ問いかけるのだ。

天祢 涼
作家

1. **恋に至る病** 斜線堂有紀
2. **汚れた手をそこで拭かない** 芦沢央
3. **ワトソン力** 大山誠一郎
4. **死者と言葉を交わすなかれ** 森川智喜
5. **ステイホームの密室殺人2** 乙一他

1　歪んだ恋愛小説としても楽しめるが、やはり終盤の展開が強烈。ラストについては誰かと語りたい。

2　いつの間にか張られていた伏線がつながり、予想外のラストへと導く手腕が見事である。

3　主人公の特殊能力によって名探偵と化した登場人物たちが繰り広げる推理合戦が圧巻。

4　死者を巡って積み重ねられる多重推理と、その末に待つ思わぬ真相に度肝を抜かれた。

5　新型コロナウイルスが蔓延した今年だからこそ生まれたアンソロジー。

嵐山 薫
嵐の館

1. **名探偵のはらわた** 白井智之
2. **楽園とは探偵の不在なり** 斜線堂有紀
3. **透明人間は密室に潜む** 阿津川辰海
4. **ワトソン力** 大山誠一郎
5. **エンデンジャード・トリック** 門前典之

このコロナ禍に於いてミステリはどう変わっていくのか、というのは誰しも思っていることだと思うけど、今以上に特殊設定ミステリが増えていくのか。

奇しくも選んだのは一作を除いてなんらかの特殊な設定がある作品ばかり。1、2のあまりにも強烈な世界観だったり、3の表題作のポピュラーな題材の扱いだったり4の触媒としてのワトソンの使い方だったり。

その他『鶴屋南北の殺人』『これはミステリではない』あたりも捨てがたいものがあった。

飯城勇三
エラリー・クイーン・ファンクラブ

1. **ワトソン力** 大山誠一郎
2. **鶴屋南北の殺人** 芦辺拓
3. **赤い部屋異聞** 法月綸太郎
4. **たかが殺人じゃないか** 辻真先
5. **御城の事件** 二階堂黎人編

1は、「縛りがきついほど燃える」作者が、今回は各短篇ごとと短篇集全体の二重の縛りで本領発揮。

2は、傑作『グラン・ギニョール城』の日本編というか姉妹編。対象がミステリ作家なら一位だったのだが。

3は『本格ミステリ戯作三昧』の作者としては高い評価になるのだが、他の人にとってはどうだろうか?

4は作者の稚気が嬉しい。

5はテーマの勝利。他の作家が「御城の事件」に挑んだ短篇も読んでみたくなった。

市川憂人
斜壊塵もの書き

1. あの日の交換日記　辻堂ゆめ
2. 透明人間は密室に潜む　阿津川辰海
3. 名探偵のはらわた　白井智之
4. ワトソン力　大山誠一郎
5. 幽霊たちの不在証明　朝永理人

昨今の情勢で部屋に籠り気味になりよっしゃ合法的に読書がはかどるぜと思いきや、気付けばネットサーフィン&積ん録（読にあらず）の消化に可処分時間が費やされ肝心の読書が全くはかどらない今日この頃、皆様いかがお過ごしでしょうか。

そんなわけで辻堂作品最高傑作の1、作風の振れ幅がデンプシーロール並の2、白井作品入門編（グロ的な意味で）の3、大山版『完全無欠の名探偵』の4、謎解きの後が痛々しい5、と振り返ればなかなかに群雄割拠な選定であった。ピヨッ。

臼井二郎
全日本ミステリ連合関係者

1. 透明人間は密室に潜む　阿津川辰海
2. 立待岬の鷗が見ていた　平石貴樹
3. 蟬かえる　櫻田智也
4. 名探偵のはらわた　白井智之
5. ワトソン力　大山誠一郎

1．とにかくアイデアの質量に圧倒されます。大胆なトリック、切れのよい犯人当て、謎解き小説のおいしいところ全部入りの傑作集です。2もアイデアの豊富さ、論理の緻密さにおいて申し分なく、とりわけ構成美に圧倒されます。3はさりげない伏線とミスディレクションの技巧が冴えており、読者の先入観をひっくり返してみせる手並みがあざやか。4．名探偵の成長小説を兼ねた謎解き譚として、異形ながら濃密な推理を堪能しました。5．設定の勝利で、推理合戦の密度はきわめて高い。

宇田川拓也
ときわ書房本店

1. たかが殺人じゃないか　辻真先
2. 透明人間は密室に潜む　阿津川辰海
3. 楽園とは探偵の不在なり　斜線堂有紀
4. 蟬かえる　櫻田智也
5. プロジェクト・インソムニア　結城真一郎

1は、その時代を経験している著者にしか書けない、なんと瑞々しい青春本格ミステリの傑作か。伏線を潜ませる妙技と最後の最後まで抜かりない周到なラストを見よ。2の多彩なアイデアとセンスと遊び心、そして泡坂妻夫の衣鉢を継ぐデビュー作と同じ主人公を起用しながら二冊目にして独自のテイストを獲得した4に拍手。3と5は特殊設定を魅力的かつ存分に使いこなした意欲あふれる長編作品。このふたつが、二〇二〇年代の国内ミステリにおいて、特殊設定ものの指標となるだろう。

円堂都司昭
探偵小説研究会

1. 楽園とは探偵の不在なり　斜線堂有紀
2. 透明人間は密室に潜む　阿津川辰海
3. 法廷遊戯　五十嵐律人
4. 鶴屋南北の殺人　芦辺拓
5. 五色の殺人者　千田理緒

特殊設定のミステリは作例が増えたため、もう特殊な傾向ともいえないが、やはり1の設定の使いかた、天使のイメージの異様さには魅せられた。2は表題作の大胆不敵さに笑わせてもらった。

今年の新人で印象に残ったのは、3と5。それぞれ法廷、介護施設という場所の性格にみあった物語、キャラクターを用意しているから意外性が活きる。

あの偉大な歌舞伎狂言作者の時代と現代を結びつけた4は、この作家にしか書けないミステリ。瞠目の力技。

大森滋樹
探偵小説研究会

1. オレだけが名探偵を知っている　林泰広
2. 蟬かえる　櫻田智也
3. 楽園とは探偵の不在なり　斜線堂有紀
4. ワトソン力　大山誠一郎
5. 家族パズル　黒田研二

カッパワンで最速デビューした四名の中、私がいちばん注目したのは林泰広だった。しかし、その後ほかのメンバーが活躍する一方、林の新作はなかなか出ず（三年前に短編集が出た）、新作長編は十八年待たされたわけである。十八年ですよ、十八年！　元号変わっちゃったよ！　だが、待った甲斐のある「目の前のものが見えない」驚愕に打ち震えた。もうやだ。もう待たせないでください。次作は来年刊行してください。

『蟬』はナニサマバッタくんが好きです（「ホタル計画」）。

大矢博子
書評家

1. Another 2001　綾辻行人
2. 楽園とは探偵の不在なり　斜線堂有紀
3. 透明人間は密室に潜む　阿津川辰海
4. 看守の流儀　城山真一
5. 風間教場　長岡弘樹

1位から3位は特殊設定もの。謎解きに都合よく使うためのルール設定ではなく、そのルールによる世界のあり方が伝わってくるのがいい。逆に4・5位はそれぞれ刑務所・警察学校という舞台の興味深さの上に、奇を衒わない端正な謎解きを積み重ねた上で「そっちかーー！」と驚かせてくれる秀作。上手いなあ、と思わずニヤリ。他に印象に残ったのは歌野晶午『間宵の母』、辻真先『たかが殺人じゃないか』、下村敦史『コープス・ハント』、櫻田智也『蟬かえる』など。

佳多山大地
探偵小説研究会

- 暗黒残酷監獄　城戸喜由
- 幽霊たちの不在証明　朝永理人
- 楽園とは探偵の不在なり　斜線堂有紀
- Another 2001　綾辻行人

いささか〝読書分母〟が頼りないため、四作のみ順位付けなしで推挙させてもらいます。『暗黒残酷監獄』のプロットは、意外とロスマク風では？　被害者の死亡時刻を細緻に絞り込んだ『幽霊たちの不在証明』。天使がいなくては成立しえない殺人トリックに痺れた『楽園とは探偵の不在なり』。趣向を変えた〈死者探し〉が切ない『Another 2001』。――それと、手前味噌ですが、僕が編者を務めた『線路上の殺意　鉄道ミステリ傑作選〈昭和国鉄編〉』（双葉文庫）もオススメですので！

霞 流一
作家

- エンデンジャード・トリック　門前典之
- 欺瞞の殺意　深木章子
- パンダ探偵　鳥飼否宇
- 鶴屋南北の殺人　芦辺拓
- 殺人都市川崎　浦賀和宏

（読んだ順です）。ここ数年、クラシックミステリばかりを再読していて、新刊の読書量は減っておりますが、ここに挙げた作品は将来のクラシックになり得る逸品揃いです。

GoneToキャンペーンの宿泊先なら「エンデ～」。「十二人の手紙」などに連なるレターミステリの収穫「欺瞞の～」。あつまれどうぶつのトリック「パンダ～」。歴史ミステリにして演劇パズラーにして本格推理であるエンタメの顔見世興行「鶴屋南北～」。「翔んで川崎」の果ては驚天動地の「殺人都市～」。

関西ミステリ連合OB会

大学サークルOB団体

1. 透明人間は密室に潜む　阿津川辰海
2. 名探偵のはらわた　白井智之
3. 幽霊たちの不在証明　朝永理人
4. デルタの悲劇　浦賀和宏
5. 楽園とは探偵の不在なり　斜線堂有紀

高い志を持った若い書き手の、縦横無尽の活躍が目覚ましかった。来年も大型新人が出現してくれると嬉しい。①一篇ごとに全身全霊。この熱い魂に本格ミステリの未来を賭けたい。②特殊設定？　違う、こいつはそれを踏み台にした意外な解釈のオンパレードだ。③ライトな筆致に敬遠するなかれ。殺害時間を絞り込む労作は他にない。④この薄さでここまでやるか。あらためて、唯一無二の才を喪ったことを悼む。⑤こんなに変な設定の殺人は見たことない。特殊設定ミステリの新たな雄編。

木内浩哉

斜め屋敷の間借り人

1. ジョン・ディクスン・カーの最終定理　柄刀一
2. 巴里マカロンの謎　米澤穂信
3. 五色の殺人者　千田理緒
4. 赤い部屋異聞　法月綸太郎
5. 透明人間は密室に潜む　阿津川辰海

これまでと比べて今年は本を読む機会が増えた、という方が多いと聞きますが、小生は生業の性質上、例年と変わることもなく、令和二年も多読の年とはなりませんでした。

気になる作品は片っ端から買い求めるほうで、未読の本は溜まる一方。何とか年内には消化したいものです。

京都大学

推理小説研究会

1. 幽霊たちの不在証明　朝永理人
2. 欺瞞の殺意　深木章子
3. 蟬かえる　櫻田智也
4. 名探偵のはらわた　白井智之
5. 典薬寮の魔女　橘悠馬

1．あくまで端正な論理は何を手掛かりに何を暴けるものなのか。論理への信仰の如き一作。
2．その推理はなにゆえか。心理と閃きが密接に絡みつき、めくるめく推理合戦へと誘う。
3．泡坂妻夫とも異なる思いがけない地平へ、この書き手は連れて行ってくれる気がする。
4．蘇った殺人鬼、繰り返される事件。異色バディが論理と暴力で立ち向かう、豪快な作品。
5．律令制の中で巻き起こるバディミステリ。やや駆け足な展開もあるが粘り強さの光る1作。

黒田研二

作家

1. プロジェクト・インソムニア　結城真一郎
2. 探偵のはらわた　白井智之
3. 同姓同名　下村敦史
4. 楽園とは探偵の不在なり　斜線堂有紀
5. 蟬かえる　櫻田智也

ひさしぶりに心の底からワクワクできるミステリに出逢えた。1は岡嶋二人さんの大傑作『クラインの壺』に匹敵するのではないかと思えるくらいの面白さ。特殊な世界へスムーズに読者を誘い、複雑に入り組んだ真相をわかりやすく解きほどいていくその手腕は見事。この著者の作品を読むのは初めてだが、完全に惚れた。2は予測不能な展開に驚きつつ、ものすごく難しいことをさらりとやってのけるそのテクニックに仰け反った。すべての伏線がキレイに回収される3は本格ミステリの理想型。

慶應義塾大学 推理小説同好会

1. 名探偵のはらわた　白井智之
2. うるはしみにくし あなたのともだち　澤村伊智
3. 呪殺島の殺人　萩原麻里
4. これはミステリではない　竹本健治
5. 巴里マカロンの謎　米澤穂信

①現代に蘇った殺人鬼を追う探偵の物語。題の意味づけも秀逸。②顔の美醜と恐怖が結ばれ、読んでいるこちら側の心をも抉る。③状況もキャラクターも全て訳あり。先の読めない展開と異様な空気感がクセになり、ハマっていく。④題名がどんな意図で、何を意味しているのか。一冊かけて攪乱されるような作品。⑤こんな「美味しい」高校生活が送りたかったなと感じさせてくれる。

小池啓介 書評ライター

1. 欺瞞の殺意　深木章子
2. 幽霊たちの不在証明　朝永理人
3. 蟬かえる　櫻田智也
4. 透明人間は密室に潜む　阿津川辰海
5. たかが殺人じゃないか　辻真先

当ランキングだからこそ『欺瞞の殺意』を強力に1位に推したい。往復書簡形式で繰り広げられる犯人当ては、「毒入りチョコレート」に果敢に挑戦した多重推理ものとして異彩を放っている。本作を読んでいるあいだの酩酊感は本格としての純度の高さゆえだろう。葬儀を終えた午後のお茶の時間そのものが数多の伏線の集合体である異形を極めた構築美に魅せられた。

2も同様な精神で書かれた、謎解きだけでできている謎解き。5の動機を誘発する時代の病理も深く印象に残っている。

埼玉大学 推理小説研究会

1. 欺瞞の殺意　深木章子
2. 法廷遊戯　五十嵐律人
3. 透明人間は密室に潜む　阿津川辰海
4. 楽園とは探偵の不在なり　斜線堂有紀
5. 赤ずきん、旅の途中で死体と出会う。　青柳碧人

①は書簡で繰り広げられる推理合戦、どこが伏線でどれが真実なのか一気読み必至の一冊。②は二転三転する展開と論理的な進行に圧倒されつつも罪と罰について考えさせられる感動作品。③はバラエティ豊かな短編集で、どの作品にも「やられた！」という衝撃と感動を覚えた。④は2人以上殺害すると地獄行きという特殊設定の中での探偵を見事に描いた一作。⑤は誰もが知るような童話との融合が見事で、こう来たか！と思わず舌を巻いた作品だった。

坂木司 作家

- 海神の島　池上永一
- ドミノ in 上海　恩田陸

国内をきちんと読んでいなかったので、楽しかった二冊を。『海神〜』は惹句にこそないが、伝奇小説の側面があって個人的に嬉しかった。沖縄という土地が持つ因縁と海洋ロマンが絡み合い、そこに池上流エンタをふんだんに振りかけてミキサーにかけたような一冊。お約束の変態キャラもギラギラしていて、濃いのが最高。

『ドミノ〜』はコロナ下という鬱々とした状況でも楽しく読むことができた稀有な一冊。感謝している。

佐倉丸春

非実在探偵小説研究会

1. 透明人間は密室に潜む　阿津川辰海
2. 蝉かえる　櫻田智也
3. ワトソン力　大山誠一郎
4. たかが殺人じゃないか　辻真先
5. 揺籠のアディポクル　市川憂人

今年の本格は優れた短編集が多く、特に三作が素晴らしかった。そのうち最もバリエーション豊かだった①は、どの短編も凝りまくっていて濃厚。まさに温故知新の精神で書かれていて、本格ミステリは伝言ゲームだということを再認識した。②は泡坂妻夫の名作短編集を彷彿させ、匹敵するほど面白い。③は大山作品らしい奇想にユーモアが加わり、非常に楽しい作品。④は瑞々しい青春と、いつまでも読者を驚かせようとする精神に胸を打たれた。⑤は異様な展開と切なさにやられた。

沢田安史

SRの会

1. 立待岬の鷗が見ていた　平石貴樹
2. 死神の棋譜　奥泉光
3. ジョン・ディクスン・カーの最終定理　柄刀一
4. エンデンジャード・トリック　門前典之
5. 鶴屋南北の殺人　芦辺拓

通常ではありえない設定の下で本格ミステリとしてロジックを展開する作品が相変わらず多く、嫌いではないのだが、切れ味という点では少し違うように感じている。

ケレン味にあふれ、その上にロジックのきれのある作品には、どうしても点が甘くなってしまう。

末國善己

探偵小説研究会

1. あの子の殺人計画　天祢涼
2. うるはしみにくし あなたのともだち　澤村伊智
3. 向日葵を手折る　彩坂美月
4. 戀童夢幻　木下昌輝
5. 首イラズ　岡田秀文

1は本格ミステリとしても、社会派推理小説としても秀逸。2は、特殊設定と二転三転するどんでん返しを使い、ルッキズムに操られている現状を暴いた点を評価したい。少年少女の成長物語として進む3は、構図の反転を用いることで、社会の闇が見えにくい場所で広がっていることを鮮やかに表現していた。あやつりテーマの4と、先祖が陰惨な事件を起こした名家で連続首切り殺人が起こる5は、過去と現在を対照することでアクチュアルなテーマを浮かび上がらせたところが圧巻である。

関根 亨

評論家・編集者

- ノッキンオン・ロックドドア2　青崎有吾
- 赤ずきん、旅の途中で死体と出会う。　青柳碧人
- 透明人間は密室に潜む　阿津川辰海
- 法廷遊戯　五十嵐律人
- 名探偵のはらわた　白井智之

順位なしで、著者五〇音順である。不可能と不可解、両探偵役割が謎解きピースにはまるのが『ノッキン～』。西洋童話時代設定を生かしつつ、現代に通用する壮大な発想が序章からラストまで繰り出された『赤ずきん～』。透明人間出現社会も裁判員裁判も客船内ゲームも驚愕の舞台と化したのが『透明人間～』。社会派法廷物との予想を覆えしながら、リーガル原則の中でヒューマンな意外性を見せたのが『法廷～』。昭和の怪事件と令和の最先端若者状況をあの手法で融合させた『名探偵～』。

千街晶之
探偵小説研究会

1. たかが殺人じゃないか　辻真先
2. 探偵は御簾の中　汀こるもの
3. 楽園とは探偵の不在なり　斜線堂有紀
4. 十字架のカルテ　知念実希人
5. ワトソン力　大山誠一郎

あと五作選べるなら『透明人間は密室に潜む』『ノッキンオン・ロックドドア2』『鶴屋南北の殺人』『珈琲城のキネマと事件』『法廷遊戯』。他にも『僕の目に映るきみと謎は』『揺籠のアディポクル』『死者と言葉を交わすなかれ』など秀作・佳作が多く、選択に迷った。

1・3・5は上位ランクインが予想されるのでそれ以外の二作について言及しておくと、2は平安時代だからこそ成立するトリックが秀逸。4は精神鑑定医対容疑者の心理対決のスリルと逆転の冴えが鮮やかだった。

嵩平何
探偵小説研究会

1. 同姓同名　下村敦史
2. 欺瞞の殺意　深木章子
3. デルタの悲劇　浦賀和宏
4. たかが殺人じゃないか　辻真先
5. 法廷遊戯　五十嵐律人

1は特異な設定を、自然な人間心理と現代を描くことで現出させる手腕が圧巻。2は二者による多重解決の推理の覆し方が多彩で物語に喰い込み、二人の立ち位置までをも侵す。3はこの長編を読んだ直後に著者の死を知り、現実と虚構の境がとろけた。常に最前線で読者に切り込んできた著者の、超絶技巧長編。4は価値観も立場も反転したこの時代でないと描けない、青春とミステリ。5は疑似裁判と実際の裁判を接続する着想に脱帽。終盤で疑問や不満も全て解消された。

棚野遙
日本暗号協会

1. たかが殺人じゃないか　辻真先
2. 竹林の七探偵　田中啓文
3. ニャン氏の憂鬱　松尾由美
4. ビブリア古書堂の事件手帖Ⅱ　三上延
5. 立待岬の鷗が見ていた　平石貴樹

『秘文字』復刊なる。書店に並ぶのを見る。解答付きは仕方ないか。

様々な思いが、思い出が蘇り、胸が熱くなる。

暗号を愛する総ての人に感謝。

筑波大学
ミステリー研究会

1. 楽園とは探偵の不在なり　斜線堂有紀
2. 法廷遊戯　五十嵐律人
3. これはミステリではない　竹本健治
4. たかが殺人じゃないか　辻真先
5. 馬鹿と嘘の弓　森博嗣

特殊設定を「探偵の存在意義」という命題と結びつけた『楽園とは探偵の不在なり』を今年のベストに推したい。『法廷遊戯』は法廷物としても、ここ数年多く見られる多重解決ものの変則的なかたちとしても面白い。『これはミステリではない』は、久々に毒素満載の竹本健治らしいミステリ。霧に包まれた情景の美しさも魅力。『たかが殺人じゃないか』は今後ミステリを語る上で重要な作品になりそう。『馬鹿と嘘の弓』は格差に対する静かな怒りを透明感のある文で描いたハードボイルド。

辻 真先

作家・脚本家

1. 透明人間は密室に潜む　阿津川辰海
2. 欺瞞の殺意　深木章子
3. 生まれつきの花　似鳥鶏
4. あの子の殺人計画　天祢涼
5. 楽園とは探偵の不在なり　斜線堂有紀

本格ミステリの名にふさわしい考えぬかれた作品と、特殊設定ミステリの選りぬきばかりです。若い世代の台頭に、目を見張らされる年でもありました。来年の一層の収穫を期して待ちたく存じます。

蔓葉信博

探偵小説研究会

1. ジョン・ディクスン・カーの最終定理　柄刀一
2. ワトソン力　大山誠一郎
3. 蟬かえる　櫻田智也
4. 透明人間は密室に潜む　阿津川辰海
5. 暗黒残酷監獄　城戸喜由

質的に違うものを並べる難しさは今年もひとしおでした。『最終定理』は手がかりの提示法がスマートでパズル小説の問題形式それ自体もアプデされるのだと思いました。『ワト力』はコンパクトななかに詰まった本格力、『蟬』は小説とパズルの止揚法、『透明人間』は本格形式の現代性が理由です。『暗黒』はその蠱惑的な文体と本格の融合に期待を込めて。『楽園』『遊戯』『オレだけ』が次点です。

東京大学

新月お茶の会

1. 透明人間は密室に潜む　阿津川辰海
2. 揺籠のアディポクル　市川憂人
3. ジョン・ディクスン・カーの最終定理　柄刀一
4. 名探偵のはらわた　白井智之
5. 欺瞞の殺意　深木章子

今年の国内本格は例年に比べても秀作が多く揃った。著者のミステリへのジャンル愛が強く現れた①、特殊設定下でのロジックが光る②と④、古き良き本格を感じさせる③と⑤。このほかに、『あの子の殺人計画』、『エンデンジャード・トリック』、『ワトソン力』、『珈琲城のキネマと事件』、『スパイ教室』、『ダンガンロンパ霧切』、『探偵くんと鋭い山田さん』、『巴里マカロンの謎』、『怪盗の後継者』、『キングレオの回想』、『たかが殺人じゃないか』も候補に挙がった。

戸田和光

ミステリ書誌愛好家

1. 透明人間は密室に潜む　阿津川辰海
2. オレだけが名探偵を知っている　林泰広
3. 名探偵のはらわた　白井智之
4. 鶴屋南北の殺人　芦辺拓
5. 巴里マカロンの謎　米澤穂信

ここ数年同じような感想を書き綴っている気がするが、現代で本格を書こうとすると（読者の印象に残ろうとすると）どこかが歪になることは避けられないのだろう。この趨勢が好ましいとは全く思っていないけれど、これが時代であるなら、それも仕方あるまい。オーソドックスな本格では、全く記憶に残らないのもまた確かだと思うからだ。

　そんな訳で、現代本格を読むならこんなところだろう、と思ったものを上位に並べてみる。良くも悪くも、記憶には残った作品だと思ったのは確かだ。

鳥飼否宇

奄美野鳥の会会長

1. 蝉かえる　櫻田智也
2. 透明人間は密室に潜む　阿津川辰海
3. 鶴屋南北の殺人　芦辺拓
4. 名探偵のはらわた　白井智之
5. エンデンジャード・トリック　門前典之

1．飄々とした人柄ながら鋭い観察眼を持った主人公の造形が、ホワットダニットの謎を解明する装置として効いている。とある社会的な問題に迫る「ホタル計画」と真相の衝撃度が大きい「サブサハラの蝿」が個人的にはとても好み。
2．著者の引き出しの多さを感じさせる好短編集。表題作のロジックに唸り、「六人の熱狂する日本人」のナンセンスに笑った。
3．三重構造の迷宮で酩酊。
4．タイトルに見事に騙された。
5．こちらはタイトル通りの内容。

西上心太

評論家

1. 欺瞞の殺意　深木章子
2. たかが殺人じゃないか　辻真先
3. 鶴屋南北の殺人　芦辺拓
4. 芝浜の天女　愛川晶
5. 不穏な眠り　若竹七海

二つの趣向の有名作品を想起させながら、背負い投げを食らわせる1には痺れた。

辻真先の筆先からミステリー仕立てで語られる戦中、戦後の物語である2は、貴重な作品であると同時に実に面白い。

ようやく完成した3は、期待に違わぬ作品だった。

八代目正蔵を探偵役にした落語ミステリーの4、不運すぎる女探偵の5。両者とも即読みの名シリーズである。

その他、若手の好作、問題作が豊富だったと思う。

羽住典子

探偵小説研究会

1. 透明人間は密室に潜む　阿津川辰海
2. 赤ずきん、旅の途中で死体と出会う。　青柳碧人
3. 蝉かえる　櫻田智也
4. 修羅の家　我孫子武丸
5. 探偵は御簾の中　汀こるもの

好みの作品が多い年だった。三位まではすんなりと決まったが、四位以降は日によっては別の作品を選出したかもしれない。

1はオーソドックスな設定とほんの少しと思わせる奇想のバランスが絶妙で、昨今の本格のモデル作だと思った。2は誰もが知っている童話の世界を意外な捉え方で描いた会心作。3は表題作の真相が特に美しく、一話ごとに余韻を楽しめた。

4は構図の反転に必要な、ある小道具の使い方に脱帽。5は時代性を活かしたトリックもさることながら、キャラに萌えた。

波多野健

探偵小説研究会

1. ワトソン力　大山誠一郎
2. 修羅の家　我孫子武丸
3. ジョン・ディクスン・カーの最終定理　柄刀一
4. 欺瞞の殺意　深木章子
5. 逢魔が時　西澤保彦

『ワトソン力』は今まで誰も気づかなかった発想の勝利。推理小説のニッチを新規開拓した。『カーの最終定理』も着想がすばらしい。カーの雰囲気を上手く掬い上げ、推理も高レベル。『修羅の家』は陰惨な家族乗っ取りテーマだが読後感は悪くない。『欺瞞の殺意』はプロットに工夫があって論理も緻密。だがこの自首は強引すぎないか？『逢魔が時』は表題作以外に、腕抜探偵不在での推理が秀逸。次点『向日葵を手折る』『狐火の辻』『愚者の決断』

はやみねかおる

児童向け推理小説書き

1. 楽園とは探偵の不在なり　斜線堂有紀
2. 向日葵を手折る　彩坂美月
3. エンデンジャード・トリック　門前典之
4. たかが殺人じゃないか　辻真先
5. 五色の殺人者　千田里緒

コロナ禍で大変だった、この一年。選んだ作品を見てみると、おもしろくない現実を忘れさせてくれたものが多かったように思います。

やっぱり、自分は〝奇想〟が好きなんだなと、改めて思った一年でした。

上位二作品、どちらを1位にするか、かなり迷いました。『楽園とは探偵の不在なり』を1位にしたのは、より現実を忘れさせてくれたからです。また、まだまだミステリには可能性があるんだと感じさせてくれる作品でもありました。

廣澤吉泰

探偵小説研究会

1. たかが殺人じゃないか　辻真先
2. 死者と言葉を交わすなかれ　森川智喜
3. 名探偵のはらわた　白井智之
4. 蟬かえる　櫻田智也
5. 君に読ませたいミステリがあるんだ　東川篤哉

次点は五十嵐律人『法廷遊戯』。今年も豊作の年であった。1はトリックや動機に加え、物語の盛り上げ方、キャラの使い方が見事であった。2は同種の仕掛けを用いた作品が複数ある中で、仕掛けが作品のテーマと有機的に結びついている点を評価した。3はグロ味が従来よりも抑えられ、その点が苦手だった当方にはありがたかった。4は不可解な出来事に光明をもたらす魞沢泉の推理に唸らされる。5は仕掛けの必然性と、その仕掛けを過不足なく説明するための設定への心配りが絶妙であった。

福井健太

書評家

1. 名探偵のはらわた　白井智之
2. 透明人間は密室に潜む　阿津川辰海
3. 欺瞞の殺意　深木章子
4. 錬金術師の密室　紺野天龍
5. ワトソン力　大山誠一郎

持ち味の排他的なグロテスク趣味を抑え、多くの伏線からロジカルな逆転劇を導く得意技を披露した1は、著者の新たな出発点になり得るだろう。2はマニアの熱量がバリエーションと密度を生んだ豊穣な作品集。平易な仕掛けで景色を一変させる3の趣向はある種の理想形。4はロジック志向のセンスに対する期待票。5のパズル偏重ぶりも好ましい。歴史&文芸ミステリの手法で歌曲を扱う『詩人の恋』の試みや『君に読ませたいミステリがあるんだ』の愛らしさも印象的だった。

政宗 九

アイドル好き書店員

1. エンデンジャード・トリック　門前典之
2. 汚れた手をそこで拭かない　芦沢央
3. 蟬かえる　櫻田智也
4. たかが殺人じゃないか　辻真先
5. 揺籠のアディポクル　市川憂人

奇想をいかに実現させ、説得力を持たせるか、という基準で本格ミステリを評価するなら、1がダントツ過ぎて他を寄せ付けない。物理トリックも充分すごいが、それを超える奇想が用意されているとは。2は全てハイレベルな作品集で「埋め合わせ」が好き。3の魞沢泉は後々語り継がれる探偵になるだろう。4は終戦直後の設定を見事に活かした、辻先生にしか書けない本格ミステリ。5は密室設定と次々に襲う展開、そしてロジックを評価したい。

麻里邑圭人
非実在探偵小説研究会

1. ワトソン力　大山誠一郎
2. 名探偵のはらわた　白井智之
3. プロジェクト・インソムニア　結城真一郎
4. 蝉かえる　櫻田智也
5. 揺籠のアディポクル　市川憂人

二〇二〇年度は短編集に当たりが多い年だったように思う。その中で最も優れていたのは1位「ワトソン力」で作者の持ち味である奇抜な発想力にユーモラスな魅力が加わったことで全編ハズレなしの新境地的傑作に仕上がっている。新境地といえば2位「名探偵のはらわた」も白井作品初の名探偵物で昭和の殺人鬼に推理で立ち向かう名探偵が実に熱い。その他3位のこの設定ならではの動機、4位の探偵役自身を含む人間ドラマ、5位のプロットの妙と切ないボーイミーツガールが心に残った。

三橋 曉
コラムニスト

1. ムシカ　井上真偽
2. 透明人間は密室に潜む　阿津川辰巳
3. 雪と心臓　生馬直樹
4. クスノキの番人　東野圭吾
5. 探偵の不在は楽園なり　斜線堂有紀

作風を広げることにも成功をおさめているが、それでも見紛う方なき至高の本格ミステリたる1。何より作者が楽しんで書いていることで、こちらまで楽しくなる2。不明を恥じつつ3作目で出会えたことを喜ぶ、自分の好みが直球ど真ん中の作家の3。長いキャリアの中でフレッシュな感覚を失われないことが謎、巨匠の新作4。伸びしろを残す作品ながら、天使が不気味に空を舞うビジュアルや地獄が地面に口を開けるシーンをぜひ映像で見てみたい5。贔屓の不在はあったが充実の一年。

村上貴史
ミステリ書評家

1. たかが殺人じゃないか　辻真先
2. Another 2001　綾辻行人
3. 楽園とは探偵の不在なり　斜線堂有紀
4. オレだけが名探偵を知っている　林泰広
5. 巴里マカロンの謎　米澤穂信

①昭和を描きつつも現代を刺し、己が先駆者として切り拓いた道を更に遠くまで進む。感服。読者の盲点を狙う手腕に陶酔。②超常現象に支配され、記憶や記録が改変されるなかでも手掛かりに基づく推理を愉しめると実証。勿論読み物としても抜群の出来。③二人殺せば地獄行きというルールが秀逸。そのなかで連続殺人を描くだけでもスリリングなのに、孤島と館もある。幸せ。④論理×推理＝万能×無敵。歓喜。⑤おなじみの面々の推理をまたしても堪能。これってやはり凄いことだ。

明治大学
ミステリ研究会

1. 名探偵のはらわた　白井智之
2. ワトソン力　大山誠一郎
3. 蝉かえる　櫻田智也
4. 汚れた手をそこで拭かない　芦沢央
5. 巴里マカロンの謎　米澤穂信

1．現実離れした設定だが、中身はロジカルな本格ミステリ。グロテスクな描写も多いが、読了後には爽快感がある。2．重い内容ではないため、謎解きの面白さが感じられる。犯人にまで推理させる展開には驚いた。3．虫にまつわる事件がテンポよく展開し、各編は短くとも満足感がある。4．人間の心の暗い部分を上手く突き、明日は我が身と思うことも。一編一編が非常に読みごたえがある。5．日常系の謎解きで、丁寧に段階を踏んでいる。ミステリ初心者も読みやすいと思われる。

森村 進
法哲学者

1. 透明人間は密室に潜む　阿津川辰海
2. 鶴屋南北の殺人　芦辺拓
3. 立待岬の鷗が見ていた　平石貴樹
4. ワトソン力　大山誠一郎
5. 不穏な眠り　若竹七海

今年は秀作は多かったが、文句なしにベスト1と言いたくなる作品には出会えなかった——見逃しただけかもしれないが。
1　傾向の違う中編集とは珍しく、いずれも成功している。
2　文化文政時代と現代を行きつ戻りつする中にも叙述トリックが仕掛けられていたとは気づかなかった。ただし犯人を推理する材料は少ない。
3　二百頁余りの分量にこの複雑な内容をよく盛り込んだ。
4　ユーモラスな筆致ながら作者のトリック構成力は変わらない。中でも第7話「不運な犯人」は抜群に意外な展開だ。

諸岡卓真
探偵小説研究会

1. 蟬かえる　櫻田智也
2. たかが殺人じゃないか　辻真先
3. ワトソン力　大山誠一郎
4. 透明人間は密室に潜む　阿津川辰海
5. 名探偵のはらわた　白井智之

連作短編集が多くなった。1は各短編どれもハイレベルで、探偵役のキャラクターの深め方も印象的。虫にまつわるテーマもきちんと回収されていてまったく隙が無い。2は時代設定、人物設定、トリックが有機的に絡む構成が見事。タイトルもいい。3、4、5は現代の本格ミステリ短編の質の高さをまざまざと見せつけられた。個人的には、3の第七話のドタバタ感が非常に好み。この他、柄刀一『ジョン・ディクスン・カーの最終定理』、西澤保彦『夢魔の牢獄』などが印象に残った。

諸岡秀孝
佐賀ミステリファンクラブ

1. 名探偵のはらわた　白井智之
2. 蟬かえる　櫻田智也
3. プロジェクト・インソムニア　結城真一郎
4. ワトソン力　大山誠一郎
5. 揺籠のアディポクル　市川憂人

1は、相変わらずのとんでも設定がトリックに絡む様が見事。グロを封印して一般にお勧め出来る作品。2は、昆虫オタク探偵が見事に謎を解き明かすミステリ。人の思いが愛おしく悲しい。胸を打つ五編の短編集。3は、「夢」を自由に操れる仮想現実世界で起こる殺人事件。本格ミステリ要素が詰まった良作。4は、雪で閉ざされたペンション、暗闇の中、孤島……ミステリの楽しさが凝縮された短編集。5は、無菌病棟で少女が殺された謎を解くミステリ。設定に圧倒される。

諸戸似非
会社員

1. 透明人間は密室に潜む　阿津川辰海
2. 蟬かえる　櫻田智也
3. 世界樹の棺　筒城灯士郎
4. 名探偵のはらわた　白井智之
5. 愚者の決断　小島正樹

四つそれぞれの方向に全力を振り絞った短篇群に凄絶さすら感じる1。ずっと淡い色彩だがきっちりと芯は通っている2。術策てんこ盛りの短篇集ということでは『あの日の交換日記』も良かった。なかなか全貌を気取らせない企みが一つの景色に帰着するのが美しい3。案外に随所で「物語」が表に出てくる4に、計算がすっきりと決まった5。多段構えに意欲を感じる『揺籠のアディポクル』やストレートさが潔い『五色の殺人者』『幽霊たちの不在証明』も面白く読んだ。

山崎秀雄 ミステリライター

1. 模型の家の殺人 歌田年
2. 透明人間は密室に潜む 阿津川辰海
3. 数学者と哲学者の密室 飯城勇三
4. MEMORY 螺旋の記憶 吉田恭教
5. またもや片想い探偵 追掛日菜子 辻堂ゆめ

「紙鑑定士」という、何やら鑑定士としてTVに出そうな主人公が、依頼人の勘違いで始まった調査が楽しい。私の好きなプラモデルが出てくる。「透明人間」は四編の短編が詰まった作品。意外な設定だが嬉しい。「数学者と」は、小説ではなく評論。探偵の推理法や密室のあるべき姿などをマニアックの分析していくもの。「螺旋の記憶」はこの構成や展開の可否で評価が変わる作品。「追掛日菜子」は、女子高生探偵が活躍するユーモア小説。単純に明るい気持ちで読めたので選んだ作品。

立命館大学 ミステリー研究会

1. たかが殺人じゃないか 辻真先
2. 欺瞞の殺意 深木章子
3. 透明人間は密室に潜む 阿津川辰海
4. 楽園とは探偵の不在なり 斜線堂有紀
5. あの子の殺人計画 天祢涼

①構成の魔術師、辻真先いまだ健在なり。この「推理小説」は時代の矛盾を解く。②また読み返したくなるような丁寧な仕掛けと感情が伝わってくる描写が印象的。③摩訶不思議な設定の中に本格ミステリを楽しめる短編集！どれもがバッグンに面白い！④特殊設定が生み出す謎とドラマがミステリー小説の面白さに昇華されている。⑤止められない『あの子の殺人計画』に歯痒さを感じられずにはいられない。

若林 踏 書評家

1. たかが殺人じゃないか 辻真先
2. 蟬かえる 櫻田智也
3. 透明人間は密室に潜む 阿津川辰海
4. 法廷遊戯 五十嵐律人
5. ノッキンオン・ロックドドア2 青崎有吾

その作家にしか書き得ぬ傑作がある、というのは1，のような作品の事を指すのだろう。終戦直後に新設された男女共学校での青春模様、という作者自身が見た風景を再現しつつ、手の込んだトリックを贅沢に盛り込んだ本書は、極めて満足度の高い読書体験をもたらす。2，は先行作家へのリスペクトの域を超え、探偵役をより独創的で魅力的な存在に出来た点を評価したい。3，は多彩なアイディアを詰め込む作者の長所が、短編でも発揮されている点に注目。題材もバラエティに富んでいて良い。

早稲田大学 ワセダミステリ・クラブ

1. うるはしみにくし あなたのともだち 澤村伊智
2. 世界樹の棺 筒城灯士郎
3. 蟬かえる 櫻田智也
4. カケラ 湊かなえ
5. クスノキの番人 東野圭吾

1位は呪いの犯人に迫るホラー・ミステリ。後半の、真相に向かっていく疾走感も見事。2位もファンタジー×ミステリ×SFという要素を掛けあわせていながら、美しく調和している。3位は切なくも愛おしい珠玉の連作短編、丁寧な筆致が魅力的。4位は誰もが持つ「美」への執着と、それが複雑に絡み合う様子を描いた極上のホワイダニット。5位は願いが叶うといわれているクスノキを巡る、人間の祈りについて描いた心温まる物語。

COLUMN

新人注目株二〇二〇

廣澤吉泰

新型コロナウイルス流行は新人賞にも影響を及ぼした。感染拡大防止の観点から選考委員が集まって実施していた選考会がＴＶ会議等となり、贈呈式や祝賀会も中止となった。祝賀会は、新人には顔を売る好機であり、先輩作家や出版社との交流の場でもあるが、それがなくなってしまったわけだ。しかし、今年の新人らは、そんなハンデを物ともせず、本誌のベスト投票でも五十嵐律人『法廷遊戯』（第六十二回《メフィスト賞》受賞）が九位に、朝永理人『幽霊たちの不在証明』（第十八回《このミステリーがすごい！大賞》優秀賞）が十三位に食い込んだ。この二作は本誌のレビューに譲ることとして、それ以外の注目作を紹介する。

　第九回《アガサ・クリスティー賞》は、贈賞式が昨年十一月であったので予定通り開催された。折輝真透『それ以上でも、それ以下でもない』と穂波了『月の落とし子』のＷ受賞。折輝は二〇一八年にジャンプホラー小説大賞の、穂波も別名義で二〇〇六年に第一回ポプラ社小説大賞の受賞歴のある「新人」であった。『わたしが消える』で第六十六回江戸川乱歩賞を獲得した佐野広実も別名義での第六回松本清張賞受賞者。再デビュー組の出現も最近の傾向だ。ちなみに、『月の落とし子』は墜落した宇宙船から致死病原体が蔓延する、という新型コロナ禍を予言したようなパニック物だった。

　第二十三回《日本ミステリー文学大賞新人賞》の受賞作、城戸《きど》喜由《きよし》『暗黒残酷監獄』は、高校生が十字架に磔にされた姉の事件を探るうち、家族の暗部にぶちあたるというもの。主人公・清家椿《ちゅん》太《た》郎《ろう》のキャラクターが独特で忘れがたい。

　第十二回《ばらのまち福山ミステリー文学新人賞》の受賞作、森谷祐二『約束の小説』は相続に関して先祖代々の掟がある一族で連続殺人が発生する、横溝正史『犬神家の一族』を彷彿させる館もの。作中人物が「荒唐無稽なトリックこそミステリの華」と言い切るが、その言を裏切らぬ大技が炸裂する。

　第四十二回《小説推理新人賞》を受賞した、藤つかさの短編「見えない意図」は、生徒会長選挙を開票したら大量の「白票」が出現して……という学園物。主人公が「これは会議です」と主張して、多数決で結論を出す展開も新鮮だが、そこからのどんでん返しも見事。

　第三十回《鮎川哲也賞》の受賞作、千田理緒『五色の殺人者』は老人介護施設で殺人が発生したが、犯人の服の色に対しての目撃者の証言が赤、緑、白、黒、青と五色まちまち、という魅力的な謎が提示され、鮮やかに解決される。

　第十七回《ミステリーズ！新人賞》は、大島清昭「影踏亭の怪談」と大和浩則「噛む老人」が受賞した。前者は怪談作家が巻き込まれた怪異を、後者は老人がヘルパーに噛みついたという謎を追及する。いずれも甲乙つけがたい良作でＷ受賞も納得である。

「国内本格」座談会

沈鬱な空気も吹き飛ばす傑作が目白押し

大森滋樹 × 嵩平 何 × 蔓葉信博

コロナ禍におけるミステリ

蔓葉◆ 毎年恒例の座談会ですが、今年は年始からコロナ禍が世界を覆い尽くす年となり、日常生活もこれまでとは異なる様式を求められるようになりました。僕は四月からずっと会社には行ってませんが、おふたりはいかがでしたか。

大森◆ ステイホームなので、本を読むのに一番いい状況なのではと思ったんですが、意外に読めませんでした。

嵩平◆ 私は調べ物をしたり読書をしたり、有意義に過ごせた印象です。

蔓葉◆ そうした「新しい生活様式」にいち早く対応したのが『ステイホームの密室殺人1』、『2』でした。

嵩平◆ ともに書き下ろしアンソロジーですが、時代を取り込んだとてもスピーディーで大変的確な企画だったなと思いました。この行動力は素晴らしい。今、コロナ禍のリアルタイムで読んだ時の感覚と、後世の人が「歴史」として読む感覚、その両方を書籍のミステリとして残せるのは大きいと思いますね。

令和を担う新鋭たちの活躍

蔓葉◆ そのようなコロナ禍ではありますが、新鋭の目覚ましい活躍は陰鬱な気分を一掃するものでした。たとえば青崎有吾『ノッキンオン・ロックドドア2』は今回第一部完となるエピソードでしたが、ダブル探偵の設定とひねったシチュエーションをロジックで編み上げた、本格のお手本のような作品でした。

嵩平◆ まだ色々と広げる余地はありますので、続編も読んでみたいです。

大森◆ 新人と思っていた青崎さんもあっという間に多くの作品を書かれました。それに今年もたくさん新鋭が活躍しました。結城真一郎『プロジェクト・インソムニア』は、二十一世紀の岡嶋二人『クラインの壺』みたいな印象。製薬会社の実験で、夢の世界を探求する登場人物たちが殺されていく、面白く上手に話をまとめた作品でした。

蔓葉◆ 『クライン』はサスペンスでしたが、こちらは紛うことなき本格でした。

嵩平◆ 技術の進歩に伴ったＶＲ（仮想現実）・ＡＲ（拡張現実）小説の流行と

特殊設定ミステリブームとが相まって、近年、完成度の高い作品が数多く生み出されています。この作品もその中の一つ。その設定の特殊性を活かした大胆なトリックが特に印象に残っていますね。

蔓葉◆　VR技術もまだまだ発展しますし、そうすると本格の可能性も広がるということですね。

嵩平◆　特殊設定ミステリは今年も色々と誕生しましたが、その中でもファンタジーミステリ、たとえばシリーズ二作目である片里鴎『異世界の名探偵2　帰らずの地下迷宮』についてはいかがでしょう。

蔓葉◆　前作以上に異世界の設定を生かした大胆なトリックが印象的で未読の本格ファンにはぜひおすすめしたいですね。

嵩平◆　筒城灯士郎『世界樹の棺』や紺野天龍『錬金術の密室』も質の高いファンタジー本格ミステリで良かったです。

蔓葉◆　構成の妙が際立つ『世界樹の棺』か、三重密室を構築した『錬金術の密室』か迷うところですね。あと一年に一作あればよかったファンタジーミステリで、比較検討できる時代が来て本当にうれしくて。さきざき特殊設定ものの下位ジャンルでなく、ひとつのジャンルとして確立するといいなと思ってます。

嵩平◆　今年の新人で驚きだったのが、このミス大賞の優秀賞でデビューした朝永理人『幽霊たちの不在証明』。鮎川賞最終候補の改稿作で、麻耶さん推薦も納得のロジカルな作風です。このミス大賞でこういう作風が出てくるのは意外でした。穴はありますが、今年最もロジカルな解決を目指した小説の一つだと思います。同時刊行の貴戸湊太『そして、ユリコは一人になった』も選評の弱点が克服された、とても面白い学園ミステリでした。

蔓葉◆　ロジカルといえば、汀こるもの『探偵は御簾の中』は、歴史ミステリですが、平安時代の特殊性を活かした視線の密室がすばらしく、ラブコメぶりもよかったのでぜひ第二作を待ちたいです。

嵩平◆　鮎川賞受賞作・千田理緒『五色の殺人者』は謎の人工性や偶然の多用は評価が分かれそうですが、それらが遊戯的なおかしみに繋がっています。これも本格ならではの面白さかなと。

時代を映し出す作品たち

大森◆　ほかの新人としては、法律分野の知識を活かした五十嵐律人『法廷遊戯』がありました。

蔓葉◆　青春小説としてのキャラ造形が謎解きに貢献していてよかったです。

嵩平◆　疑似法廷ものと本物の法廷ものをつなげる技術が本当に素晴らしい。

大森◆　「無辜ゲーム」というルールを導入することによって一種の特殊設定もののようになってるんですよね。

嵩平◆　私には、下村敦史さんのような、実在する法律や、あるシチュエーションで発生する特殊状況を本格ミステリの世界に取り込む作例の一つに読めましたね。

蔓葉◆　犯行方法や犯人追及パートのテクニックも丁寧でした。五十嵐さんをはじめ次々とそうした書き手が生まれるのはいいことですね。

嵩平◆　新社会派といいますか、乱歩賞作家を中心に、本格の技術を社会派的なストーリーの中に盛り込むのが定着してる感があります。例えば薬丸岳さんや呉勝浩さん、葉真中顕さんなど。社会派から離れたところからデビューした本格プロパー作家からも、天祢涼『あの子の殺人計画』のような社会派本格が多く生まれている。この作品もテーマと本格ミステリ要素が見事に結びついています。色々なジャンルで本格が書かれるようになったのは素晴らしいことだと思います。

蔓葉◆　コメディに落とさないかぎり、リアルに即した出来事を書くときに、意識せずとも社会派に近づいていくのではとも思いますので、現代ミステリは難しくもありますね。その意味では、同じ法廷ものでかつテーマ性も重なり合う深木章子『欺瞞の殺意』におけるトリックのアクロバットとリアリティのバランスは気になるところでした。犯人当ての手がかりとしてはあと一手ほしい気もしますが、多重解決のなかでの冴え渡る構成には目を瞠るものがありました。

大森◆　特殊設定ものが近年増えているのは、日常生活でテロや自然災害、パンデミックが当たり前になり、読者のリアリティを背後で支えているからか、という気がします。そういう観点では、主人公の姉の大人気YouTuberが磔にされて殺されるという事件からはじまる城戸喜由『暗黒残酷監獄』が気になりました。

蔓葉◆　今の流れで言及あると思いました（笑）。殺伐とした日常の感覚を文体にまで落とし込んだ作品でした。本格の度合いは議論になるでしょうが、この方でしか書けない本格かなと考えるので、本格度が高い次回作を読んでみたいです。

嵩平◆　文体にこだわり、白井智之の作風のように人間性を排除したまま、それを最後まで貫いて書き切ったのはすごい筆力だなあと思いました。確かに二作目以降どのように進化していくのか、一番注目の作家ではありますよね。

蔓葉◆　そういう意味でいうと『法廷遊戯』も、文体から主人公・犯人役の設定もリアリティを感じました。

大森◆　そもそも裁判官が裁く根拠って何なのかっていう点を追求していくところに、現代社会の私的制裁と関連した問題意識を感じ、現実感がありました。

嵩平◆　下村敦史『同姓同名』は、まさに私刑の恐ろしさを描いた作品でした。

大森◆　殺人犯となった「大山正紀」のせいで、同姓同名の大山正紀たちがさまざまに迷惑を被る。結果、ネットで炎上してしまい、「大山正紀」の被害者の会が作られる。

嵩平◆　突飛な設定を人の行動の結果として自然な形で取り込んでいる。下村さんは本格と社会派の融合を目指してる作家ですが、奇異な設定を十全に活かしきった最高傑作だと思いました。

大森◆　「被害者の会の中に実は偽物の大山さんが」みたいな。先を読ませるのが非常にうまい。

嵩平◆　下村さんは、法と正義がテーマの『法の雨』や、少年たちのひと夏の冒険譚『コープス・ハント』のように、仕掛けをほどこしつつも、物語として面白いのが魅力です。難しい設定を活かしきるという意味では、林泰広『オレだけは名探偵を知っている』もすごい技量の作品だと思いました。

大森◆　私、日常のパートから非日常へグイグイと話を持っていくオープニングがすごく好きで。タイトルにあるように探偵論に関する小説でもあり、ミステリに関する小説でもあり。林泰広さんは手品に長けてる方で、ミスリードが非常に上手ですよね。読者の目の前にあるはずなのに見えないようにする、という仕掛けに特化していて、これは傑作だと思いました。

嵩平◆　特殊シチュエーションものですよね。それなりの説得力を持たせて描き切ってるのが、やはり現代ならではの処理かなあと思いました。

蔓葉◆　スパイ小説風だったり、監禁ホラー的な文脈だったり、本格が他ジャンルを貪欲に取り入れ、広がっていったひとつの結果ですかね。

嵩平◆　技巧的な作品では、今年残念ながら若くして亡くなられた浦賀和宏さんの『デルタの悲劇』が印象深いです。超絶技巧とはこのことかと思いました。

蔓葉◆　作品の技巧で生まれた眩暈感を、作家の死去が結果的に倍増させることとなり、複雑な心境ではあります。

嵩平◆　あと藤崎翔『OJOGIWA』『あなたに会えて困った』の二冊も、読後感は全く違いますが、現代的な企みに満ちていて感心しました。ルッキズムがテーマの澤村伊智『うるはしみにくしあなたのともだち』はテーマに向き合う真摯さに加え、犯人像がとても腑に落ちました。森川智喜『死者と言葉を交わすなかれ』も凝った仕掛けがなされています。作例は多いトリックながら、大掛かりなミスリードとの絡ませ方が絶妙でした。

蔓葉◆　『死者と』はその巧みな構成で明かされる現代的な視座に唸りました。

嵩平◆　死をテーマにした森川作品に対し、自殺テーマの逸木裕『銀色の国』、安楽死テーマの犬塚理人『眠りの神』も題材選びに新鮮味がありました。

大森◆　今年もレベルの高い新人が多くデビューし、ランキング的には激戦じゃないかと思っています。

蔓葉◆　突出した作品があるとランキング的にはなんとなく読めてしまうので、それはそれでいいかもですね。

ベテラン・中堅の作家の多彩ぶり

蔓葉◆　一方でベテラン勢の勢いもすごかったですね。まず挙げるべきは綾辻行人『Another 2001』かと思います。前半のホラー的な展開から後半の犯人の絞り込みのプロセスで匠の技を堪能しました。あの厚さに相反するリーダビリティにもびっくりです。あとベテラン勢で今年一番変化球というか魔球だったのが、竹本健治『これはミステリではない』でした。『狐火の辻』も竹本さんらしい搦め手の本格でしたが、インパクトでいうと『これはミステリではない』ですかね。

大森◆　ただ、竹本さんだったらこういうのを書くだろうという想像の範囲は超えなかった感じなんですよね。

蔓葉◆　それも……わかります（笑）

嵩平◆　『これはミステリでない』は、竹本さんなりの本格への返歌で、本格ミステリではないが本格度は高い作品であると、逆説的にそう言いたい作品です。

蔓葉◆　我孫子武丸『修羅の家』も我孫子さんらしく、一筋縄ではいかないグログロのミステリ。人間を奴隷化する鬼畜たちからひとりの女性を救おうとする男の奮闘を描く作品ながら、そのトリッキーな構成は注目に値すると思います。

大森◆　芦辺拓さんは伝統芸能を舞台にした『鶴屋南北の殺人』がありました。稲羽白菟『仮名手本殺人事件』も同じく伝統芸能ものですね。昔、法月綸太郎さんが本格ミステリは落語や歌舞伎のような伝統芸能になり、本当にコアなファンしか楽しめない閉じたジャンルになるのではと書かれていたことを思い出しました。しかし、芦辺さんや稲羽さんの作品を読むと、テーマになにか現代に通じるものがあり、安心して読めました。

嵩平◆ 二作とも伝統芸能としての型、本格ミステリの型、二重の意味でガジェットものです。組み立てとその処理も巧みな、レベルの高い作品でした。『仮名手本殺人事件』は横溝・歌舞伎的な、情念・血縁も魅力。『鶴屋南北の殺人』は他にも趣向が満載で、芦辺さんらしい贅沢な本格ミステリに仕上がっていました。

蔓葉◆ 伝統芸能というとっつきにくいはずの題材を、たとえば『鶴屋南北の殺人』では芦辺風の本格としていて、アンバランスさもありますが、その試みはトリックなどとは別軸で評価したいです。

嵩平◆ 古典の再解釈という意味では、鯨統一郎『文豪たちの怪しい宴』の一作目の漱石『こころ』の裏解釈が、原テキストと細かく突き合せた上でなされていて、読んでいる最中の説得力はすごかったです。意外性と納得度という面では深水黎一郎『詩人の恋』のシューマン「詩人の恋」の歌詞の読み解きも斬新でした。

蔓葉◆ 小説の構成も斬新でしたね。謎解きの部分も本格の枠組みでこんなこともできるのかと驚きました。

嵩平◆ あと逢坂剛『鏡影劇場』はシューマンと同じ、ドイツのE・T・A・ホフマンの間隙を埋めていきます。伝統というテーマから強引に結びつけると、伝統的なゲームである将棋テーマの奥泉光『死神の棋譜』は迫力ある幻想ミステリで、将棋という神に通じるベクトルを与えたことが成功の要因ではないでしょうか。

再び時代を映し出す作品たち

大森◆ あと、『鶴屋南北の殺人』と『仮名手本殺人事件』の二作とも背景にあるのが忠臣蔵なので、これもまた私的制裁なんですよね。

嵩平◆ 今年の作品に顕著な、私的制裁という切り口は面白いですね。

大森◆ 現代にすごくマッチしている。丸谷才一『忠臣蔵とは何か』は、曽我兄弟の仇討や忠臣蔵の背景に御霊信仰を見出そうとする評論です。時代ごとに忠臣蔵的な仇討物は日本の歴史のなかでずっとあるわけで。現代も仇討や復讐をアップデートした形の作品があります。さきほどの『同姓同名』のリアリティもそういうことですね。この先やや心配な感じがするぐらい。これが当然な状況となり、前提となって作品が書かれ、その上で倫理的道徳的に正しい振る舞いとは何かと模索する方向に行くのかどうか。

蔓葉◆ 私的制裁の正当性の問題ですよね。ポピュリズムだと正当性はあいまいとなり、ネットのそこかしこで私的制裁のやり合いが多々見られます。『暗黒残酷監獄』でも類似した一幕がありましたし、そうした問題を溶け込ませたのが斜線堂有紀『楽園とは探偵の不在なり』かなと思いました。二人殺した人間は強制的に地獄に落とされる世界で起こる連続殺人。このコロナの状況とも重なりあって、アクチュアルな作品と感じました。

大森◆ 二〇〇一年の911あたりから、不条理で暴力的な死が文学的なテーマになってくると思っていました。もともと世界は不条理な暴力に満ちていて、それじゃやっていけないので、人間社会では道徳、司法、人権など、きちんとした形で仕組みを作った。しかしそんな社会ができた後、「結果からもとの状況を逆照射する」と、なんでこんなことが起こるのか、不条理だ、と「義人の災難」が発見されたと思ってるんです。義人＝何も罪のないひとが何でひどい目にあうのかという倫理的な問題です。もちろん、そもそも世界は不条理なので、そんな問題自体、最初から存在しない。しかし「義人の災難」をテーマにした作品を示しつづけることは、ひとに倫理や道徳を強く意識させるので、無意味ではない。だから斜線堂さんはじめ多くの作家さんにも、このテーマを追求していってほしいと思ってます。

蔓葉◆　パズル小説なので現実味はなくても面白ければかまわないという意見の一方で、特殊設定ものを作るに際してリアリティを求める向きってあるじゃないですか。そのとき、私たちが住む世界の合理性、倫理性を踏まえたかたちにすると特殊設定の説得力が増すのだと『楽園は探偵の不在なり』を読んで考えました。

嵩平◆　確かにコロナにつながる、突然発生的で理不尽な現象という意味では『楽園は探偵の不在なり』と、超常的な現象が存在している『Another2001』もそうですよね。

蔓葉◆　そこはつなげるべきでしたね。

嵩平◆　また市川憂人『揺籠のアディポクル』も少年少女が否応なしにある病に巻き込まれます。情感漂う本格ミステリで、著者の新境地です。

蔓葉◆　世界という巨大なものに抗うべく、知恵を絞って仕組みを作ったものの、今度はそれが事件や殺人を招いてしまう。そうした理不尽なシステムへの抵抗が、本格として提示されてる。『アディポクル』もそんな一冊でした。まさに今、多くの人に読んでほしい本格です。

大森◆　「知恵を絞って仕組みを作ったものの、それが今度、事件や犯罪の温床や背景になる」といえば、この作品。戦後社会では戦前戦中の秩序が崩壊し、新しく民主主義が日本に入ってきたものの、多くの人がその民主主義に戸惑ってる。また戦前や戦中の意識を持ってる人たちが、相変わらず同じ発想でいつづけた結果、事件が発生してしまう。それが辻真先『たかが殺人じゃないか』だと思うんですよ。朝鮮戦争が起こる――つまり「逆コース」が本格化する一年前の一九四九年を時代設定として、何から何まで考え抜いて話を作っていると思いました。

嵩平◆　笠井さんが大量死理論で人間を描けないことの意味を提示したわけですが、『たかが殺人じゃないか』はそれをもう一回裏返ししたことによって、本格ミステリでありながら人間を描くことに成功している。大変技巧的な作品でした。

大森◆　人権感覚を理解できない人たちがいて、それによって被害者が生まれてしまう。「昭和二十四年の推理小説」ってサブタイトルが付いているんですが同時代的ともいうか、令和二年でも納得して読める作品になっていました。

嵩平◆　今だからこそ、戦前の延長という考えを持っている人間と、戦後の民主主義を享受している人間が同時代に存在しているという状況が突き刺さりますね。似鳥鶏『生まれつきの花』も警察小説とガジェット本格のハイブリットで、民主的手続きと反知性とのせめぎ合いや差別などの現代の病巣を描いた作品です。

バリエーション豊かな短編集

大森◆　非日常が日常になっているせいか「日常の謎」をあまり見かけない。そんななか、３１１以前の作品が大部分の、黒田研二『家族パズル』が家族にまつわる本格短編集で、ホッとする一冊でした。ぜひ紹介しておきたいです。

嵩平◆　米澤穂信『巴里マカロンの謎』は本格としての密度を落とさぬまま、キャラも展開も巧く転がし、見事でした。

大森◆　今年の短編集だと櫻田智也『蝉かえる』もよかった。デビュー作は泡坂妻夫のフォロワーという印象でしたが、『蝉かえる』は探偵役のキャラクターを丁寧に掘り下げたことで、櫻田さん自身の作家性みたいなものを感じさせる好短編集でした。

蔓葉◆　途中で「味変」する短編集ですよね。本格としての旨味にプラスして小説としての旨味が追っかけてくる感じ。本格としては二作目「コマチグモ」の手がかりがうまいなって思いました。

大森◆　私は四作目の「ホタル計画」がすごく好きでした。ナニサマバッタくんがいい。こうやって人によって「この作品が好き」「いや自分はこの作品が」ってバラバラな好みになるのはむしろいいことですよね。

嵩平◆　バラエティ豊かという意味だと、阿津川辰海『透明人間は密室に潜む』も、短編ごとに全く違った設定ながら、すべてクオリティが高いミステリに仕上がっていて、作家としてのレベルがさらに一段階上がったなという印象がありました。

蔓葉◆　倒叙における犯人の扱いを見て「トリックは枯渇した」という見方は今、ずいぶん減ってると思いますが、それはトリックのバリエーションを生み出すために作家が頑張ってる結果だと思うんですね。よく知ってるシチュエーションでも本格ならではの使い方はまだあると。

大森◆　ありそうでなかった感じですね。

嵩平◆　設定全体としては『楽園』や『Another2001』は、コロナ禍のような「やってきた災厄」にどう対応するかを示した作品なので、そういう意味でも同時代性は感じますね。

蔓葉◆　あと『蝉かえる』もそうですし、『透明人間』もそうですが、短編集のクオリティでここまでのものを出されるといい意味で評価に困ってしまいます。連作ではありますが、白井智之『名探偵のはらわた』にも驚かされました。タイトル通りの鬼畜設定は健在ですが、事件も解き方もこれまでよりスマートな本格かと。過去の有名犯罪をトレースしなくてはいけないという設定は創作のハードルになるはずが、見事に飛び越えて謎解きに貢献させているのには驚きました。

嵩平◆　犯罪実話という禁断のカードを出してきたのには不謹慎にも興奮させられました。白井さんの作風とは親和性が高いと思っていたので。他の連作でおススメの作品を挙げていくと、青柳碧人『赤ずきん、旅の途中で死体と出会う。』は大ヒットの昔話シリーズの二作目で、今度は西洋童話の世界が舞台です。

蔓葉◆　前作とは打って変わって連作形式ですが、童話のミステリアレンジはある意味前作以上かもでしたね。

嵩平◆　それと井上雅彦『珈琲城のキネマと事件』は映画モチーフで、楽しい要素がぎっしり。知念実希人『十字架のカルテ』の精神鑑定テーマの連作は珍しく、かつ長編レベルのアイディアやひねりが満載で楽しめました。

大森◆　連作ものとしては大山誠一郎『ワトソン力』もですよね。

嵩平◆　身近な人の推理力を向上させる「ワトソン力」という特殊な設定を活かして、最低限のページ数で無骨なまでに密度が高い本格ミステリに仕上げてきています。練りに練られた連作集で、まさに大山誠一郎ブランドですね。

蔓葉◆　大山さんはいわゆる連鎖式の短編集ですが、そうではないノンシリーズでも全然競えることもすごい。

嵩平◆　それはそうですが、最後の謎解きに関しては、すべての伏線が回収されるというものではないので、個々の短編がやっぱりメインだと思いますね。

蔓葉◆　その見方が正しいですね。ボーナストラックみたいなものでしょうか。

嵩平◆　そうですね。ただ、ボーナストラックとしては大変秀逸な設定です。

大森◆　大山さんはガチガチのパズラーを書かれているわけですが、『ワトソン力』のようにユーモアミステリの形で打ち出してきたっていうのは、私は意外なところもあったんですね。

蔓葉◆　柄刀一『ジョン・ディクスン・カーの最終定理』もガチガチでしたが、個人的には仄かに薫る叙情性とのブレンドがよかったです。本格は雰囲気。

嵩平◆　連作の仕掛けという点では辻堂ゆめ『あの日の交換日記』が良かったです。交換日記のやり取りが中心なのですが、その中で様々なバリエーションを見せてくれます。芦沢央『僕の神さま』『汚れた手をそこで拭かない』も短編集で、本格色は「神さま」という名探偵が登場する前者の方が高く、連作ならではの関係性の変化が実に著者らしい。ノンシリーズ短編集では、法月綸太郎『赤い部屋異聞』の表題作の趣向には唸りました。

まとめ

大森◆　特殊設定ミステリやファンタジーミステリがどんどん生まれる一方で、日常の謎が最近あまり書かれなくなってきているのはやはり時代の影響があるのではないかと。ただ、倫理観や道徳観みたいなものがどんどん曖昧になってきている時代に、道徳的な観点を本格ミステリの方向から探っていくっていう試みが出てきているので（そればかりでも嫌ですが）、来年以降も、本格ミステリや名探偵が活躍する小説を読み続けられればいいなと思っております。

蔓葉◆　エンタメに徹し、安らぎと楽しみを与えてくれる作品もあってしかるべきですが、大森さんのおっしゃるような時代を探る作品がジャンルを大波乱に巻き込む話題作を来年も読みたいですね。

嵩平◆　試みの多様化は本格ミステリの可能性を拡張するもので、大歓迎です。中山七里さん12カ月連続刊行企画の一人一ジャンルぶりにも圧倒されました。理不尽な理由なき災厄が現実となった今、周辺が特殊な状況だからこそ、娯楽の大切さと本格ミステリの特殊状況下であってもその中で知恵を振り絞ることの意義を実感した一年でした。

（二〇二〇年十月二十五日　オンライン）

COLUMN

本格ミステリ作家クラブ通信

東川篤哉

二〇二〇年、本格ミステリ作家クラブは設立二十周年を迎えました。これは多くの会員の途切れることない創作努力、出版関係者の多大なるお力添え、そして何より本格ミステリを愛してやまないファンの皆様の旺盛な読書欲があってのことに違いありません。現会長といたしましては、この節目の年にぜひとも感謝の言葉を皆様に直接お伝えしたいところでしたが――ああ、しかし残念！

　ご承知のとおりコロナ禍に見舞われた今年。計画していた二十周年記念イベントはおろか、毎年六月の恒例行事である本格ミステリ大賞の贈賞式とパーティー、その翌日に開催予定だった受賞記念トークショー＆サイン会も、すべて中止・延期の憂き目に遭いました。参加を予定していた方々、特にサイン会や記念イベントを楽しみにされていた本格ファンの皆様には、大変申し訳ない気持ちで一杯です。このご時世ですので致し方ないこととはいえ、よりによってこの大事な年に……と無念の思いを禁じ得ません。

　しかし、そのような特殊な状況にあっても、本格ミステリ大賞そのものは中止も延期もされておりません。例年と変わらぬ厳正なる会員投票により、無事に決定しております。今年度の受賞作は小説部門が相沢沙呼氏の『medium 霊媒探偵城塚翡翠』。詳しいことは何もいえませんが、衝撃の結末が同業者をも唸らせる快作でした。一方、評論・研究部門は長山靖生氏の『モダニズム・ミステリの時代　探偵小説が新感覚だった頃』。こちらは創成期の探偵小説と当時のモダニズム文学との関係性を論じた労作です。お二人とも受賞おめでとうございます。

　ところが、すでに述べたような事情により、現時点では受賞者であるお二人にお目に掛かれず、トロフィーの授与さえできておりません。ですが、近々お渡しする機会が設けられるはず。その模様は『ジャーロ』誌上でご確認ください。

　それと忘れてはいけません。クラブの刊行物として、恒例の年鑑アンソロジーがありました。文庫サイズにリニューアルされて、今年で二年目。コロナ禍の影響により、例年より少し遅れましたが、八月に講談社より刊行されております。まだご購入されてない方は、ぜひお買い求めください。傑作揃いですよ！

　そんなこんなで何かと活動が制限される一年でしたが、とはいえコロナ禍もやがては終息するはず。今年できなかったイベントは、いつの日にか形を変えながらでも実施されるでしょうし、恒例行事も復活させなくてはなりません。それが間違いなく来年の何月――と現時点で何も断言できないのが心苦しいところですが、どうか事態が好転するまでお待ちください。会員や読者の皆様と再び密な交流の場を持てる日が、一日も早く訪れることを心から祈念いたします。

２０２０年の映像本格

正統派にして変化球の『ナイブズ・アウト』

千街晶之

　今年度は新型コロナウイルスの蔓延によって、映画の公開が延期・縮小されたりするなど、映像ミステリの世界にも大きな影響が及んだ。毎年、このコーナーで紹介している劇場版コナンの新作『名探偵コナン　緋色の弾丸』の公開が、二〇二一年に延期になったことがその最たるものだろう。ケネス・ブラナー監督・主演『ナイル殺人事件』の公開も、二〇年十月から十二月に延期になった。

　ＴＶドラマも当初の撮影・放送予定が変更を余儀なくされたものが多く、『警視庁・捜査一課長２０２０』（テレビ朝日系）で旧作の傑作選にリモート捜査会議という設定の寸劇を追加したり、『美食探偵　明智五郎』（日本テレビ系）で第六話のラストがコロナ感染対策に基づく特殊な演出で撮影されたり……といった異例の事態が相次いだ。天樹征丸が企画・脚本を担当した新作ドラマ『金田一少年の事件簿 Zoom ドラマ　STAY HOME 殺人事件』が配信されたのもこの時期ならではの話題だった。『ＪＯＫＥ～２０２２パニック配信！』（ＮＨＫ総合）などもリモート撮影をストーリーに活かしたミステリドラマである。『鍵のかかった部屋』（ＣＸ系）や『ＳＰＥＣ～警視庁公安部公安第五課　未詳事件特別対策係事件簿～』（ＴＢＳ系）などの旧作が、再放送で改めて注目されたりもした。

　ここからは通常通りの紹介となる。まず国内映画だが、木村ひさし監督『屍人荘の殺人』は、今村昌弘の鮎川哲也賞受賞作の映画化。蒔田光治の脚本なので原作よりコミカルになっているが、ポイントを押さえつつ視覚的にわかりやすい謎解きは原作の面白さを再現していた。木村ひさし監督の本格ミステリ映画は今期

東宝

ワーナー・ブラザース

ベストフィールド

インターフィルム

もう一本あり、『仮面病棟』は原作者の知念実希人が脚本に参加しているだけあって、大胆な視覚的伏線が早い段階で提示されている。田中亮監督『コンフィデンスマンJP　プリンセス編』は、世界的大財閥の遺産をめぐる争いにダー子（長澤まさみ）たちが参戦。シリーズのファンでも仕掛けの全部までは見抜けないのが古沢良太脚本の巧妙さだ。

次に連続ドラマだが、今期は本格ミステリを原作とする作品が多かったことが目を引いた。『悪魔の弁護人・御子柴礼司～贖罪の奏鳴曲《ソナタ》～』（CX系）は中山七里原作。秘められた過去を持つ辣腕弁護士・御子柴を要潤が演じた。『ランチ合コン探偵～恋とグルメと謎解きと～』（日本テレビ系）は水生大海原作。謎めいたOL・天野ゆいか（山本美月）が、合コン好きな同僚・阿久津麗子（トリンドル玲奈）とともに出かけたランチの席で、合コン相手の話をもとに安楽椅子推理を展開する。『ハムラアキラ～世界で最も不運な探偵～』（NHK総合）は若竹七海原作。私立探偵・葉村晶《あきら》をシシド・カフカがクールに演じた。

『アリバイ崩し承ります』（テレビ朝日系）は、大山誠一郎の原作のように安楽椅子探偵の形式に徹しているわけではないものの、アリバイの見せ方や伏線の提示に工夫が感じられた。美谷時乃役は先述の『屍人荘の殺人』で剣崎比留子を演じていた浜辺美波で、すっかり名探偵女優になった感がある。『探偵・由利麟太郎』（CX系）は、横溝正史の戦前作品を中心に活躍した由利麟太郎を吉川晃司が演じた五回連続のドラマ。令和に舞台を移しつつ、怪奇・猟奇ムード溢れる昭和テイストの演出が印象に残る。

原作ものと言っていいかどうかは微妙だが、名探偵の誉《ほまれ》獅子《しし》雄《お》（ディーン・フジオカ）と相棒の若宮潤一（岩田剛典）が難事件に挑む『シャーロック　アントールドストーリーズ』（CX系）は、コナン・ドイルの原作自体をなぞるのではなく、原典で言及される「語られざる事件《アントールドストーリーズ》」を扱った点が目新しい。

また今期は、人気ドラマの続編企画も多かった。『時効警察復活スペシャル』とそれに続く連続ドラマ『時効警察はじめました』（テレビ朝日系）、『捜査会議はリビングで　おかわり！』（BSプレミアム）、佐藤青南原作の『サイレント・ヴォイス　行動心理捜査官・楯岡絵麻2』（BSテレ東）、麻見和史原作の『未解決の女』シーズン2（テレビ朝日系）などがそれにあたる。『時効警察はじめました』に至っては十二年ぶりの復活だが、テイストは以前と変わらず、ファンを喜ばせた。福田雄一が脚本に参加した第二話は、『33分探偵』さながらのマニアックなミステリネタばらし大会となっていた。

オリジナル脚本の連続ドラマとしては『相棒18』などテレビ朝日系のお馴染みの番組が安定した人気を誇る中、設定の斬新さで『ミス・ジコチョー～天才・天《あま》ノ《の》教授の調査ファイル～』（NHK総合）が注目される。失敗学が専門の大学教授・天ノ真奈子（松雪泰子）が、事故調査委員会のメンバーとしてさまざまな事故の真相を論理的に指摘してゆく。

続いて単発ドラマ。『Wの悲劇』（BSプレミアム）は夏樹静子の名作の六度目のTVドラマ化。『探偵が早すぎるスペシャル』（日本テレビ系）は、井上真偽原作の連続ドラマの後日譚。十川一華《そがわいちか》（広瀬アリス）の前に新たな敵が現れ、最速探偵・千曲川光《ちくまがわひかる》（滝藤賢一）が再び活躍することになる。

『悪魔の手毬唄』（CX系）は加藤シゲアキが金田一耕助を演じるシリーズの第二弾で、前作『犬神家の一族』より遥かに出来は良かった。横溝ものではもう一作、池松壮亮主演の『シリーズ・横溝正史短編集Ⅱ　金田一耕助、踊る！』（BSプレミアム）が、『犬神家の一族』を三十分に圧縮するなど、大胆かつ意欲的な試みに溢れていた。

『教場』（CX系）は、長岡弘樹の警察小説を二夜連続でドラマ化。冷徹な警察学校教官・風間公親を、木村拓哉が凝った役作りで演じた。『警視庁捜査資料管理室～BACK TO THE 音楽教室転落死事件～』『警視庁捜査資料管理室スペシャル～明石幸男、最後の3日間～』（BSフジ）は、連続ドラマ『警視庁捜査資料管理室』のスペシャル版。前者はシーズン一の第三～第四話で描かれた転落死事件を阻止すべく、明石（瀧川英次）が過去にタイムスリップ（？）。後者では、上司の緒方（甲本雅裕）を救うべく、明石が妄想推理を暴走させる。

『刑事ゼロ』（テレビ朝日系）は、二〇一九年に放映された連続ドラマのスペシャル版第二作。幕末の四大人斬《ひとき》りに見立てた連続殺人というマニアックな趣向もさることながら、主人公の時矢暦彦《ときやれきひこ》刑事でなければ成立しないトリックが印象に残る。北大路欣也主演『記憶捜査～新宿東署事件ファイル～』（テレビ東京系）も、二〇一九年放送の連続ドラマのスペシャル版が制作された。関係者の思惑が複雑に入り組んだ真相と意外な犯人が秀逸である。

TVアニメの紹介に移ると、『歌舞伎町シャーロック』（TBS系）は架空の新宿區歌舞伎町が舞台ながら、ホームズやワトソンなどの人名はほぼ原典通り。前半の切り裂きジャックの正体が衝撃的だ。城平京の本格ミステリ大賞受賞作が原作の『虚構推理』（テレビ朝日ほか）は、改めてアニメで観てみると、四つの虚構推理で大衆を説得する岩永琴子（声・鬼頭明里）の台詞量の多さが圧倒的だ。『啄木鳥探偵處《きつつきたんていどころ》』（TOKYO MXほか）は伊井圭の連作短編集が原作だが、登場する文豪を増やし、オリジナル・エピソードを追加するなどの脚色が施された。

旧作のソフト化で注目したいのは天藤真原作『遠きに目ありて　未亡人殺人事

件』。一九八二年に放映された二時間ドラマであり、竹脇無我が主人公の真名部警部を演じている。

海外映画に移ると、クリスティアン・アルヴァルト監督・脚本『カット／オフ』はセバスチャン・フィツェックの小説の映画化で、かなり変則的な嵐の孤島もの。先読み不可能なたくらみの連続に唸ることは必定だ。ステファノ・モルディーニ監督・脚本『インビジブル・ウィットネス　見えない目撃者』は、スペイン映画『インビジブル・ゲスト　悪魔の証明』のイタリア版リメイクで、オリジナル版と大きな違いはない。

レジス・ロワンサル監督『9人の翻訳家　囚われたベストセラー』は、九カ国から集められた翻訳家たちが密室状態の地下空間に監禁状態でベストセラー小説を翻訳している最中、出版社社長のもとに脅迫状が……という物語。中盤から謎解きが始まっていて、しかもひとつの種明かしがそのあとの種明かしの布石になっている構成に工夫が見られるし（日本のある小説を連想させる仕掛けもあった）、主要登場人物の国籍・言語が異なっている設定にも必然性がある。

ライアン・ジョンソン監督『ナイブズ・アウト／名探偵と刃の館の秘密』では、作家の変死事件の解明を依頼された紳士探偵ブラン（ダニエル・クレイグ）が嘘つきだらけの遺族たちと対峙する。正統派の謎解きにしてかなりの変化球でもある傑作で、真相の意外性や伏線回収の鮮やかさにおいて、アガサ・クリスティーの長所を見事に継承している。

ドナート・カリシ（カッリージ）監督・脚本・原作『霧の中の少女』は、少女失踪事件の解決のため都会から田舎町にやってきた警部の捜査を描く。大胆すぎる伏線と、台詞のダブルミーニングに感嘆させられた。

ネット配信ドラマでは、取調室だけを舞台に、刑事と容疑者の静かな攻防戦を描く『クリミナル』（Netflix）がお薦めである。イギリス編・フランス編・スペイン編・ドイツ編と、各国が舞台になっている点もユニークだ。『エノーラ・ホームズの事件簿』（Netflix）は、シャーロック・ホームズの妹が母親失踪の謎に挑むヤングアダルト系作品。

旧作のソフト化では、フィリップ・マクドナルド原作の『秘密殺人計画書』（ジョン・ヒューストン監督、一九六三年）などが注目される。

ギャガ

バップ

Amazon Prime Videoより引用

復刻シネマライブラリー

ライトノベル・ミステリ徒競走

化け猫に始まり、シュレディンガーの猫に終わる

鷹城 宏

まず完結したシリーズから取り上げていこう。峰守ひろかず『絶対城《ぜったいじょう》先輩の妖怪学講座』（メディアワークス文庫、以下MW文庫）が、第十二巻をもってフィナーレを迎えた。絶対城阿頼耶《あらや》とヒロイン湯ノ山礼音《あやね》による妖怪退治の物語である。とはいえ、宿敵だった妖怪「白《はく》澤《たく》」との勝負は前巻で決着がついており、「猫」にまつわる怪異を扱った本書はボーナストラック的な位置づけといえようか。

シリーズ終了のかたわらで、新たにデビューした作家が順調に連作をスタートしている。二語十《にごじゅう》と竹町《たけまち》である。二語十は『探偵はもう、死んでいる。』（MF文庫J）で第十五回MF文庫Jライトノベル新人賞の最優秀賞を受賞した。竹町も『スパイ教室01《花園》のリリィ』（富士見ファンタジア文庫）で第三十二回ファンタジア大賞の大賞に輝き、デビューを果たした。

『探偵はもう、死んでいる。』は、期間中に第三巻まで刊行。主人公の君塚公彦は高校三年生。四年前に彼は、ハイジャックされた飛行機の中で美貌の探偵シエスタと出会い、探偵助手となったが、一年前に彼女と死に別れた。それからというもの、怠惰な学校生活を送っていた君塚だが、彼の前にシエスタを殺した仇敵《SPES《スペース》》がふたたび立ちはだかる。《SPES》は人造人間を生み出し世界を脅かす秘密組織である……という時点で、並の探偵小説からの逸脱は明らか。読み進めるごとに、隠されていた裏設定がどんどん追加投入されてゆく展開は、どんでん返し……というより「ちゃぶ台返し」の印象が強い。

ところで「探偵はもう、死んでいる。」作品としては他にも、菱川さかく『たとえあなたが骨になっても　死せる探偵と

祝福の日』（集英社オレンジ文庫）がある。死者の声を聴く能力を持った高校生が、愛しい先輩の頭蓋骨と会話を交わしながら、事件の謎に迫る。

さて『スパイ教室』だが、こちらも三冊が刊行された。第一巻「《花園》のリリィ」の後に、第二巻「《愛娘》のグレーテ」、第三巻「《忘我》のアネット」と続く。世界大戦終結後、武力衝突に代わって各国スパイによる情報戦が繰り広げられている現代。ある日、ディン共和国のスパイ養成学校を落ちこぼれた少女たちが、スパイチーム『灯《ともしび》』に集められた。彼らは、凄腕スパイのクラウスの教育と指揮のもと、死亡率九割の不可能任務に挑む。ちなみに各巻のサブタイトルにあるリリィ、グレーテ、アネットは少女スパイの名まえで、《花園》《愛娘》《忘我》はその二つ名である。第一巻の帯の惹句「世界最強の騙しあい」に違わず、「敵を欺くには、まず読者から」という遣り口が心地よい。

斜線堂有紀はライト系では、死体埋め部シリーズの第二作『死体埋め部の回想と再興』（ポルタ文庫）に加えて、『詐欺師は天使の顔をして』（講談社タイガ）、『恋に至る病』（MW文庫）を上梓した。『詐欺師は天使の顔をして』では、三年前に失踪したカリスマ霊能力者から突如連絡を受けたかつての相方が、異世界へと招かれる。第一話は超能力者しかいない街、第二話は死者の蘇る街である。『恋に至る病』には超常現象は登場しないがその代わり、女子高生が百五十人以上を自殺に追いやるという破格の展開をたどる。善良だった少女が殺人者へと変貌を遂げてゆく姿が、幼なじみだった少年の視点から描かれている。

久住四季は、MW文庫から『怪盗の後継者』『異常心理犯罪捜査官・氷膳莉花《ひぜんりか》 怪物のささやき』を出した。前者で平凡な大学生、柏手因幡《かしわでいなば》の前に現れたのは、謎の美青年、嵐崎望《らんざきのぞむ》。因幡の父は伝説の大怪盗ジャバウォックだと告げた嵐崎は、君も泥棒にならないかと誘う。父を裏切った大物政治家の不正の証拠を盗み出すという嵐崎の計画に加担した因幡は、泥棒としての才能を徐々に覚醒させてゆく。荒唐無稽で痛快な路線を走る本書に対して、『異常心理犯罪捜査官・氷膳莉花』はどちらかといえばリアル志向の警察小説。「どちらかといえば」と書いたのは、連続殺人事件の捜査にあたる新人刑事の氷膳莉花とコンビを組むのが、猟奇犯罪

メディアワークス文庫

MF文庫J

富士見ファンタジア文庫

メディアワークス文庫

を教唆した罪で収監中の犯罪心理学者という点である。そう、設定の引用元は明らかに『羊たちの沈黙』のレクター博士なのだ。ただ、それ以外の展開や語り口、さらにカバー表紙にイラストでなく写真を使った点など、ライトというより通常のサイコサスペンスに近い風合いである。

警察小説の体裁を取った作品としては、愁堂れな『警視庁特殊能力係』（集英社オレンジ文庫）もある。一度見た人物の顔は絶対忘れない新人刑事の麻生瞬が、上司の徳永潤一郎とバディを組んで、指名手配犯を追跡する。昨年出た第一巻「忘れない男」に続いて、期間中に第二巻「諦めない男」、第三巻「許せない男」が出た。

愁堂作品の場合は「特殊能力」といっても瞬間記憶程度だが、吹井賢《ふくいけん》『破滅の刑死者』（ＭＷ文庫）ともなると、完全に超能力の域に達している。主人公の配属は内閣情報調査室特務捜査部門《CIRO-S》であり警察機構ではないが、警察庁と協力・競合しつつ、異能を悪用する犯罪者に立ち向かう。期間中に第三巻「特務捜査ＣＩＲＯ－Ｓ　死線の到達点」と第四巻「特務捜査ＣＩＲＯ－Ｓ　真昼の夢」が刊行された。

警察側ではなく、逆に警察に追われる立場から殺人事件を描いたのが、松村涼哉の『僕が僕をやめる日』（ＭＷ文庫）。立井潤貴《たていじゅんき》青年は自殺寸前に、同世代の高木健介に救われ、身分を入れ替えて暮らすという彼の提案を受け容れる。ところが二年後、高木に殺人容疑がかけられ、高木を装っていた立井は窮地に追い込まれる。失踪した高木の行方を捜すうち、立井は殺人事件の背後に隠された悲劇にたどり着く。

続いて、職業探偵物を紹介していこう。三上延『ビブリア古書堂の事件手帖Ⅱ～扉子《とびらこ》と空白の時～』（ＭＷ文庫）は、古書店を営む名探偵の篠川栞子《しおりこ》の活躍を描いたシリーズ第二期の第二巻で、今回は横溝正史がテーマ。騎月孝弘『彩堂《さいどう》かすみの謎解きフィルム』（スターツ出版文庫）で名探偵の彩堂かすみが経営するのは、古書店ではなく、街の小さな映画館「名画座オリオン」である。

なみあと『うちの作家は推理ができない』（二見サラ文庫）に登場するのは、現役大学生ミステリ作家と担当編集者のコンビ。作家には、執筆中の小説の解決パートのシナリオを忘れるという悪癖があり、編集者は毎回、彼の小説を読み込んでは辻褄のあう結末を推理するはめに陥る。

『名探偵はハウスメーカーにいる　家づくりは今日も謎だらけ』（ＭＷ文庫）は、宮嶋貴以《きい》のデビュー作。主人公の平野清（キヨモリ）は、中堅ハウスメーカーの特別営業広島開拓本部、通称〝特能推理班〟に配属された新入社員。注文住宅の営業でキヨモリは最初、顧客に一般受けする提案を行おうとするが、先輩の御崎雪（お嬢）から、お客様の声を丁寧に聴き取ることが大切だとたしなめられる。そればかりか特能推理班は、客が公にしない家庭事情まで推理しつつ、多様な個性・能力を持つ班の仲間たちでブレーンストーミングを重ね、客の潜在的ニーズを掘り起こして最適な住宅設計を提案するのだ。これって、推理小説であると同時に、ビジネスシーンでも流行りの「デザイン思考《シンキング》」の見本ではないかと思うが如何。

池田明季哉《あきや》『オーバーライト――ブリ

ストルのゴースト』（電撃文庫）のテーマは「グラフィティ」。スプレーやペンでストリートの壁などに書くアートの謂《い》いである。職業と呼んでよいのか微妙だが、バンクシーのようにこれを生業《なりわい》にする作家もいるので、このくくりで紹介しておこう。本書の舞台は、そのバンクシーの生まれ故郷である英国の地方都市ブリストル。英国留学中の日本人ヨシはバイト先の店頭に落書きを見つけるが、店の同僚ブーディシアから、それは単なる落書きではなくグラフィティだと教えられる。口の悪いブーディシアだが、彼女もかつてはグラフィティの天才的な書き手《ライター》であった。彼女の導きでグラフィティの魅力に開眼してゆくヨシだが、やがて都市浄化を目論む市議会と、ライターたちのあいだで緊張が高まってゆく。

最後に学園ミステリを幾つか紹介しておこう。杉井光『生徒会探偵キリカS1』（講談社ラノベ文庫）は、二〇一五年に発刊された第六巻の続編ながら、新章開始ということで「S1」と冠している。講談社ラノベ文庫からは本書と同時に、天王寺狐徹《こてつ》『天才美少女会長が教える民主主義のぶっ壊し方　生徒会探偵キリカ　番外』も出た。帯に大きく掲げられたように「これは小説ではありません！」。『キリカ』の作中人物である狐徹嬢が書いたという設定で、「地球全体にはびこる民主主義を打ち倒し、絶対王政を取り戻す」ことを主張する政治入門書である。とりあえず奇書といっておこう。

玩具堂《がんぐどう》『探偵くんと鋭い山田さん　俺を挟んで両隣の双子姉妹が勝手に推理してくる』（MF文庫J）は……タイトルがそのまま、あらすじ紹介になっている。

小林一星『シュレディンガーの猫探し』（ガガガ文庫）では、高校生の守明《もりあき》令和《れいわ》が「探偵」ならぬ「魔女」と出会う。「迷宮落とし」の異名で知られる魔女、焔螺《ほむら》は、永遠に解き明かされない謎ほどすばらしいと語る。

いわく「さあ。迷宮構築《ミステリー》を始めようか」

さらにいわく「世にも奇妙なこのミステリー。不可能にも程がある荒唐無稽な不可能犯罪。私がこの手で何としてでも――迷宮入りにしてみせよう！」

提示される謎は「日常の謎」チックなのに、そこに黄道十二星座や後期クイーン問題、シュレディンガーの猫などなど、神秘主義《オカルティズム》と衒学趣味《ペダンティズム》が放り込まれ、たいそう食い合わせの悪い怪作に仕上がっている。

メディアワークス文庫

電撃文庫

講談社ラノベ文庫

ガガガ文庫

ミステリコミック事情2020

野間美由紀追悼と、『C.M.B.』の完結と

廣澤吉泰

本年の漫画界は、吾《ご》峠《とうげ》呼《こ》世《よ》晴《はる》『鬼滅の刃』（集英社）に席巻された感があるが、ミステリコミックでの一番の話題は、野間美由紀の逝去となろうか。野間美由紀は、一九七九年「トライアングル♡スクランブル」でデビュー。一九八三年の『パズルゲーム☆はいすくーる』（白泉社）が転機となる。三輪香月《かづき》と押上《おうかみ》大地の高校生カップルが活躍する学園ミステリ漫画は人気を博し、その後ミステリ物の描き手として第一線で活躍し続ける。今年に入っても、香月がカフェの店長になる新シリーズ「パズルゲーム☆ミステール」を三月に立ち上げた矢先の訃報であった。五月二日、虚血性心疾患のため五十九歳で逝去。早すぎる旅立ちと言えよう。

また、桑田二郎（旧筆名は次郎）が七月二日、老衰のため死去した。享年八十五。桑田の代表作は『８マン』となろうが、本稿の読者にはＪ・フットレル作品を漫画化した『名探偵シンキングマシン完全脱獄』や江戸川乱歩「地獄風景」のコミカライズの書き手として記憶されていよう。ご冥福をお祈りする。

愛読していた漫画家の死去は残念だが、逝去した作り手の「新作」が読めるようになるのでは？　と期待させる出来事があった。手塚治虫の作品を学習した人工知能（ＡＩ）が生み出した『ぱいどん　ＡＩで挑む手塚治虫の世界』（講談社ＫＣＤＸ）が刊行されたのだ。技術者と漫画家がタッグを組んだ「『TEZUKA2020』プロジェクト」が著者となる。二〇三〇年の東京で、記憶を失くしたホームレスが小鳥ロボットのアポロと事件に立ち向かうというミステリ物。現状は、人とＡＩの共同作業だが、いずれは人工知能が単独で作品を生み出す時代も来よう。

今年は、話題作の完結が相次いだ。加

秋田書店

講談社

集英社

小学館

藤元浩『C.M.B.森羅博物館の事件目録』（講談社コミックス月刊少年マガジン。以下「コミックス」はCと略記）は全四十五巻で完結。「知の守護者」の証の指輪を持つ天才少年・榊森羅と女子高生の七瀬立樹が、珍奇な標本や美術品等が絡む事件に挑む。第一巻発売が二〇〇六年三月なので十四年にわたる長期連載だ。ちなみに、加藤の次回作は「少年・少女が狙うのは〝100億円〟」という冒険味が強そうな作品。新作の第一巻は来年六月に加藤のもう一つの長期シリーズ『Q.E.D.iff―証明終了―』（講談社C月刊少年マガジン）の十九巻と同時発売とのこと。期待して待ちたい。

出水ぽすか『約束のネバーランド』（原作：白井カイウ／集英社ジャンプC）も全二十巻で完結。「孤児院」GF《グレイス＝フィールド》ハウスで育ったエマ、レイ、ノーマンが自分たちの境遇を知り、運命に抗うべく仲間とともに奮闘する。少年少女のサバイバルが物語の基本線だが、序盤の五巻までで描かれるGFハウス脱獄計画や、暗号めいたメッセージなど、本格好きの琴線に触れる仕掛けも盛り込まれている。

井浦秀夫『刑事ゆがみ』（小学館ビッグC）も全十巻でフィナーレを迎えた。刑事・弓神適当《ゆがみゆきまさ》は、顰蹙を買う言動を繰り返しつつも、人を操る連続殺人鬼「ロイコ」の正体を暴く。弓神は、井浦の人気作『弁護士のくず』（小学館）の系譜に連なるキャラクター。本書十巻の帯には「弁護士→刑事→?」とあった。次回作ではどのようなクセの強い探偵役が誕生するのか楽しみである。

船津紳平『金田一少年の事件簿外伝　犯人たちの事件簿』（原作：天樹征丸、金成陽三郎、さとうふみや／講談社C）は、『金田一少年の事件簿』のスピンオフ作品で、各エピソードを犯人側の視点で再構成したもの。犯人たちのトリックは緻密であるがゆえに、それを実現するには苦労も多い。それを的確に描き出し、笑いに昇華させた点が支持されたのだろう。全十巻での完結は見事である。

安田剛助『じけんじゃけん！』（白泉社ヤングアニマルC）は全七巻で完結。ヒロインの白銀百合子は才色兼備で人望も厚いのだが「ミステリのためなら努力を惜しまない」性格ゆえに、ミステリが絡むと「ポンコツ」になってしまう。そのギャップが笑いを誘うのだ。北原尚彦『シャーロック・ホームズ語辞典』（絵：えのころ工房／誠文堂新光社）にも掲載されたミステリ濃度の高いコメディである。

岩崎陽子『ルパン・エチュード』（秋田書店プリンセスC）は、青年ラウールが、アルセーヌ・ルパンとなるまでの「ルパン前史」を描いた作品。全四巻での完結は、原作小説の第一話「アルセーヌ・ルパンの逮捕」までつなげる、という構想に対して道半ばだが、作者は「個人的に続けて」いくとのことなので期待したい。

藤也卓巳『プロメテウスの枷鎖』（KADOKAWAアスカCDX）は、人間に火を与えたことでゼウスの怒りに触れた神・プロメテウスが探偵役。ゼウスとともに、人間に化身して「切り裂きジャック」などの未解決事件の謎に立ち向かう。神ならば、なんでもお見通しと思いきや「叡知」を使用できるのは一度だけ、といった「枷鎖」があり、それが面白さにつながっている。完結の三巻では「ハーメルンの笛吹き男事件」の真相をあばく。

続いては、連載中の作品を紹介していく。川下寛次『当て屋の椿』（白泉社ジェッツC／十月末現在十六巻。以下現在と略記。）が久々の登場。十五巻の刊行が二〇一八年一月で間隔が空き過ぎ気を揉んだが、新刊登場には安堵した。鋭い推理で真相を当てる「当て屋」の美女・椿が、江戸の街の怪事件に挑む時代ミステリ。最新刊では、被害者も加害者も「次郎」という不可解な連続殺人が描かれる。

東村アキコ『美食探偵　明智五郎』（集英社マーガレットC）は、中村倫也主演により連続TVドラマ化されたが、四月からの放送に合わせて最新の第六巻が発売された。前巻から一年弱あいたが雑誌「ダ・ヴィンチ」五月号の取材で東村は「一条ゆかり先生の『有閑倶楽部』みたいに、間をあけて戻ってきて」という感じで長く描いていきたいと述べている。気長に次巻を待つこととしたい。

田村由美『ミステリと言う勿れ』（小学館flowersフラワーCα）の最新刊七巻で、主人公の久能整《くのうととのう》は、いわくつきの山荘に招かれる。山荘は吹雪に見舞われ、いかにも連続殺人が発生しそうな状況になるのだが、そこでミステリの「お約束」通りには進行しない。そこが本書の特徴であり、良さなのである。

上田宏『殺人無罪』（原作：熊谷純、集英社ヤングジャンプC／現在四巻）は、二十歳で司法試験に合格した天才弁護士・聖沢ウタが主人公。彼女の真骨頂は、殺人事件の被告人を無罪にしてしまうこと。裁判で無罪を勝ち取るには、真相を突き止める以外に、様々な手法があることをウタは示してくれるのである。

キリエ『てっぺんぐらりん　～日本昔ばなし犯罪捜査～』（白泉社ヤングアニマルC／現在三巻）は、日本の昔ばなしは実際にあった犯罪録が転化したもので、「鬼」の種族は実在していて、現在も人間の中に紛れて暮らしている、という特殊設定物。ちなみに、題名は「めでたしめでたし」の別の表現である。

北欧ゆう『勇者名探偵』（スクウエア・エニックスガンガンC JOKER／現在一巻）は、魔王と人類の戦争が終結した世界が舞台で、元勇者と機械人形のコンビが事件の謎に挑む。被害者が竜の「殺竜事件」だったり、吸血鬼の館での殺害であったり、という特殊な世界ならではの謎とその解明は本格好きの興趣をそそる。

津田穂波『ボクとキミの二重探偵』（原作：辺天使《べてんし》、集英社ジャンプC／現在一巻）は、気弱な高校生・僕徒レオが、居眠りばかりしている隣席の女子生徒・君乃ミキとともに探偵役を務める学園物。君乃ミキだけでなく、「ボクちゃん」こと僕徒レオにも秘密がありそうで、次巻が気になるところである。

湖西晶《こにしあき》『意味がわかると怖い4コマ』（双葉社）は、ミステリネタの四コママンガのオチが、次頁でイラスト付の文章で解説されるという構成の漫画。無粋と思われる向きもあろうが、筆者などは頁を繰る前に解説を予想して楽しんだ。ミステリの原初的な喜びである「作者との知恵比べ」が味わえる作品だ。

コミカライズ作品では、まずは『十角館の殺人』（原作：綾辻行人、講談社アフタヌーンKC／現在二巻）となろうか。この漫画化には驚かされた。映像化不可能、と思えたあの趣向を作画担当の清原紘は繊細な筆致で表現している。同じ綾辻の『Another』の漫画化（同題のコミックスは、角川Cエースで全四巻）を手掛けた実績は本書でも生かされている。

嶋星光壱『漱石と倫敦ミイラ殺人事件』（秋田書店チャンピオンREDC／現在二巻）は、島田荘司の同題の長編の漫画化作品。作品の冒頭に島田荘司が登場するのだが、嶋星が描く島田は実にリアルであった。また、原作の趣向は「実はホームズっておかしい」という点だが、それは漫画化により際立ったといえよう。

本格ミステリの漫画化作品ではないが、勝田文《ぶん》『風太郎不戦日記』（講談社モーニング／現在二巻）は、新型コロナウイルスが猛威を振るう状況で読むと、何とも身に染みる。こちらは山田風太郎『戦中派不戦日記』の漫画化である。漫画は昭和二十年の元日から始まるが、医学生・風太郎の平穏な日常を物資の不足や頻々たる空襲が蝕んでいく様子は、ウイルスを恐れて〝巣ごもり〟する現代の自分たちと重なり合うのである。

最後に、小ネタを二点。グレゴリ青山『グレさんぽ～猫とかキモノとか京都とか～』（小学館フラワーCスペシャル）は、エッセイ漫画だが、時々ミステリネタがある。今回は「上諏訪　横溝正史めぐり」が収録されているので要注目だ。

ドリヤス工場『文豪春秋』（文藝春秋）は夏目漱石、芥川龍之介といった文豪らの人間臭い挿話を各作家四頁に凝縮して紹介したもの。ミステリ作家では江戸川乱歩が登場。中編「悪霊」の連載中絶をめぐる、乱歩と横溝正史との確執と和解の挿話を取り上げている。

白泉社

集英社

スクウェア・エニックス

文藝春秋

interview

MAN OF THE YEAR 2020

我孫子武丸

ABIKO Takemaru

聞き手＝羽住典子

デビューにいたるまで

羽住◆　本年度のマン・オブ・ザ・イヤーは、衝撃の問題作『修羅の家』を刊行された我孫子武丸さんです。新本格第一世代として、小説は言わずもがな、ゲーム、漫画原作など、他のメディアでも、ずっとご活躍されていらっしゃいます。

我孫子◆　ありがとうございます。

羽住◆　まずは子供の頃の読書経験をお願いします。

我孫子◆　ジャンルを意識せずに、ハラハラ・ドキドキするような類の物語を好んでいました。海野十三などの冒険ものは表紙につられて読みましたし、星新一、平井和正、ペリー・ローダンなどは、小四くらいから自分で買っていました。

羽住◆　ミステリはいかがでしたか。

我孫子◆　ポプラ社の江戸川乱歩、アルセーヌ・ルパン、シャーロック・ホームズといったシリーズものが好きでした。いとこの家に遊びに行ったときに創元推理文庫をまとめて譲ってもらってから、ディクスン・カーやアガサ・クリスティも読むようになりました。中二か中三のときに、それまでJAとNVしかなかったハヤカワ文庫からミステリ文庫が創刊されて、同時期に『ミステリマガジン』という存在も知って読みまくりました。

羽住◆ 好きな作家はどなたでしたか。

我孫子◆ 一番がアリステア・マクリーン。それから、ハモンド・イネスです。冒険小説が好きでしたね。

羽住◆ 京都大学推理小説研究会に入られたきっかけをお話くださいますか。

我孫子◆ 赤本でミステリ研があると知って、京大に入ったらミステリの話ができる人がいるぞと意気込みました。入学時に説明会の案内が貼ってあるのを見て、イメージも分からないまま自分から会合に行きました。

羽住◆ 活動はどんな感じでしたか。

我孫子◆ 毎週定例会があって、担当者がレジュメを書いてくる読書会を行ったり、犯人当て作品を書いてきて発表したりしていました。機関誌も作っていて、内部向けはコピー誌で年に三、四回、外部向けはオフセットで印刷した『蒼鴉城』を年に一回刊行していました。

羽住◆ デビュー作『8の殺人』はもともとミス研の犯人当て作品だったのですよね。

我孫子◆ 二作ほどサスペンス長編を書いていましたが、綾辻行人さんのデビューがきっかけで出会った島田荘司さんから本格の執筆を勧められたので、犯人当てで発表したものを膨らませました。ブームを作ろうとされていたのでしょう。

羽住◆ ペンネームの名付け親でもあられる。

我孫子◆ ある日、編集者の宇山日出臣さんから電話がかかってきて「島田さんが〈我孫子武丸〉って名前を付けてくれたのだけど、どう思う？」と聞かれました。アニメの『風のフジ丸』みたいで、忍者にしか聞こえないと思いましたが、五秒ぐらい考えて「お願いします」とお返事しました。最初は違和感がありましたが、きっとデビュー作となったユーモアミステリのイメージから付けてくださったのでしょう。

羽住◆ シリアスな作品を描く一方で、小説に限らず、我孫子さんのエッセイや評論はさりげないユーモアがありますよね。三段落ちみたいな。

我孫子◆ 真面目に書いていると、どこかでちょっと笑いを入れないとという義務感があるのですよね。

集団製作について

羽住◆ テレビ番組「マジカル頭脳パワー!!」のコンテンツ「マジカルミステリー劇場」の問題作成をされていたときのエピソードをお願いします。

我孫子◆ 最初は岡嶋二人の一人であった徳山諄一さんと、評論家の新保博久さんと西上心太さんの三人でブレーンを担当していたのですが、手が足りないから月に一回来てほしいと呼ばれてから、僕も参加するようになりました。

羽住◆ 単著を書く作業とはどのように異なりましたか。

我孫子◆ みんなでワイワイ作るのは面白かったです。会社で働いたことがなかったけれど、派遣社員のような気分を味わうことができました。アイデア出しは材料を提供しているだけなので、仕上げなくてもいい気楽さもありましたね。最初から全部自分で作るのもいいですが、いい気分転換になりました。

羽住◆　ノベルゲームの『かまいたちの夜』は、どんなふうにお声がかかったのでしょうか。

我孫子◆　ある日、いろいろなミステリ作家に「『弟切草』をプレイしてほしい」という手紙がチュンソフトから届いたのです。機材も貸してくれるとのことでしたが、ほとんどの方が黙殺されました。僕は操業前の『ドアドア』からプレイしていて、『弟切草』ももちろんクリア済でした。当時『ドラクエ4』が大人気だったので、制作会社とつながりがあったら『ドラクエ5』が発売されたときに手に入りやすいかなという色気で返事をしたら、営業の方が京都まで飛んできてくれました。

羽住◆　ゲーム好きにはうらやましいお話です。

我孫子◆　僕はゲームの中身やプログラムは全然分かっていないので、監修みたいな立場で絡むのかなと思っていましたが、最終的に社長から「書きたいように書いてほしい」と言われました。それでやりたいことを書いていたら、結局全部書いていました。

羽住◆　「スパイ編」や「ホラー編」も最初の構想にあったのですか。

我孫子◆　「メインを謎解きにした本格的なミステリにしてほしい」と言われたので、「だったら、『雪の山荘』ですね」ということで始まりました。メインから枝分かれをするなら、ガラッと違う話を書きたくなって、エピソードは増えていきました。最後に出てくる「不思議のペンション編」と呼ばれる隠しダンジョンは、デバッグをしているときに思いついて、グラフィックの方に相談したらすぐにオッケーが出たので、急いでシナリオを書いて渡しました。

羽住◆　演出も我孫子さんがなされたのですか。

我孫子◆　演出はディレクターの麻野さんです。シナリオは全部自分で書きましたが、「ノヨル・カーマイ」とか、麻野が触っている部分もあります。

羽住◆　やはり小説の書き方とは異なりますか？

我孫子◆　僕は小説を読む立場なので必要な分岐しか入れなかったのですが、選択肢から次の選択肢までが長くなり、ゲームをしている感覚が少なくなってしまうと会議で指摘を受けました。テンポを良くするためには、結局同じところに行きつくとしても、もう少し選択肢を増やす必要があったわけです。実際にプレイしてみないと分からないこともあるのですね。

我孫子武丸流本格観

羽住◆　我孫子さんは本格の外側からジャンルそのものを見つめてきた印象を受けますが、ご自身の本格観について教えていただけますか。

我孫子◆　僕の思う本格は割と狭いです。まず謎が出てきて、その謎に対してちゃんと論理的な解決がある。それが主眼である。大学時代から二、三十年間、ずっとこのように思っています。

羽住◆　ポプラ社でいうと、一番本格作品が多いのはホームズみたいな。

我孫子◆　そうですね。探偵役がはっきりしているし、謎があって解決するというスタイルですから。ルパンは本格とは言い難いかなあと思います。

羽住◆　我孫子さんの好みとしてはいかがでしょうか。

我孫子◆　ホームズでは本格の構成とはちょっとずれた『恐怖の谷』が好きです。個々の物語でも、本格のほうが好きだというわけでもないですね。それから、サプライズがあれば本格だという考えでもないのです。例えば、『殺戮にいたる病』は、僕の定義だと本格ではありません。

羽住◆　やはり受け手によって定義が異なるのですね。

我孫子◆　ただ、昔からずっと言っていますが、僕は本格か本格じゃないかと語るとき、そこに優劣があるとは思っていません。単にジャンルとして自分の定義を述べるだけならばいいけれど、それがなにかを貶める発言になったら良くないと思います。

羽住◆　新本格開始時の本格についてお話くださいますか。

我孫子◆　われわれの世代は、昔の黄金時代の本格も全部好きな人たちが多かったと思います。もちろん、新しいことをやろうとはしていたけれど、本格に対するそれぞれの思いがあって、そこから外れないようにしていました。それでも、重なり合う部分とはみ出る部分は微妙にありました。

羽住◆　現在は異なりますか。

我孫子◆　本格がある程度のムーブメントになった結果、例えば、綾辻さんを読んでショックを受けてミステリを好きになった世代が出てきましたよね。その後の、京極夏彦さんや森博嗣さんから影響を受けた人もいる。エラリー・クイーンやクリスティはさかのぼって読んだ人もいるかもしれないけれど、新本格以降に影響を受けた世代とはだいぶ違うものになってきたでしょうね。

羽住◆　歴史とともに進化をしてきたということでしょうか。

我孫子◆　枝分かれはしていると思います。ミステリの性格上、前例にないものを踏まえ、新しいものをやろうという気持ちが、どうしても生じてきますから。例えば、「意外な犯人」を突き詰めていったら「読者」になっちゃったとか。それってある種の反則というか、枠から飛び出てしまうわけですよね。逆にさかのぼると、意外性を追求したら、チェスタトン「見えない人」になる。要はいかにも動機がありそうな登場人物ではないところから犯人を持ってくるという発想があって、この繰り返しがミステリの歴史かなと思っています。

羽住◆　メタ発想についてご意見をいただけますか。

我孫子◆　とにかく前例がないことをやろうとすると、「作者が犯人」だとか、メタな方向にいくのは必然だったということになります。ある程度のことはやり尽くされているから、ほかの要素を足さざるを得なくなってしまうのですよね。しかも、ライバルがたくさんいる状況の中で、オリジナリティのあるものを作らなければならない。こうしたアイデアを積み重ねることで本格は成り立っていて、この先にも進んでいくと思っています。

初期の「本ミス」寄稿時と現在

羽住◆　我孫子さんは、初期の当ムック本に何度も寄稿してくださっていました。

そのうちのひとつ、「この解説がすごい」では、ベスト解説を選ぶというコラムを書かれていましたが、評論における心情の変化はございましたか。

我孫子◆　当時あれこれ言っていたのは、いらだちがあったのだと思います。そもそも「本格ミステリ・ベスト10」自体が「このミス」や「週刊文春」とは異なるランキングとして作られましたよね。ミステリのコアにあるのは本格なんだと思っている作家たちからの不満が溜まっていて、論争もいろいろあったのですよね。本格ミステリ作家クラブの設立も同様に、自分たちの評価軸で選んで本格ミステリの大賞を決めたいという思いがありました。

羽住◆　本のあらすじにちょっと感想をプラスしただけで評論家と名乗ってる人たちがいるという批判もありましたね。

我孫子◆　だからこそ、ちゃんとした評論家が育ってほしい、評論を書く場所があってほしいと、笠井潔さんが探偵小説研究会を作られたのですよね。評論とはこういうものだと、読者に分かってもらうために。今はネットの広がりもあって、読み手も増え、評論を書きやすくなったと思います。

羽住◆　かつて「e-NOVELS」という電子書籍サイトがありまして、我孫子さんも当ムック本にコラムを寄稿してくださっていましたが、現在の電子書籍の状況をどのように捉えていらっしゃいますか。

我孫子◆　当時の読書専用端末は大きくて電池が持たなかったのですが、今は気軽に読める端末が出ているので、だいぶ普及してきました。今は紙の本がジリジリと売れなくなっていますし、ジャンルによっては電子のほうがグンと伸びていますよね。だから、若い世代が電子でいいやと思えば、紙の本はすごく貴重なマニアだけが読むような世界になる可能性はなくはないですね。

羽住◆　私見ですが、教科書が全部電子になったら、紙の文化は終わるような気がしています。

我孫子◆　どうなのかなあ。教科書は毎年印刷し直すことが紙の無駄だと思っているので、電子でいいと思います。ただ、紙の良さを好む人が出てくるかもしれません。本ではないですが、CDプレイヤーで音楽を聴いていたら、友達が「すげえ！　ネットにつながなくてもいいんだ」と驚いていたという逸話をツイッターで見かけましたし。知らないものに対して、それすごくいいと思う人もいるわけです。「今、紙の本がクールだ！　かっこいい！」みたいな時代が来てもおかしくはないでしょう。

羽住◆　ゲームも同様でしょうか。

我孫子◆　コンピューターゲームはどんどん進化して、昔だったら考えられないくらいのバーチャルリアリティのゲームもできましたね。

羽住◆　我孫子さんはアナログゲームもお好きでしたよね。

我孫子◆　僕がアナログゲームで遊ぶときは、人とやることに意味があるんだと思っていました。でも自分でもボードゲームを買いあさるようになったら、物としての良さに気が付きました。物がそこにある。カードを実際に手に触れる。ダイスを振る。一人で遊んでも楽しいのですよ。同じゲームでも、コンピューターゲームとは感覚が全然違います。たぶん、この感覚は電子書籍と紙の本との違いでもあるのだろうなあと思います。

「叙述トリック試論とか」のその後

羽住◆ 電子書籍化もされている評論「叙述トリック試論」以降の、叙述トリックに対する見解を教えてください。

我孫子◆ 僕が「叙述トリック試論」を書いたときは、一般の人には通じないものだと思っていました。よく分からないという反応もありましたし、マニアの中でも邪道でしたね。それが、メジャーな映像作品でもそういう手法が使われるようになってから、そんなにマニアックでない人でも落ちを知ったら「おっ！」となる感覚が普及した気がします。ただし、増えたというだけで、通じない人には通じないし、好きではない人もいると思いますが。でも、明らかに普通の手法になりました。

羽住◆ 書き手としてはハードルが上がったのでしょうか。

我孫子◆ 気軽に使えるといえばそうですが、逆に言うとマニアにとっては馴染みのものなのでそれだけでメインのネタにはしにくくなってきましたよね。だから、マニアに向けて騙してやるぞと思った時の騙し方は、たしかに難しいと思います。

羽住◆ 昨今ですと、複数の叙述トリックを組み合わせないと、驚きは生まれにくいかなあと思っていますが。

我孫子◆ シンプルな叙述トリック作品の方が、広く一般に評価された作品はあるように思います。いち書き手としてはなるべくマニアも騙してやろうと思いはしますが。ただ、叙述トリックって、一つのネタのように言われますけど、いくつものミスディレクションの集積でもあるのですよね。

羽住◆ 叙述トリック作品の書き方は、本格とはちょっと異なりますか。

我孫子◆ 叙述トリックをメインに据えようと思ったら、さっき言った僕の本格の定義に入らないのですよ。謎があって、その謎を論理的に解くというスタイルが本格だと定義した場合、叙述トリックだと、謎があったと思ったら、最後になって全然別の方角からひっくり返ってしまいます。その根底からひっくり返るような解決が訪れたとしたら、もともとの謎を解決したとは言い難い。そもそも、謎として提示されていない事柄を解決する作品もあるわけですし。

羽住◆ ファットダニットにも通ずるものがありますか。

我孫子◆ ファットダニットには、本格のカタルシスがあると思います。「何が起きたのか」、あるいは現在進行形で「何が起きているのかが分からない」が謎なわけなのですから。でも、叙述トリックがメインの作品の場合、それまで謎だとすら思っていなかったところからガツンと殴りつけてくるようなものも含まれてしまう。それを本格ミステリと呼ぶことは、僕はちょっと違うかなと思います。

現実の事件を題材にした衝撃作

羽住◆ 我孫子さんの定義によりますと『修羅の家』はどんでん返しサスペンスに分類されるかもしれませんが、私的には、後から謎が生じるタイプの本格作品だと思っています。「おや？」と思う場面があったのですが、こうだからこうなったということに気づきませんでした。

我孫子◆ 嘘は書けないから、その場面は苦しみながら書いていましたよ。

羽住◆ 場面そのものが伏線になっているのかと思っていました。

我孫子◆ いえ、伏線を張っているわけではないです。どこまでを書かず、何を書くかみたいなギリギリのところをやっているだけなので。読者の記憶に残らなくても、ちょこちょこ引っかかっているぐらいで書いておくと、突然殴られた時に「ああ、そうか」と納得しますよね。

羽住◆ 真相に気付かれることを恐れないのですね。

我孫子◆ 読者が百人いた場合、百人騙すのは無理だし、もしも百人騙せる書き方をしたら、面白がる読者はどのくらいいるのかと考えてしまいます。作品の面白さの比率としては、気が付かない人がある程度いて、気が付く人もいて、まったく意味が分からない人もいるというくらいがちょうどいいと思います。

羽住◆ 騙されました。しかも、私の知る限りでは前代未聞の小道具を使っていらっしゃって。

我孫子◆ そこまで新しいことをやってはいないと思うのですが。ネタがバレようがなんだろうが、ジェットコースターみたいにいろいろな盛り上がりを打ち込んで、余計なことを考えられないようにしたほうがいいと、当初から考えていました。途中がつまらなくてネタがバレてしまったら嫌じゃないですか。バレたとしても、最初から最後まで面白かったからいいじゃんという気持ちで書きました。

羽住◆ 実在の事件をモチーフにされていますよね。

我孫子◆ そうです。尼崎で起きた事件にショックを受けて、ずっと引っかかっていたのですが、こういうネタだったら自分の中で消化できるかもしれないと思ったのが、書いたきっかけです。現実の事件を調べて参考にしても、真似をするのは嫌なので、なるべく変化をつけるようにしました。

羽住◆ 作中の出来事よりももっと嫌なことが起きていたのですか？

我孫子◆ そうですね。現実を越えるのは難しいなあと思いました。もちろん、フィクションだと思って読むのと、ノンフィクションを読むのとでは、気分が違いますが。ルポとかを読んでいると、本当に心が寒々としてくるので、全然楽しくない。

羽住◆ ある種の純愛を感じさせられました。

我孫子◆ 僕は現実がずっと骨みたいに引っかかっていたので、何らかの救いが欲しかったのですよね。それが純愛部分なのですが、書いたことによって自分の心も救われました。

羽住◆ たいていの純愛はプラトニックラブを指しますが、性も絡めたピュアな想いは珍しいと思いました。

我孫子◆ 若い頃はプラトニックな愛というものを大事にしていましたけどね。この年になるとそういうものじゃないなという感覚はあります。

羽住◆ 『狼と兎のゲーム』もかなり現実的に感じましたが、実話が基になっているのですか。ラスト一ページで特に衝撃を受けました。

我孫子◆ いや、あれは全然関係ないですよ。でも、嫌な話ですよね。

羽住◆ 近作の『修羅の家』や帯にもうたわれた『殺戮にいたる病』を読むと、

和製リチャード・ニーリイという雰囲気を感じさせられますが、お好きな作品に影響されているのでしょうか。

我孫子◆　書きたいものが多いだけですね。どうしても一途になれないっていうか、目移りしてしまいます。法月綸太郎くんだったら、クイーンが好きなのは分かりきっていますよね。同じ探偵を三十年以上書き続けている。そういうことは、僕にはできないなと思います。

羽住◆　そういえば、ロングシリーズ作品が少ないですね。

我孫子◆　『人形はこたつで殺される』の鞠夫シリーズは四作書きましたが、だんだんしんどくなってきて。どうも僕には、いろいろなキャラクターを書きたい欲があるみたいです。「サザエさん方式」と呼んでいるのですが、登場人物は年を取らず、ずっと同じ世界で何か起きるという書き方ができないのです。それができれば一つのシリーズをずっと書いていくのも楽しそうなのですが。

本格ミステリの今後

羽住◆　今後、本格ミステリはどのように変貌していくと思われますか。

我孫子◆　二〇〇〇年代に入ってから、バラエティが広がりすぎていますね。叙述トリックを例にとっても、ミステリという枠にとどまらずに、手法として一般化したので。だから、他ジャンルで叙述トリックをくらう可能性は結構あるわけですよ。信用できない語り手の物語も至るところにあって。本格の定義が人によってちょっと違う以上、拡散しすぎていますよね。

羽住◆　血みどろの残酷さのある本格が減ったと思います。

我孫子◆　かつては、いわゆる日常の謎のミステリが、北村薫さんとか加納朋子さんとかが出てきたことによってだいぶ増えましたが、今はキャラクター小説でもあるライトなミステリに拡散して浸透していますよね。ちょっとした謎があって、探偵役が知識などで謎を解明して、実はちょっといい話だったりとかして。みんなもそういった作品を求めている。でも、それはそれで本格の裾野を広げているのでいいことだと思います。

羽住◆　この先、本格が集約することはあるのでしょうか。

我孫子◆　どうなのかなあ。あまりなさそうな気がします。本格をやっている人でネタが尽きた場合、ファンタジー要素を入れてみようとか、吸血鬼の世界で書いてみようとか、探偵が死んでいる設定はどうだろうとか、いろいろ考えますよね。だから、まとまることはないかなあ。

羽住◆　同世代作家と比較されるといかがでしょうか。

我孫子◆　僕が外から本格を見ているという指摘がありましたが、実際にそういう感覚はあります。一方で、法月くんや麻耶雄嵩くんは、内側にとどまって頑張っていると思います。法月くんはオーソドックスな本格ミステリを書いていますが、麻耶くんはちょっと変ですよね。でも、麻耶くんは中心にとどまったまま、深く深く掘り進んでいるような気がします。ベクトルの違う掘り方をしているのですよね。みんなが二次元的に広がっているのに、麻耶くんは三次元的な広がり方をしている。だから、本格にすごく忠実でありながら、ほかのネタを探しているのかなという気はしています。

小説以外の活動と今後の予定

羽住◆「fm GIG ミステリ研究会」の顧問を務められ、京都で即興リレー小説対決の「ショートショートバトル」を定期的に開催されていますが、本格ミステリもイベントのようなものに変貌していくのでしょうか。

我孫子◆本格というよりも、僕は出版社や書店を案じています。音楽だとCDが売れなくなってもライブは盛況であるという話は前からありますよね。そのライブも、物販で何とか黒字になるという。そういう話を聞いていると、出版がどんどん縮小していく中でも、逆に直接作家と読者が触れあえるような機会が増えればいいんじゃないかなと思っています。

羽住◆本格ミステリ作家クラブのイベントも毎回大盛況ですものね。

我孫子◆顔出しNGの作家はともかくとして、イベントをする機会はもっとあってもいいと、前から思っています。そこで本が売れるなら売ればいいし、サインもすればいい。それで読者が喜ぶのならウィンウィンですよね。

羽住◆作家って本当にいるんだ、みたいな。

我孫子◆こういう人が書いてて、この本の向こうには人間がいるんだということを知れば、また違う目で本を見てくれるかもしれません。読者の生の声も聴けますし。書店さんが協力してやってくれたら、書店さんもイベントごとがあって楽しいかもしれない。それで、何かできないかなと思っていろいろやっています。

羽住◆京都のイベントも楽しそうですよね。

我孫子◆あそこは作家のサロンみたいになればいいなあと思っています。われわれもパーティーくらいしか作家と知り合えませんから。しかも、同ジャンルだけでしょう。サロンがあると、業界の違う人とも知り合って、状況がわかりますし。

羽住◆人に会うの大事ですよね。

我孫子◆何らかの形で人がつながることで、何か新しいことができないかなと思っています。直接話をするのって楽しいですよ。メールとかじゃなくてね。

羽住◆今後の予定をお願いします。

我孫子◆光文社の「ジャーロ」で『凛の弦音』の続編を書いています。年三回刊行だったのが隔月になるので、来年中には終わるかもしれません。コロナ禍でストップしていたマーダーミステリは、年明けくらいには何とかできそうです。パッケージではなくて店舗用です。それとは別に、スマホ用のゲームも製作中です。

（十月十二日、十三日　オンライン）

COLUMN

北海道ミステリークロスマッチ

大森滋樹

柄刀一と諸岡卓真。このお二方、基本的に酒は飲まない。だが酒席はお好きなようで、諸岡の研究拠点大学のミステリに関心のある学生、教員などの飲み会には、柄刀、大森もちょくちょく顔を出していた。そのうち、「ばらのまち福山ミステリー文学新人賞」の松本寛大、気鋭の本格ミステリマンガ家・根本尚、「ミステリーズ！新人賞」の櫻田智也などが加わり、懇親会のようなことをしていた。それが四、五年前から忘年会として恒例化。本格ミステリ大賞評論・研究部門受賞者の浅木原忍、『このミステリーがすごい！』大賞優秀賞の深津十一、鮎川哲也賞の川澄浩平らが加わり、酒席は異常な状態になる（よろこんでいます）。札幌市とその近郊に、これだけの才能が集結し、酒を飲み、バカ話（？）に興じ、「よいお年を～」といってただ別れるだけ。大森個人はこれで十分まんぞくだったのだが、柄刀はもっと生産的な発想をもっていた。ともかく、これだけの書き手がここ数年のうちにバカスカ輩出され、一部の地域に参集しているのは異様である。札幌はミステリ梁山泊か。

「一年にいちど、希望参加者で作品をもち寄り、コンテスト形式で優秀作を決めよう。あわよくば出版社に売りこみ、刊行にまでもちこもう」

かくして二〇一九年、第一回北海道ミステリークロスマッチが開催された。参加するためにはクロスマッチ会員にならなければならない（北海道、札幌在住者に限定しない）。だが小説、評論、マンガなどジャンルは問わずにミステリ作品なら投稿可能。第一回は七名が参加し、受賞作は根本尚『羽衣の鬼女』。女子中学生名探偵の「怪奇探偵・写楽炎《しゃらくほむら》」シリーズ。雪の上の足跡のない殺人だが、カーの某作品をひねったトリックが利用され、読み手の盲点を見事に突く。選考方法、参加者の選評はネットで公開されているので、ぜひご一読を。

コロナ禍の今年はさらに会員を増やした。台湾のホラー、ミステリ作家の既晴《きせい》、話題の『三体』の邦訳版を監修したSF作家の立原透耶、内田康夫の浅見光彦シリーズ『狐道』完結プロジェクト最優秀賞の和久井清水《わくいきよみ》らが加わり、パワー増強。九名が参加した第2回受賞作は柄刀一『心中トゥモロー』に決定した。柄刀のシリーズ探偵「奇蹟審問官アーサー・クレメンス」もの。室内での心中に不審な点があり、状況や証拠を検証すると……。

コロナのせいで第二回授賞式の形式などは現時点で未定。しかし、北の街ではミステリの炎が静かに燃え上がっている。ホームページがあるので、関心おありの方は「北海道ミステリークロスマッチ」(https://note.com/crossmatch) でぜひ検索を！ 第二回クロスマッチに投稿された根本尚『怪奇探偵 降霊屋敷』の問題編・解決編がアップされ、公開されている。（文中、敬称を略しました）

特集

今だから読んでみたい
間違いなしの
「推し」作品
10《テーマ》×10《タイトル》

今年はコロナで幕を開けた。ステイホーム期が長く、この機会に未読の積読本を消費した方々も多いだろう。また移動が制限され、ZOOMやTEAMSなど遠隔会議ツールを利用し、仕事や会議を行った向きも多いはず。札幌在住の筆者もふだん上京できないが、当ムックの編集会議に今年は比較的参加できた。そこでこの特集の決定経緯を見聞きすることになった。

「おうち時間が長いから、その間に読めるブックガイドがいいのでは」

「コロナや感染症にからめた時事ネタをちりばめると、面白いよね」

「外出自粛——監禁にまつわるミステリや、延期になったオリンピック——スポーツにまつわるミステリなどはどうか」

かくして選ばれたジャンルは次の十題。

「新しい日常」——感染症全般。「仮面」——マスク。「シェルター」——外出自粛・監禁。「重厚長大なミステリ」——読書の時間がたっぷりあります。「ディスコミュニケーション」——隔離による社会・個人的な分断。「噂・風聞」——デマ・風評被害。「スポーツ」——観戦で密になるので各種スポーツイベントが中止に。「貧困」——経済停滞。「鉄道」——GoToトラベル。「評論」——勉強の時間がたっぷりあります。

そして「じゃあ、一題に十作品挙げよう。合計百作品になる」という発言が出てきた。ボッカチオの『デカメロン』と同じ構成が自然に成立し、筆者は驚いた。

『デカメロン』はペスト流行期にフィレンツェ郊外に避難した十人の男女がそれぞれひとり一話ずつ語り（一日十話）、それが十日つづくという内容。迷信や無知がはびこる中世に、機知や機転を称賛したルネサンス文学の高峰だ。近代的合理精神を尊ぶ謎解きミステリの遠い祖先と言えよう。二十一世紀の極東の国で、この中世感染症文学と同じ構成になるのは「見えない死」に抵抗する理性の宿命か。くしき暗合に思いを馳せながら、以下の百作品を紹介したい。（大森）

「新しい日常《ニュー・ノーマル》」の謎

感染症を描く10作

本格ミステリは社会の変化を如実に反映してきた。たとえば、携帯電話の普及はクローズドサークルの構成方法に影響を与え、インターネットは探偵の推理のあり方を変えた。新型コロナウイルス（COVID-19）の感染拡大により「新しい日常」が始まったが、これもまた、本格ミステリに影響を与えるだろう。さらに、過去に発表された作品についても、解釈が変わったり、以前とは違った箇所に目が行ったりするようになるはずである。本稿ではこのような観点から、「感染症」にまつわる注目作を紹介しよう。

新型コロナウイルスを直接的に取り上げたのは、今年の八月と九月に連続刊行された**『ステイホームの密室殺人1』『同2』**（星海社FICTIONS）。〈コロナ禍以後の密室〉をテーマに、織守きょうや、斜線堂由紀らの新鋭から、法月綸太郎、渡辺浩弐らベテランまで十名が参加している。誰もが閉じこもることが一般化した世界では、本格ミステリが頻繁に描いてきた「密室」の位置づけも大きく変わる。本格ミステリの変化の兆しを感じるにはうってつけの作品集である。

岩木一麻**『時限感染』**（宝島社文庫）はコロナ禍以前の発表だが、今読むとリアリティが違って感じられる。ヘルペスウイルス研究者が何者かに頭部を切断された状態で発見され、バイオテロの予告とおぼしきメッセージが残されていた。二つの謎が並行して描かれていくが、後者のあるアイディアは今だからこそより理解しやすいだろう。終盤で明らかにされるタイトルの意味も印象的である。

横溝正史**『悪魔が来りて笛を吹く』**（角川文庫）では、物語の背景として赤痢が導入されている。冒頭で描かれるのは、赤痢の予防と偽って毒薬を飲ませるという大量毒殺事件（モデルは一九四八年の帝銀事件）。主要人物が感染症に罹患するわけではないが、改めて読むと人々の行動や報道のされ方など、感染症にまつわるあれこれが巧妙に物語に取り込まれていることに気づかされる。

高野文緒**『翼竜館の宝石商人』**（講談社文庫）はペストが恐れられていた一六六二年のアムステルダムが舞台。ペストで死んで埋葬されたと思われた宝石商人が、翌日に密室の中から生きて発見されるという魅力的な謎が描かれる。シンプルに考えれば、埋葬された人物と密室で発見された人物が同一人物であるかどうかは墓を暴けば確定できるはずだが、二次感染の可能性があるためにそれができないというところが上手い。感染症への恐れと、それによって変化する人々の行動を存分に活かした一作である。

有馬頼義**『リスとアメリカ人』**（角川文庫）もペストを扱っているが、こちらの舞台は一九五〇年代の日本。見知らぬ男二人に拉致された医師がペスト患者の診察を強制されるという発端から、すでに日本では駆逐されたはずの病原体がどのようにして持ち込まれたのか、その背景には何があるのかといった謎が徐々に明らかになっていく。捜査陣の地道な調査が印象に残る、社会派ミステリ的な味わいもある作品である。

笠井潔**『オイディプス症候群』**（光文社文庫）は、作品の時代設定である一九七〇年代にはまだ謎の感染症であったエイズを扱っている。アガサ・クリスティー『そして誰もいなくなった』などの孤島ものをテーマに据えた超大作で、書籍の実物を見るとその物質的な迫力に圧倒される（重厚長大ミステリとしても注目）。事件の謎解きもさることながら、作中の至る所で展開される哲学的な議論も示唆に富み、その中には感染症に関する考察も含まれる。

深谷忠記**『一万分の一ミリの殺人』**（講談社文庫）が扱ったのはエボラ出血熱。東京でエボラに感染したと思われる男性が発見され、その感染源となった「赤毛の女」の捜索が始まるが、一向にその行方がつかめない。一方、エボラウイルスが国立微生物医学研究所から持ち出されたのではないかという疑惑が持ち上がり、それを調べていた新聞記者が何者かに殺害されるという事件まで発生する。周到に張り巡らされた伏線が次々と明らかになる後半の展開はサスペンス性も高く読み応えがある。

古野まほろ**『天帝のやどりなれ華館』**（幻冬舎）もエボラを扱っている。東京駅のホテル内でエボラ感染者が発生し、感染拡大防止のために主人公たちが閉じ込められてしまう。エボラウイルスの存在する閉鎖空間という設定は、「凶器」や「動機」について従来のクローズドサークルものとは違った推理を要求する。物語の後半、エボラへの恐怖とともに展開される推理は状況の緊迫感も相まって忘れがたい。さらには、外部では閉鎖空間内の人物を抹殺する計画も進行しているため、それにどう対処するのかも読みどころである。

虚構性の高い感染症を描いた本格ミステリ作品としては、白井智之**『おやすみ人面瘡』**（ＫＡＤＯＫＡＷＡ）や今村昌弘**『屍人荘の殺人』**（創元推理文庫）などがある。『おやすみ人面瘡』では、ウイルス感染により体中に人間の顔のようなものが発現する「人瘤病」が流行。できものは「脳瘤」と呼ばれ、宿主自身の脳が活動を停止した場合でもその役割を代替し、生命活動を維持することがあるという。『屍人荘の殺人』では人為的に投与されたウイルスによってある現象が引き起こされ、登場人物たちが屋敷内に閉じ込められる。両作品とも、特殊な状況設定を存分に活かしてトリックが仕掛けられており、その謎解きも鮮やかだ。

以上、十作品を紹介してきた。コロナ禍以降、吉村達也『感染列島　パンデミック・デイズ』（小学館文庫）や高嶋哲夫『首都感染』（講談社文庫）など、感染症の蔓延とそれへの直接的な対処をテーマにしたパニックエンターテインメントが再注目されたが、それらと比較すると、本格ミステリで感染症が扱われる場合は、事件の背景として一種の「特殊設定」的な位置づけを与えられることが多かったようである。しかし、現在、もはやそのような設定は一般的なものになった。この「新しい日常」において、どのような謎解き物語が構想されていくのか、今後も注目である。（諸岡）

仮面の男大集合！
仮面・包帯などで顔を覆った怪人物の登場10作

コロナ禍において世界的に注目を集めたのがマスクである。欧米と東アジアの被害の差が着用習慣の有無で説明されるなど、マスクが感染拡大の防止に効果的であるという認識が現時点では一般的だ。国内でも「アベノマスク」が今年を象徴する流行語になったのを筆頭に、マスクをめぐるエピソードには事欠かなかった。

花粉症や職場の衛生管理などでコロナ以前からマスクに慣れていた人たちも少なからずいただろうが、今回のコロナ禍を通して初めて習慣的にマスクを着用したという人も多かったはず。そうした経験を経た今、仮面の男たちが登場する本格ミステリをあえて選び、サージカルマスクでさえ息苦しいのに、顔面全体を覆う仮面を着用したこの人物の鬱陶しさはいかばかりか、などと想像しながら読んでみるのも面白いのではないか。

まず最初に名前を挙げるべき作品は、何と言っても横溝正史**『犬神家の一族』**（角川文庫）であろう。映画化の際に強烈なビジュアルインパクトを残した、あの「スケキヨのゴムマスク」姿は、本邦の本格ミステリ史上に永遠に残る資産である。原作は未読だという人は、この機会にぜひ挑戦していただいて、横溝正史の語りのうまさを味わってほしい。

新本格ミステリの勃興期に「これは社会派以前の本格ミステリの復権運動だ」という（やや偏った）認識をもたらしたのは、実は綾辻行人の二作目**『水車館の殺人』**（講談社文庫）だったのではないか。何しろ物語の幕開け早々、古城を彷彿させる館の主人が、スケキヨばりのゴムマスクを着用して登場したのだから。だがそれを当時の若い読者は求めていたのだ。綾辻行人にはもう一作**『奇面館の殺人』**（講談社文庫）という仮面ミステリがあり、こちらは館の主人のみならず、滞在客全員が仮面を着用しているという奇矯な設定の下で物語が展開する。この機会に館シリーズの新旧二作を読み比べてみるのも、面白い試みとなるだろう。

日常的に仮面をつけて生活している人物は、物語の虚構性を浮き彫りにするので、本格ミステリならではの存在だ――という認識を一変させてくれたのが、伯方雪日**『誰もわたしを倒せない』**（創元推理文庫）だった。現実世界にも覆面レスラーという、日常的に仮面をつけて生活している人物がいるではないか。プロレスと本格ミステリの相性の良さを認識させてくれたこの連作短編集は、コロナ禍の影響を多大に受けたであろうプロレスファンたちにもオススメしたい。

頭部を包帯でぐるぐる巻きにした人物も、仮面の男の同類と見做して良いだろう。その姿からミイラ男を連想する人もいれば透明人間を連想する人もいるはず。蘇部健一**『木乃伊男』**（講談社文庫）は前者の解釈を採用している。イラストを活かしたミステリを追求していた蘇部健一の技巧が最大限に発揮された作品で、包帯を解くとその下から意外な人物の顔が——という展開の繰り返しが、里中満智子のイラストと相俟って良い味を出している。文庫版は紙が薄くてイラストが透けて見えてしまうので、講談社ノベルス版が入手できるのならばそちらの方をオススメする。一方で浦賀和宏『**透明人間**』（講談社ノベルス）の主人公は、幼少時に現れた包帯男を透明人間と解釈した。浦賀作品の中で最も「器の本格」寄りの仕掛けに満ちた作品で、大人になった主人公は謎の地下空間に閉じ込められ、連続殺人事件に遭遇する。その部分に関しては別項のシェルターものとしても読めるので、コロナ禍の今年に読まれるべき理由が二重に存在する——いや、今年亡くなった作者を追悼するという第三の意味も込めて、この機会にぜひ読んでいただきたい。

意外なところでは、森博嗣のVシリーズ七作目『**六人の超音波科学者**』（講談社文庫）にも仮面の男が出てくるので要チェック。私設研究所の所長（主人）という立場で、車椅子に乗って登場するので、先に挙げた『水車館の殺人』とも共通するところがある。森博嗣はS&Mシリーズしか読んでいないという読者は、変化球多めのVシリーズにも手を出してみてはいかが。

さて芸能人の変装などの例を考えると、通常のマスクでも素顔を隠す効果は充分にあると思われる。篠田秀幸『**悪霊館の殺人**』（ハルキノベルス）には「白マスクの男」が一種の怪人として登場し、あちこちに出没して関係者を精神的に追い込む。現代では仮面の人物は屋内向けであり、屋外型の怪人にとっては逆に白マスク姿が精一杯の扮装ということが言えるのかもしれない。探偵小説的世界へのオマージュに満ちた一作で、そういうのが好きな一部の読者にとっては探してでも読むべき本であろう。

蘆辺拓『**和時計の館の殺人**』（光文社文庫）には頭部に包帯を巻いた男が何と路線バスに乗ってカジュアルに登場する。怪人ではなく、美容整形の手術直後だというだけのいたって普通の人なのだが、田舎の旧家で遺言状を読み上げる場に列席するために来たとなれば、やはり読者は『犬神家の一族』のスケキヨを連想してしまうだろう。そんなふうに探偵小説的世界へのオマージュを込めつつも、トリックに関しては和時計の館にふさわしいオリジナルのものを複数用意し、現代本格の精華としてまとめ上げているのはさすがと言うべきか。

篠田と蘆辺の二作は『——館の殺人』というタイトルが綾辻の館シリーズを思わせる点でも共通している。伯方が見出したプロレスの世界を除くと、仮面の男たちは結局、そういったタイトルが似合うような古き良き探偵小説の中でしか、活躍の場が与えられていないのだ。獅子宮敏彦『**君の館で惨劇を**』（南雲堂）もその典型例で、『犬神家の一族』への言及から始まり、仮面の男たちが何人も登場するのだが、それぞれに元ネタがある。スケキヨは有名過ぎて、同じマスクを被る（のが被る）事態をお互いに避けた結果、横溝だったら別作品のこれとこれ、江戸川乱歩ならこれ、山田正紀の誰それも仮面を被っていたといった感じに、本稿で取り上げなかった作品名があちこちに出てくるので、獅子宮が挙げた仮面の男登場作品をさらに延長戦として読んでみるのも面白いかもしれない。（市川）

ちっとも安全じゃない
シェルターミステリ10作

二〇二〇年九月に外出自粛要請は全面的に解除されたが、新型コロナウィルス感染防止において、自宅が最も安全な避難所であることには変わりない。

自宅というシェルター内で、本格ミステリの世界では危険な場所と化すシェルターが登場する作品を読むのもまた一興である。外界とは完全にシャットアウトされているため、これほど不可能犯罪を起こすのに適した場所はないだろう。

シェルターミステリ、略して「シェルミス」を、四つに分類して紹介する。

一つめは、密室シェルミス。いずれの作品も建物内には被害者しかいないので、探偵役の安全性は保障されている。よって、危険度は低い。

折原一『**七つの棺**』（創元推理文庫）に所収された「やくざな密室」では、やくざの組長の遺体が核シェルターの中で殺害される。敵対する組と抗争中で、ロケット弾が打ち込まれた直後だった。警護の手伝いで二つの組を見張っていた黒星警部が大活躍する、ド派手でドタバタのユーモア作品だ。

泡坂妻夫「**球形の楽園**」は、『亜愛一郎の逃亡』（創元推理文庫）の一編。要塞として造られた巨大な球体のカプセル内で、持ち主である「さそりの殿様」が死んでいた。ほかに出入りした者はおらず、凶器はなし。放射線は通さず、高度な耐衝撃性を持ち、衝撃や一万度以上の熱にも耐える建物内で、どうやって殺害できたのか。江戸川乱歩「鏡地獄」を連想させる建物にも要注目。

小林泰三『**見晴らしのいい密室**』（ハヤカワ文庫）の表題作では、ぶ厚い壁の潜水艦のような入れ物を地中に埋め込んだ防空壕が登場する。出入り口は外からの開閉ができない三重ロック式、特殊な空気濾過器に電話線も完備され、水と食料があれば何ヶ月も暮らすことができる。その中で、胴体を切断された持ち主の遺体が発見されるが、事件は昨今の仮想世界ミステリにもつながる意外な展開を見せてゆく。

二つめは、事件の進行中、内と外の両方の視点が交差するサスペンス・シェルミス。シェルターそのものも胡散臭く、危険度はすでに死んでいる者の謎を解く密室シェルミスよりも若干高め。

林泰広『**オレだけが名探偵を知っている**』（光文社）のシェルターは、ある企業の地下にある巨大密室だ。義姉の夫を探してそこに潜入した主人公は、男女の五人の遺体を発見してしまう。さらに外側から鍵のかかったコンテナも設置されていて、中には唯一の生存者がいた。珍妙な二重シェルミスで、ホワットダニットをはじめ、ハウダニット、フーダニット、場所の謎まで追いかける、あらゆる謎が勢揃いした作品だ。

三つめは、クローズドサークル・シェルミス。自分は無関係だと思ってはいても、いつ殺害されるか分からない恐怖がつきまとう。危険度は探偵役でも高い。

　森博嗣『**そして二人だけになった**』（講談社文庫）では、巨大なアンカレイジの内部に造られた核シェルターで、関係者である六人の男女が実際に生活してみるという実験が行われる。閉鎖された状況で一人ずつ殺害されていく中、生存者たちも知らなかった意外な事実が明らかにされる。男女の視点で交互に物語が進む、メイントリックだけ取り上げてもかなりの異色作だ。

　同じく、かなり異色なシェルミスの三津田信三『**シェルター　終末の殺人**』（講談社文庫）。作者自身がモデルと思わしき作家が取材で核シェルターを訪れた際、核爆発のような現象が起きてシェルターに逃げ込んだことから物語が始まる。避難した他の見学者たちとともに、初対面同士による共同生活が始まったなか、シェルター内で殺人事件が起きる。迫りくる恐怖と静かなる狂気のホラーよりの作品であり、ラストの戦慄は連城三紀彦のある作品を連想させられる。

　続いて、四つめは監禁シェルミス。生活の保障はされているとはいえ、探偵役は被害者でもある。飢えの不安と脱出できるかどうかの駆け引きが加わり、かなり危険な状態だといえる。なお、シェルターに完備されている食品はなぜかカロリーメイトが多い。監禁シェルミスなら、長期戦に持ち込むために最初の数日は別の食べ物を用意したほうが良いのではないかと老婆心を抱くだろう。

　大山誠一郎『**ワトソン力**』（光文社）は、序盤から刑事である主人公が何者かに襲われ、核シェルターのような場所に監禁される連作短編集だ。謎に遭遇すると、一定の距離にいる人の推理力を飛躍的に向上させられる特殊能力を持つ主人公が、過去の事件を振り返りながら、自分を監禁した犯人を推理していく。

　新本格誕生と同年の一九八七年に刊行された岡嶋二人『**そして扉が閉ざされた**』（講談社文庫）では、母親が娘を殺した犯人を探すため、関係者である四人の男女を核シェルターに監禁する。ユーモア調の推理合戦も読みどころになっている大人気作品だ。

　同じく家族が身内に関する真実を探るために関係者を監禁する話は、今年早逝した浦賀和宏『**眠りの牢獄**』（講談社文庫）も該当する。外の世界で企てられている交換殺人と監禁事件はどうつながるのか。シェルター内の死体を食べた理由が強烈なインパクトを残す作品である。

　以上の四つの要素が組み合わさったシェルミス集大成は、柄刀一『**十字架クロスワードの殺人**』（祥伝社文庫）だ。柄刀の代表的シリーズ探偵の龍之介と従兄弟である「私」は、山奥にある「避難パレス」で殺人事件に巻き込まれる。一方、詐欺事件を調査していた「私」の恋人は、大富豪の邸宅内にある地下シェルターに閉じ込められてしまった。館内は殺人事件が発生していて、シェルターの出入り口はクロスワードパズルを解かないと開くことはできない。二人の語り手が別々の事件に遭遇する、ダブル・シェルミス。「ステイホーム」により売上が伸びたクロスワードパズルが各章のタイトルページに付いている、お得感満載の作品である。

　紹介した十作品の共通点は、シェルターを個人所有できるくらいの富豪が登場することだ。本特集では貧困ミステリも紹介しているが、シェルミスとは対照的になっている。（羽住）

ぶ厚いのはお好き？

重厚長大なミステリ10作

　長い探偵小説といえば、T・S・エリオットによって「最も早く書かれた、最も長い、最も優れた探偵小説」（江戸川乱歩訳）と評されたことで知られる、ウィルキー・コリンズの『月長石』（一八六八）が、かつては定番中の定番だった。右のエリオットの言葉を引いたのはハワード・ヘイクラフトで、『娯楽としての殺人』（一九四一）では「最も早く書かれた」ことと「最も長い」ことに疑問を抱く読者がいるかもしれないと書いているが、ヘイクラフトの言葉を紹介した江戸川乱歩は、「『最も長い』ことで『月長石』以上の探偵小説は何であろうか。私はちょっと思い出せない」と『海外探偵小説作家と作品』（一九五七）で述べている。バケット警部という警察官探偵が登場するチャールズ・ディケンズの『**荒涼館**』（一八五二〜五三）は、探偵小説と見なすのは難しいということか。『月長石』に挑戦して書き起こされたともいわれる『エドウィン・ドルードの謎』（一九七〇）が完結していれば、長さでは凌駕していたかもしれない。

　西欧十九世紀では小説が長いのは当り前で、ミステリでもエミール・ガボリオ『ルコック探偵』（一八六九）やA・K・グリーン『リーヴンワース事件』（一八七八）などの完訳は長い。雑誌ジャーナリズムが発達し、シャーロック・ホームズ物語が人気を博すようになってからは、長編も短くなっていった。それでも第二次世界大戦直前にドロシー・L・セイヤーズの『学寮祭の夜』（一九三五）やマイケル・イネスの『ストップ・プレス』（一九三九）のような長大な作品も書かれた。

　今日では、特にアメリカにおいて、ミステリが長ければ長いほど売れるという傾向を見せており、『月長石』以上の長さのミステリはざらに存在する。それらが『月長石』以上の出来映えを示す優れた作品かどうかは、時代の嗜好にもよるので一概には断を下せない。そういうベスト・セラー狙いの分厚いミステリ以外から見繕うなら、ディクスン・カーの時代ミステリ大作『ビロードの悪魔』（一九五一）、P・D・ジェイムズ『正義』（一九九七）、レジナルド・ヒル『死者との対話』（二〇〇一）などが思い浮かぶ。ただし個人的には、それらより短いけれども、ジェイムズなら『策謀と欲望』（一九八九）、ヒルなら『骨と沈黙』（一九九〇）を推す。ちなみにガボリオは『ルルージュ事件』（一八六六）の方がお勧めだが『月長石』と比べると、どちらが長いかしらん。

　それはともかく、こうした作品が思い浮かぶものの、『月長石』に匹敵するものはと考えた場合、ウンベルト・エーコの『薔薇の名前』（一九八〇）に指を屈せざるを得ないのではないか。いまだに文庫化されていないため、ハードカバー上下巻で読むしかなく、その意味でも、まさにステイホーム中に挑戦するのにふさわしい大作であるといえる。

『薔薇の名前』の場合、中世イタリアの修道院を舞台に、キリスト教の異端審問なども絡んで、知的言説にあふれており、それが軽々に手を出させない要因にもなっているように思う（好きな人には堪らないだろうけれど）。似たように衒学的な作品として、小栗虫太郎の**『黒死館殺人事件』**（一九三五）を持ち出しても、短絡的だという誇りを受けることはないだろう。かつては夢野久作の『ドグラ・マグラ』（同）と並び、戦前期における奇想ミステリの大著として知られていた。これらに久生十蘭を加え「黒い水脈《みお》」として位置づけて、その継承を目指したのが中井英夫の**『虚無への供物』**（一九六四）であり、その『虚無』をリスペクトしたのが竹本健治の**『匣の中の失楽』**（一九七八）だった。この四冊はいずれも長い。中では『黒死館殺人事件』が八百枚と、いちばん短いようだ。

　単に長いというだけなら、『匣の中の失楽』以降、本格ミステリに限ってみても、多くの作品が上梓されている。島田荘司の**『暗闇坂の人喰いの木』**（一九九〇）に始まって、笠井潔**『哲学者の密室』**（九二）、二階堂黎人**『人狼城の恐怖』**（九六～九八）、京極夏彦**『塗仏の宴　宴の支度／宴の始末』**（九八）、山田正紀**『ミステリ・オペラ　宿命城殺人事件』**（二〇〇一）、山口雅也**『奇偶』**（〇二）、綾辻行人**『暗黒館の殺人』**（〇四）、柄刀一**『密室キングダム』**（〇七）などなど。

『暗黒館の殺人』初刊本のオビには「シリーズ最大・最深・最驚の『館』、ここに落成！」と謳われており、エリオットの『月長石』評を偲ばせる。同書は上下二巻、総原稿枚数は二五〇〇枚で、四分冊で刊行された『人狼城の恐怖』の四〇〇〇枚強には及ばなかったものの、本格ミステリとして極北のひとつには違いない。ちなみに島田荘司だと『龍臥亭事件』（一九九六）の方が長そうだし、笠井潔なら『オイディプス症候群』（二〇〇二）の方が長いかもしれない。笠井の場合、まだ単行本になっていない矢吹駆シリーズが記録更新する可能性がいくらでもある。

　本格ミステリは伏線を張り巡らし複雑なプロットを収束させる必要があり、むやみやたらとストーリーが長くなることなど、本来はありえない気もするが、状況説明の正確さと厳密さ、論証手続きの丁寧さが求められ、必然的に筆を費やさざるを得なくなったというわけだろうか。新型コロナウイルスの第二波、第三波を受けてのステイホームに備えて、これら長い長い本格ミステリを常備しておくのも、良いかもしれない。

　ちなみに以上の中から10作に絞るなら、ここでは日本の戦後本格ミステリという縛りをかけて、『虚無への供物』『匣の中の失楽』『暗闇坂の人喰いの木』『哲学者の密室』『人狼城の恐怖』『塗仏の宴』『ミステリ・オペラ』『奇偶』『暗黒館の殺人』『密室キングダム』ということになるだろうか。

　涙を呑んで落とした『黒死館殺人事件』を、いい機会だから読んでみようという方には、作品社から上梓された『【「新青年」版】黒死館殺人事件』でお読みになることをお勧めしておきたい。初出誌の挿絵を楽しめる他、二千項目に及ぶとされる語註に圧倒され、実質枚数以上の満足感を覚えるだろうから。（横井）

遠くにいるあなたへ
ディスコミュニケーションを描く10作

いまWHO（世界保健機関）は「ソーシャル・ディスタンス（社会的距離）」に代わる語として"Physical Distancing"（身体的距離）の使用を奨励している。懸念すべきは物理的な距離であり、社会的なつながりは保たれるべきだからだ。

だが、日々更新される感染拡大のニュースと外出自粛要請に不安をかきたてられる中、連帯を促す言葉のみならず、多様な状況に置かれた人々に対する想像力を失ったような言葉をも目にするようになったのは事実だ。ネットがそうしたものを可視化する装置としての役割を果たしてしまった感もある。

この機会にディスコミュニケーションを描いた作品を紹介することは、無意味ではないだろう。

一九九一年刊行の斎藤肇『**夏の死**』（講談社ノベルス）は、サークル活動中に事故死した大学生を巡る物語。事件から数年後、その学生の恋人がサークルの友人たちに「クトゥルフの呼び声」のプレイをもちかける。どうやらゲームを通じて事故死の謎を検証しようとしているらしい。「クトゥルフ」は進行役の采配に従いつつ架空のキャラクターを即興的に演じてともに物語を作っていく、一種の会話ゲーム。ペルソナと想像力のゲームである「クトゥルフ」が広く知られるようになったいま、本作はディスコミュニケーションを切り口にした新たな読み方ができるはずだ。

中島梓名義で『コミュニケーション不全症候群』などの批評も手がけた栗本薫の『**仮面舞踏会　伊集院大介の帰還**』（講談社文庫）はインターネットが一般的ではなかった一九九五年の作品だが、現在にも通じるディスコミュニケーションの諸問題を扱った傑作だ。パソコン通信のオフ会で起こった殺人事件。名探偵伊集院大介は、匿名性ゆえに増幅された無責任さの発露、肥大し暴走する内的自己、他者に対する想像力の欠如といったデジタル上の人のふれあいにおける負の側面を静かに見つめる。

殊能将之『**子どもの王様**』（講談社文庫）は二〇〇三年の作品。冒頭部で語られる幼い作り話「カエデが丘団地の外にはなにもない」が象徴するように、団地暮らしの子供たちの閉じた世界と大人の社会が読者の前に二重写しになって混交する。子供にとっては得体の知れない大人の世界は、実は身も蓋もない現実に過ぎない。大人と子供。親と子。そこには絶望的なまでに哀しい断絶がある。

ここからは比較的近年の作品を紹介する。情報の伝達における急速な革新が良くも悪くも社会を根こそぎ変えようとしているいまは、「誰かに何かを伝える」ことの重要性があらためて問われている時代だ。そのためか、注目作は多い。

まずは拡張現実を活用したゲームが現実世界に影響を及ぼしたかに見える殺人を扱った松本英哉『**僕のアバターが斬殺《や》ったのか**』（光文社）。自らのメッセージが知人を自殺に追い込んだのではないかと苦悩する主人公は、その知人が残したはずの応答の言葉を求めてゲーム世界をさまよう。ＡＲゲームを描く小説と見えて、表面の要素を剝ぎ取ると、ひどくおずおずとした現代的コミュニケーションの成立を希望的に描くことが中心軸であるようにも読める。小説とは読者が受け取ってくれると信じて作者が海に投げ込んだ手紙入りの瓶のようなものなのかもしれない。本作の終幕部からはそうした手触りが感じ取れる。

浅倉秋成**『教室が、ひとりになるまで』**（ＫＡＤＯＫＡＷＡ）は、犯人あて、および特殊能力あて小説とでもいうべき作品。全編に張り巡らされた伏線が学校という閉鎖空間での同調圧力をテーマに収束していく構成力にうならされる。

逸木裕**『星空の16進数』**（ＫＡＤＯＫＡＷＡ）は、他者とのコミュニケーションに問題を抱えた少女の物語。高校をやめてウェブデザイナーとして働く彼女は色彩感覚に優れ、色を十六進数でとらえる。私立探偵による過去の誘拐事件の調査と平行して、少女が「色」を頼りに他者とアクセスしようともがく姿が描かれる。両者が重なるラストに注目だ。

山本弘**『僕の光輝く世界』**（講談社文庫）の主人公はこれまでいじめを受けてきた少年。彼は何者かに橋から突き落とされて後頭葉に損傷を受けて失明するのだが、当初はそのことに気づかない。アントン症候群と呼ばれる症例で、視覚神経以外の情報から脳が擬似的な映像を作り出しているからだ。本作は連作短編集だが、未来への希望を見いだす勇気の尊さという一貫したテーマが読み取れる。

似鳥鶏**『目を見て話せない』**（ＫＡＤＯＫＡＷＡ）は、コミュ障探偵の活躍を描く連作短編集。大学に入って早々、主人公の前に自己紹介という壁が立ち塞がる。言葉少なに挨拶を終えたのち、周囲の学生に話しかけることもままならず、やがて眠りに落ちた彼が気がつくと、目の前には忘れ物の傘。持ち主を探すコミュ力は無論ない（聞き込みなど無理）。手に取って泥棒と思われるのもいやだ（考えすぎ）。彼は、限られた情報をもとに傘の持ち主を推理する必要に迫られてしまう。むやみやたらと面白い始まり方をする本作だが、小さなディスコミュニケーションが人種差別や性差別などの問題とも地続きであることを示唆する姿勢が全編を貫く、実は骨太の一作だ。

倉数茂**『名もなき王国』**（ポプラ社）は、ミステリの方法論を用いて書かれてはいるものの、枠組みから逸脱した多面的な魅力を見せる作品だ。孤独を抱えた人々が織りなす幾つもの物語は数珠つなぎになり、光の当て方によって形と輝きを変える。入り口も出口も不明となって迷宮に立ちすくむことを心地よく感じる読者にこそ勧めたい。

最後に、ペニー・ジョエルソン**『秘密をもてないわたし』**（ＫＡＤＯＫＡＷＡ）を紹介したい。自宅近くで起こった殺人事件について、ある秘密を知った十四歳の少女が主人公。だが、彼女にはそれを他者に伝えるすべはない。重度の脳性麻痺のために手足は無論、まばたきすら自分の意思ではコントロールできないからだ。謎解き要素は希薄だが、あえて推したい小説だ。少女が初めて意思伝達手段を手にしたときの喜びは、きっと読者の胸を打つだろう。（松本）

真実と虚構の交錯

噂・風聞のミステリ10作

　古今東西、社会不安は必ずデマを呼ぶ。今年度のコロナ禍、そしてアメリカ大統領選挙に際しては、世界中で虚実定かならぬ情報が飛び交った。大統領が積極的に出鱈目な情報を発信し、自分に都合の悪い事実をフェイクニュースだと言い張るなど、そうした情報を積極的に悪用しようとしたケースもあるが、悪意ではなく善意から風聞を広めてしまった人間も少なくない。私たちに身近なところでも、コロナ感染者に関する根拠なき風聞が流されるなどの事態が発生したけれども、ファクトチェックに必要な作業の煩雑さもあって、デマを打ち消すのは極めて困難であるというのが実情だ。

　ミステリの世界では、噂や風聞といったモチーフはどのように描かれてきたのだろうか。古典的な作例として知られているのは、アガサ・クリスティーの一九四三年の作品**『動く指』**（クリスティー文庫）だ。ある町で人々を誹謗する怪文書が出回るようになり、そこで槍玉に挙げられた弁護士夫人が自殺と思われる死を遂げ、更に殺人事件まで発生。真相を鮮やかに解明してみせる名探偵ミス・マープルの登場は終盤に近づいてからなので、それまでは誰も信用できない混乱状態が続くが、飛び交う噂という枝葉を切り落とせば、事件の構図そのものは案外シンプルである。

　同様に、地方共同体における風聞の伝播を扱った海外ミステリとして、ヒラリー・ウォー**『この町の誰かが』**（創元推理文庫）がある。平和な街でレイプ殺人事件が起き、住人たちが疑心暗鬼に陥ってゆく過程をドキュメンタリー・タッチで描いた作品である。住人たちが何の証拠もないのに噂や思い込みに基づいて罪をなすり合い、自己正当化に走る描写が恐ろしい。また、これと類似した最近の作例として、レスリー・カラ**『噂　殺人者のひそむ町』**（集英社文庫）も挙げておこう。イギリスの片田舎に、十歳の時に幼児を殺した女が名前を変えて潜んでいるという噂が流れ、主人公であるジョアンナもその拡散に一役買ってしまう。単に頭文字が一致するから……などといったこじつけめいた理由で多くの住人が容疑者扱いされた果てに、皮肉かつ衝撃的な真相が待ち受けている。

　噂の陰湿さを扱った作品では日本も負けていない。横溝正史の**『白と黒』**（角川文庫）は、先述の『動く指』を思わせる怪文書ミステリだが、「横溝といえば戦後の田舎」というイメージに反して、事件の舞台は高度経済成長期の都会の団地である。互いに過去や素性を知らない人々が寄り集まって暮らし、さまざまな世代の思惑が入り乱れる中、住人たちの（主に性的な）秘密を暴くどぎつい怪文書が飛び交い、やがてタールで顔を焼かれた無残な死体が発見される。田舎だろうが都会だろうが、人の集まるところには風聞の土壌となる悪意あり……ということがわかる作品である。

今年度は大手広告代理店と政権与党の癒着がしばしば報道されたが、荻原浩**『噂』**（新潮文庫）は、広告から派生した連続殺人事件の物語である。女性の足首を切断するレインマンなる殺人鬼に狙われても、ある香水をつけていれば助かる……という噂を広告代理店と企画会社が流したことで、商品は大ヒット。ところが、実際に足首のない女性の他殺死体が次々と発見される事態に。果たして誰が噂を利用して人々を騙す側で、誰が騙される側だったのか。

ミステリというよりホラーだが、津原泰水**『少年トレチア』**（ハヤカワ文庫JA）にも言及しておきたい。巨大団地「緋沼サテライト」では、トレチアという少年の都市伝説が囁かれていた。実はこれは、動物や人間を殺害するなどの悪事を働いていた子供たちが、その責任を押しつけるために生み出した架空の存在だ。ところが十年の歳月を経て、実在しない筈のトレチアが蘇り、かつての加害者たちを狩りはじめる。噂を気軽に弄ぶ者が噂でしっぺ返しを食らう構想は先述の『噂』を想起させる。

都市伝説を扱ったミステリはいくつもあるが、詠坂雄二**『電氣人閒の虞《おそれ》』**（光文社文庫）は相当な異色作と言えよう。語ると現れる、人の思考を読む、電気で人を殺す……などの属性を持つ「電気人間」なる都市伝説が、ある地域でのみ囁かれていた。この都市伝説の真実に迫ろうとする人間は次々と怪死してゆく。最後に明かされる真実は仰天必至だが、改めて最初から読み直すと、作品の狙いの大胆さと、それを支える技巧の精緻さに二度驚くことになる。

竹本健治**『将棋殺人事件』**（講談社文庫）では「恐怖の問題」という怪談が紹介される。この怪談が東京の六本木界隈で広まった後、静岡で起きた地震の土砂崩れ跡から発見された二つの死体は、噂の状況とあまりに似通っていた。大脳生理学者の須藤信一郎、天才囲碁棋士の牧場智久、その姉の典子の三人が噂の発生源の調査に挑むが……。事件の謎自体は解明されるものの、真実が空中で瓦解したかのような茫漠たる読後感が残る。

第十二回本格ミステリ大賞を受賞した城平京**『虚構推理』**（講談社タイガ。『虚構推理　鋼人七瀬』を改題）の作中世界には幽霊や妖怪が実在しており、主人公の岩永琴子は妖怪たちの知恵の神となった存在、もうひとりの主人公の桜川九郎も不死身の身体と未来決定能力を持つ超人だ。都市伝説から生まれた怪物「鋼人七瀬」が次々と人を襲う中、彼らはそれを消滅させるために知恵を絞る。毒には毒を、フェイクにはフェイクを――噂の中から何が真実かを探り当てるのではなく、嘘のロジックでいかにして聴衆を納得させるかを描いた試みだ。

汀こるもの**『火の中の竜　ネットコンサルタント「さらまんどら」の炎上事件簿』**（メディアワークス文庫）には、ネット上の炎上案件専門の探偵であるオメガが登場する。ネットスキルと毒舌を縦横無尽に駆使してトラブルに決着をつける彼の活躍は善悪の境界線を軽やかに踏みにじっており、痛快と感じるか呆れ返るか、読者の倫理観は激しく揺さぶられることになる。真偽さまざまな情報が錯綜する場であるインターネットの世界では、このような掟破りの探偵役が要請されざるを得ないのだろう。（千街）

活字の世界で謎解き観戦！

スポーツ・ミステリ10作

コロナ禍はスポーツの世界にも数限りない影響を及ぼした。東京オリンピックの延期を筆頭に、プロ野球は開幕延期、Jリーグは中断、大相撲は夏場所が中止。春夏の甲子園や高校総体も中止などなど、世界も含めその影響を書き記すだけで紙幅が尽きる。感染対策を徹底した上で各競技とも再開していっているとはいえ、誰もが気兼ねなくスポーツをし、スポーツを楽しめる環境がいつ戻ってくるのかは、まだまだ不透明な状況が続く。

いち観客としてはただ事態の早期終息を祈るばかりだが、今回はそんなスポーツ分の不足を補うような、スポーツミステリをピックアップしていこう。

日本の国民的スポーツと言えば野球である。野球ミステリだけでも十作挙げるのは容易だが、まずプロ野球からは天藤真**『鈍い球音』**（創元推理文庫）を挙げよう。弱小球団をリーグ優勝に導いた名監督が、日本シリーズ直前、トレードマークの髭を残して姿を消す。一九七一年の作品だけに今読むと野球描写に時代を感じさせる部分は多いが、雑然とした謎が綺麗に整理されて解決されるカタルシスとともに、日本シリーズの激闘が読者の胸を熱くする。

高校野球ミステリはプロ野球以上に枚挙にいとまがないが、ここは鯉ヶ窪学園探偵部シリーズの二作目にあたる東川篤哉**『殺意は必ず三度ある』**（光文社文庫）を挙げたい。野球ミステリは数あれど、野球見立て殺人、野球場と野球道具を駆使した大技トリックと巧みな小道具の使い方など、ここまで徹底して野球尽くしの本格ミステリは本作ぐらいのものだろう。東川篤哉は作中に大抵ひとつは野球ネタが入っているほどの筋金入りの野球好きだが、その野球愛が炸裂した、純然たる「野球ミステリ」の傑作である。

日本の国技は相撲。城平京**『雨の日も神様と相撲を』**（講談社タイガ）は、殺人事件も起こるものの、本筋はカエルに相撲を教えるという、ファンタジー青春相撲小説。……と思っていると、終盤で舞台の村を支配するシステムを巡り、それまで見えていた物語が怒濤の勢いで解体・再構築されていく。『虚構推理』の作者らしい、ユニークでトリッキーな特殊設定ミステリだ。『少年マガジンR』で漫画版（漫画：戸賀環）も連載中。

アメリカでは野球、アメフト、バスケ、アイスホッケーが四大プロスポーツだが、アメリカ文学者である平石貴樹の更科丹希（ニッキ）シリーズ第三作**『スラム・ダンク・マーダー その他』**（東京創元社）の表題作は、希少なバスケミステリ。衆人環視の試合中、スター選手がダンクシュートを決めた瞬間、ニコチンの塗られた毒針を首に刺されて殺される。読者への挑戦状つきで、エラリー・クイーン『Xの悲劇』×『アメリカ銃の謎』の趣きだが、細やかな伏線から導き出されるまさかのトリックに啞然とさせられる。

一方、欧州で絶大な人気を誇るのが自

転車ロードレース。大藪春彦賞を受賞した近藤史恵**『サクリファイス』**（新潮文庫）は、エースを勝たせるための捨て駒になるアシストという役回りがいる、ロードレースという競技の特殊性が、ミステリとしての解決にも繋がっていき、真相を知った瞬間、そのタイトルの意味が胸に迫る。超一級のスポーツ小説であると同時に、ホワイダニット・ミステリの傑作でもあるのだ。

自転車ロードレースは何十時間何千キロと続くが、それに比べるとずっと短い数時間、二十キロのマラソン大会の間に謎を解くことになるのが、〈古典部〉シリーズの第五作にあたる米澤穂信**『ふたりの距離の概算』**（角川文庫）。古典部に仮入部した一年生はなぜ心変わりしたのか？　折木奉太郎が走り（？）ながら、些細な誤解とディスコミュニケーションの連鎖を解き明かす。秘密を抱えた青春の苦味が忘れがたい。

勝利と挫折、栄光と悲劇。スポーツ小説の多くは、同時に痛切な青春小説でもある。辻堂ゆめ**『コーイチは、高く飛んだ』**（宝島社文庫）は、度重なる不幸に見舞われる体操選手・結城幸市の物語。彼を見舞う不幸は偶然か、それとも誰かの悪意なのか……。何が起きていて、そして何が起こったのかが明らかになったとき、タイトルに示されたラストシーンが、鮮烈に記憶に焼き付けられる。

とはいえスポーツは若者だけのものでもないし、人生を賭した切実さだけが魅力でもない。川原泉の漫画**「ゲートボール殺人事件」**（白泉社文庫『甲子園の空に笑え！』所収）は、老若男女が揃うゲートボールチームの面々が、ヤクザの組長の死と、そのお手伝いさんであるチームメイトの失踪の謎を追う。事件を機に玉突き式にいろいろな事態が巻き起こり、様々な容疑者が浮かんでは消えていく様がゲートボールのルールになぞらえられた、作者らしいのんきなユーモアミステリだ。

痛みや苦味ばかりでなく、友情の輝きもまた青春とスポーツの魅力だ。ラッセル・ブラッドン**『ウィンブルドン』**（創元推理文庫）は、タイトル通りテニスのウィンブルドン選手権が舞台。キングとツァラプキン、親友同士のふたりが相まみえる決勝戦、コート上のふたりとスタンドの観客を人質とした脅迫事件が起こる……。本格とは言い難いが、全体の半分以上の分量を費やして描かれる白熱の決勝戦と、並行して進む事件のサスペンス、そしてネットを挟んで対峙するふたりの国境を越える友情が熱い。読後感も爽やかな傑作青春スポーツミステリだ。

最後にアンソロジーを一冊。小鷹信光編**『バンカーから死体が』**（東京書籍）は、Ｅ・Ｃ・ベントリーのトレント警部もの「すばらしいショット」、アガサ・クリスティのトミーとタペンスもの「サニングデイルの怪事件」など十三編を収録したゴルフミステリー傑作選。筆者のお気に入りは、コミカルでブラックなオチが冴えるエリナー・ラリー「宿敵」と、まさかの××××ＳＦかつ〝ゴルフミステリー〟でもあるジェイムズ・Ｅ・ガン「グリーンの対決」。

おお、十作という限られた枠では、東野圭吾も岡嶋二人も、その他数多の作品も取りこぼしてしまった。感染の心配のない本の世界で、よきスポーツと謎解きの観戦ライフを！（浅木原）

見えてるモノを見落として

貧困社会のミステリ10作

「格差社会なんて言って、上流であれば勿論、下流でも、そこそこセレブな生活を送れるっつーか――危機感を抱きにくい。生きて暮らせる。だけどそれは錯覚で、本当は坂道を転げ落ちるように追い詰められているにもかかわらず、飢え死にするその直前まで、討ち死にするその直前まで、自分だけは大丈夫だって思えるシステムが組みあがっちゃってるのさ」

――西尾維新『難民探偵』

COVID-19の感染が広がり、政府が緊急事態宣言を発した今年四月、先般結婚の報告もあったナインティナインの岡村隆史が、自身のラジオ番組で女性の貧困化を待ち望んでいると受け取られかねないような舌禍事件を起こした。その騒動を受け、爆笑問題の太田光もラジオを通し、問題の根底にあるのは、若者たちが貧困というものに待ったなしで追いつめられている状況だと語った。

コロナ禍は紛れもなく、この国の経済的格差を浮き彫りにした。星野源の楽曲「うちで踊ろう」に対し、田島ハルコは「うちで暴れな」で〈ずっと家にいれる仕事　いまやfuckin' 特権？〉とラップしている。立場によっては、ステイホームを選択できない人たちも多くいるだろう。社会の歪みはまず、貧困層やエッセンシャルワーカーに皺寄せとして現れるのだ。本格ミステリの世界も、当然そのような現実と無縁でいることはできない。

かつて笠井潔は、東野圭吾『容疑者Xの献身』を論じるなかで〈グローバリズムの二一世紀は「ゆたかな社会」の崩壊と、新しい貧困化や階級化の時代になるだろう〉と述べていたが（『探偵小説は「セカイ」と遭遇した』）、それから約十五年のあいだに、事態は深刻さを増している。

本稿では、そのような日本社会の状況を踏まえ、格差や貧困に材をとった作品を紹介したい。

「犯人の一人は紛れもなく〈貧困〉だった」という一節が印象的な中山七里『**カインの傲慢**』（KADOKAWA）は、刑事・犬養隼人シリーズの第五弾。練馬区の公園で発見された少年の遺体からは、臓器の一部が持ち去られていた。被害者の身元を調べていくうち、犬養たちは暗澹たる事実に突き当たる。貧困ビジネスという重い題材に意外な真相を違和感なく配置してみせるその筆致は、〈どんでん返しの帝王〉の名に恥じぬ剛腕ぶりだ。

今年度の十八位にランクインした天祢涼『**あの子の殺人計画**』（文藝春秋）は、本屋大賞の発掘部門で話題になった『**希望が死んだ夜に**』（文春文庫）の仲田・真壁シリーズ第二弾。前作は、同級生殺害の容疑で逮捕され、犯行は認めるものの黙秘を貫く女子中学生を主役に、彼女の動機を謎の中心に据えたホワイダニットが主眼であった。そこには少女たちを取り巻く貧困が存在したが、今作ではより大人の側の事情にも踏み込んでいる。風俗店のオーナーが刺殺された事件で、警察はかつて被害者の店に勤めていたシングルマザーを疑うも、彼女は犯行時刻に娘と自宅にいたという。有栖川有栖『マジックミラー』のアリバイ講義まで引用しながら検討されるアリバイ崩しの趣向が、困窮する母子家庭での虐待と二重写しになり、作品のテーマを浮かび上がらせる。見事な仕掛けというほかない。

『あの子の殺人計画』に登場する少年少女から、佐藤友哉『**水没ピアノ**』（講談社文庫）を連想した。佐藤はロスジェネ的感性をミステリに導入した先駆者であり、一見脈絡のない三つの物語が予測不能な繋がりを見せる本書の主人公の一人も、北海道の田舎で流れ作業に従事する非正規雇用の青年だ。他方、佐藤と並べられることの多かった西尾維新にも、『**難民探偵**』（講談社文庫）というロスジェネ的質感で下流を描いた作品がある。就職浪人中である主人公は、期せずしてネットカフェ難民の元刑事と知り合い、殺人事件の捜査に巻き込まれるのだが、そこで犯人の弄したトリックは、勝ち組と負け組に分けられ固定化した格差社会に対する窮余の抵抗のようにも読めた。

『難民探偵』と同じく講談社百周年記念書き下ろしの辻村深月『**ゼロ、ハチ、ゼロ、ナナ。**』（講談社文庫）では、母親を刺殺して行方をくらませた幼馴染の友人を捜し、現在は結婚して都内に移り住んでいる主人公が周囲の人々に話を訊いてまわる。技巧の凝らされた叙述や二段構えの真相など、ミステリとしての結構も秀逸ながら、印象に残るのは母と娘の関係、ひいては地元の共同体に縛られる女性たちの姿だろう。経済的格差というより、本作ではその背後にある地方と東京の地域格差が前景化されている。

葉真中顕の小説をさし、批評家の杉田俊介は「これぞ、これが、ロスジェネなんだ」と評した。そのデビュー作『**ロスト・ケア**』（光文社文庫）は、四十三人もの要介護老人を殺害した男に死刑判決が下される場面から始まる。複数視点で事件を辿っていくなかで、介護による貧困といった社会問題が次々と描かれていく一方、犯人特定方法や終盤のサプライズは意表をつくもので、社会派としても本格としても読みごたえ充分だ。

詠坂雄二『**遠海事件**』（光文社文庫）の登場人物——己の犯罪の痕跡を徹底して消してきた大量殺人鬼・佐藤誠も、高校卒業から二十九歳で逮捕されるまでの大部分をフリーターとして過ごしていたという。そんな彼が、警察から容疑者として扱われる事態になってまで、なぜ自らを正社員にしてくれた恩ある被害者の首を切断したのか。非正規雇用者という設定は表層的なレベルに留まらず、事件の様態や真相とも強く結びつき、本作を第一級のフリーター小説たらしめている。

残る二作は各刊行年度において、それぞれ本誌で三位と八位にランクインしているため、簡潔に紹介したい。

梓崎優『**リバーサイド・チルドレン**』（東京創元社）では、カンボジアのストリート・チルドレンが突如として連続殺人に巻き込まれる。彼らの生きる環境はもはや近年の日本社会とまったく隔たったものではないだろう。異形の者たちが集められた孤島が舞台の白井智之『**東京結合人間**』（角川文庫）も、リアル現代日本が舞台とは言えないが、貧困や風俗業描写などに奇妙な生々しさがあった。（秋好）

ＧｏＴｏトラベルは鉄道で
鉄道ミステリ10作から見る時代の変化

新型コロナウイルスの流行で沈滞した日本経済を活性化すべく始まったのが一連の「ＧｏＴｏキャンペーン」であった。そのひとつである「ＧｏＴｏトラベル」は開始時期に感染が再拡大し、国内最大の消費者がいる東京都が除外されるなど、迷走気味の施策となってしまったのは、ちょっと残念であった。旅行には様々な手段があろうが、ミステリファンならば、たくさんの作品に登場した鉄道の旅を選んで欲しい。

新型コロナウイルスの流行により、我々の生活はその前後で大きく変わった。鉄道の旅も時代とともに変わってきている。そうした変化にふれながら、鉄道ミステリを紹介していきたい。

鉄道の主役は、蒸気機関車から電車に変わり、電車も新幹線へと進化し、さらにはリニアモーターカーが現実化しそうな趨勢である。懐かしの蒸気機関車が登場するミステリは数々あるが、その中からは大阪圭吉の短編「**とむらい機関車**」（創元推理文庫。同題の短編集所収）を選んだ。豚が連続して轢き殺される、という奇妙な事件に心優しい運転士が巻き込まれる。「事件」を起こした犯人の動機の切なさが胸を打つ好短編であり、後進に影響を与える一つの型を創り上げた記念碑的な作品でもある。

横溝正史『**蝶々殺人事件**』（角川文庫）には「チッキ」なる言葉が登場する。チッキとは荷物の預かり証で、鉄道が小口荷物輸送を担っていた時代をうかがわせる描写である。東京で鉄道に積んだはずのコントラバスのケースが消え、大阪で発見されたときには、中からオペラ歌手の死体が出現した。被害者が殺されたのは、東京か大阪か？　金田一耕助を生み出した横溝正史のもう一人の名探偵・由利麟太郎は東奔西走の末、真相にたどりつく。アリバイトリックに加え、とある仕掛けもあるサービス満点の傑作である。

鮎川哲也『**黒いトランク**』（光文社文庫）でも、貨物駅に届けられたトランクから死体が出現する。探偵役の鬼貫警部は、粘り強く謎に挑み、緻密に組み上げられたアリバイを崩していく。ちなみに、本書では被害者や容疑者は「門司発東京行」や「東京発長崎行」といった列車で移動する。こうした長距離列車も、航空機や高速バスが台頭するなかで徐々に姿を消した（同じく長距離列車を舞台にした鮎川の短編「碑文谷事件」のトリックも今は再現できないのが残念だ）。現在では臨時運行される「ムーンライトながら」にその名残をとどめるのみである。

東京・大阪間を三時間（開通時）で結ぶ東海道新幹線の出現は、鉄道の旅を大きく変えた。新幹線も様々な作品に登場するが、ここではそのものずばりの題名の森村誠一『**新幹線殺人事件**』（角川文庫）を取り上げたい。後から出たこだま号に乗った容疑者が、先に発車したひかりの乗客を殺害した？　二重三重の鉄壁のアリバイを刑事たちが突き崩す。なお、本書では、新幹線からの電話が容疑者を守る不在証明の一つとなる。当時は、新幹線の電話室からの通話は、交換手が列車名を告げてつないだため、乗車の証明となったわけである。携帯電話でどこからでも連絡が取れる現代とは違うのだ。

モータリゼーションの進展にともない「国鉄離れ」が進み、赤字が累積するなか、国鉄は合理化のために数々の不採算路線を廃止していった。そうした廃線が重要な役割を果たすのが島田荘司『**奇想、天を動かす**』（光文社文庫）である。動き出す轢死体、突然宙に浮く列車、といった幻想味のある謎を、島田は合理的に着地させる。こうした島田の創作論は一般に〈奇想理論〉と呼ばれるが、それを実作で主張すべく書かれたのが本書である。その筆力を味わって欲しい。

一九八七年四月一日、国鉄は分割民営化されて、ＪＲ東日本をはじめとするＪＲ各社が誕生した。民営化に不満を持つベテラン運転士たちの山手線を利用した奇抜な抵抗を描いたのが、細野不二彦の漫画「**MOBIUS EXPRESS**」である。少年ジャッキーたちがメンバーの〈シティジャッカー〉が東京で起こる怪事件を解決する『東京探偵団』（小学館文庫）のエピソードである。巨大財閥がバックにある〈シティジャッカー〉は金に糸目をつけず豪快にトラブルを収めてしまう。

列車のスピードアップにより、利用者が減った寝台列車は徐々に姿を消していった。寝台列車が登場する作品となれば、松本清張『点と線』（新潮文庫）をはじめ枚挙にいとまがないが、ここでは寝台特急「はやぶさ」が登場する西村京太郎『**寝台特急**《ブルートレイン》**殺人事件**』（光文社文庫）を挙げておこう。西村の作家人生において分岐点となり、またトラベルミステリブームの嚆矢となった作品でもあるからだ。

寝台列車ほど話題にならなかったが、実はＪＲでは定期運行の「急行列車」は廃止されてしまっている。寝台急行の「銀河」や「能登」を利用した者としては悲しい限りである。海野十三「**急行列車の花嫁**」（鮎川哲也編『見えない機関車』（光文社文庫）所収）では、急行列車が舞台に、名探偵・帆村荘六が人間消失と消えた車両の謎に挑む。シンプルなアイデアを大仕掛けで実行したトリックはインパクトがある。

旅の時間が短くなり、ニーズが薄れた食堂車は姿を消してしまったが、観光列車などで復活しつつあるのはうれしい限りだ。高木彬光『**人形はなぜ殺される**』（光文社文庫）は、寝台急行の「月光」や「銀河」が事件に絡む、鉄道好きにはたまらない作品。殺人の前に人形が「殺される」のは単なる怪奇趣味ではなく、合理的な理由があるのだ。名探偵・神津恭介と沢村医師との特急「はと」の食堂車でのやり取りは、読了後思い返してみると実に印象的である。

同じ車両に乗り合わせた者同士の会話から物語が始まるのはミステリの一つの常套手段だ。その中からお薦めを選ぶなら江戸川乱歩「**押絵と旅する男**」（岩波文庫『江戸川乱歩短篇集』所収）か。老人が持つ押絵にまつわる幻想譚は味わい深い。人とは距離を取ろう、という状況が続くと、こうした物語が生まれてくる土壌も痩せてしまう。早く新型コロナウイルス禍が終息し、電車の中でも、ごく普通に会話ができる世の中がきて欲しい。（廣澤）

ミステリ通になろう！

読んでおきたいミステリ評論書10作

日本における最初のミステリ評論集と呼べるのは、江戸川乱歩の『鬼の言葉』（一九三六）だろう。松本泰の『探偵小説通』（一九三〇）は海外探偵小説事情の紹介が中心で、貴重ではあるが、評論書とは見なせない。その後、アジア太平洋戦争を挟んで、戦後にまとめられた『随筆探偵小説』（一九四七）を経てのちの集大成というべきが『**幻影城**』正続（一九五一／五四）である。戦後のミステリ評論・研究は、この二冊を抜きにしては語れないし、後に続く中島河太郎、松村喜雄、伊藤秀雄、さらには権田萬治、小鷹信光らの仕事は乱歩の仕事を補完するものといっても過言ではない。中島が『宝石』に連載した「探偵小説辞典」（一九五二〜五九）や『日本推理小説史』（一九六四／九三〜九六）としてまとめられる文献学的研究は、文献学者としての側面を持つ乱歩の意に沿うたものであったろう。松村の『怪盗対名探偵　フランス・ミステリーの歴史』（一九八五）が乱歩の弱いフランス・ミステリをフォローしたものと見なせるし、小鷹はやはり乱歩の苦手なハードボイルドを引き受けたものだ。伊藤の『明治の探偵小説』（一九八六）は乱歩が手をつけた『新青年』以前の日本ミステリを担当するといった具合である。中島と権田は清張以後のミステリの潮流にも評論家として関わっているが、権田の『日本探偵作家論』（一九七五）は乱歩編のアンソロジー『日本探偵小説傑作集』（一九三五）の序文として書き下ろされた「日本の探偵小説」（一九三五）を文学評論という形で受け継いだものとして重要だ。

こうした文献研究および作家論の流れに対して、主として欧米のミステリに拠りながら、読み巧者たちが海外ミステリを紹介するエッセイの流れが存在する。それが福永武彦・中村真一郎・丸谷才一『**深夜の散歩　ミステリの愉しみ**』（一九六四）と植草甚一『**雨降りだからミステリーでも勉強しよう**』（一九七二）の二冊。両書に共通しているのは海外文学、その前衛文学への理解の深さと興味関心が、ミステリを読む際にも影響を及ぼし、エンターテインメント小説をメイン・ストリームの文学と同じ扱いで読んでみせたことで、小説としての読みを広げた。それが後に続く多くの書評人士のみならず、創作を志すものにも影響を及ぼしたように思われる。『深夜の散歩』ハヤカワ文庫JA版の解説を瀬戸川猛資が執筆し、その瀬戸川の『夜明けの睡魔』創元ライブラリ版の解説を法月綸太郎が執筆しているあたりに、そうした傾向がうかがえるのである。両書の系譜にあるものとして右の『**夜明けの睡魔　海外ミステリの新しい波**』（一九八七）、宮脇孝雄『**書斎の旅人　イギリス・ミステリ歴史散歩**』（一九九一）、若島正『**乱視読者の帰還**』（二〇〇一）などがあげられる。若島の著書としては『殺しの時間　乱視読者のミステリ散歩』（二〇〇六）をあげるべきかもしれないが、『乱視読者の帰還』はアントニイ・バークリー（フランシス・アイルズ）やアガサ・クリスティーの作品に対して、英文学者の視点から新しい読みを示した点が評価され、本格ミステリ大賞の研究・評論部門を受賞しており、見逃せない。

乱歩的な文献学的方向性とは違うベクトルを示すものというか、乱歩的なトリック主義のヴァージョン・アップないし刷新を実行したものとして注目されるのが、都筑道夫の『**黄色い部屋はいかに改装されたか？**』（一九七五）であり、松田道弘の『**とりっくものがたり**』（一九七九）である。共にミスディレクションという技法に着目しているのが共通点である。都筑の場合、トリックの必然性を説き、トリックよりもロジックを重視し、本格ミステリに対する新たな参照軸を示してみせた。新本格作家の理論的支柱となったといって良いくらいだ。松田は「新カー問答」によって、トリックに主軸をおいたディクスン・カーの評価を転換し、新しい視点からカーの魅力を説いてみせた。いずれも乱歩の探偵小説観を問い直すものだったのだ。

こうした流れから生まれるのがエラリー・クイーンの読み直しだといってもいいかもしれない。法月綸太郎が一九九五年に雑誌『ユリイカ』に発表した「初期クイーン論」に端を発する後期クイーン的問題は多くの議論を呼んだテーマで、笠井潔が論題として規定し、その問題を意識した実作が書かれ、それを諸岡卓真が整理し直し、斯界を賑わすことを経て、飯城勇三『**エラリー・クイーン論**』（二〇一〇）へと引き継がれていく。法月の論考は後に『**法月綸太郎ミステリー塾　海外編／複雑な殺人芸術**』（二〇〇七）に収められた。

以上、駆け足で、戦後のミステリ評論の流れを追ってきたが、この他にも重要な評論は多い。本格ミステリに関わる問題系としては、新本格バッシングとその後の受容の流れや、東野圭吾『容疑者Xの献身』（二〇〇五）の評価に端を発する、いわゆる『容疑者X』論争を忘れるわけにはいかない。前者では笠井潔や島田荘司の評論で追うことも可能だが、『容疑者X』論争については簡単なムックすらまとめられていないのが現状だ。また、野崎六助の『北米探偵小説論』（一九九一／九八）は、クイーンとロス・マクドナルド、サイコ・スリラーを主として論じている大著で、都筑＝松田路線ではないだろうが、福永・中村・丸谷＝植草路線かといわれても迷う。二〇二〇年には北米にとどまらず、ヨーロッパ、ロシア、南米、アジア、日本にまで目配りした『北米探偵小説論21』として大幅な増補版が上梓されており、文化史的探偵小説論として孤高の地位を築いている。

海外の評論書についてふれられなかったのは心残りながら、それでも、ステイホーム期間中に戦後日本における受容史や評論史を追うなら、まずは『幻影城』から初めて、『深夜の散歩』『雨降りだからミステリーでも勉強しよう』『夜明けの睡魔』『書斎の旅人』『乱視読者の帰還』『黄色い部屋はいかに改装されたか？』『とりっくものがたり』『複雑な殺人芸術』『エラリー・クイーン論』などを播読することを勧めたい。最後に再び『幻影城』を読み返すなら、新たな知見を得られるに違いない。（横井）

劇場危機のコロナ禍によるミステリ演劇

羽住典子

今年度から演劇の紹介もお届けする。上演日数には限りがあり、誰もがいつでも観られるわけではないため、記録がメインになることをご容赦いただきたい。

まずは原作付きから。ガストン・ルルー『黄色い部屋の謎』（公演／ULPS、脚本・演出／桜田信介）はダブルキャストが多く、主役のルールタビーユを女性が演じるパートもあった。指紋鑑定のできない時代であると開始前にお断りがあったが、キャストの登場時は全員手袋をしていたという演出が心憎い。第二の殺人は、後日探偵役が口頭で説明したため、犯人当ての難易度が上がっていた。

福田和代の短編「効き目の遅い薬」（公演／Team337、脚本、演出／嶋尾康史）は、旧友が毒殺された謎を追う理系ミステリ。大学の研究室のみで展開し、隅に置いてある植物が時間経過を示して、物語を分かりやすく演出していた。

新派特別公演の横溝正史『八つ墓村』（脚色・演出／齋藤雅史）は、二〇一八年の『犬神家の一族』に続く第二弾。八の数字が六に変更されていることをはじめ、原作から大幅な改正があったものの、金田一耕助・久弥・要蔵の三役を演じた喜多村緑郎による殺戮の舞は、第一部のクライマックスにふさわしい迫力で圧倒させられる。音声とスモークで演出された鍾乳洞のシーンも見事だ。

『死の泉 Die spiralige Burgruine』（公演／スタジオライフ×東映ビデオ舞台プロジェクト、脚本・演出／倉田淳）は、皆川博子原作を改編し、初演は二十一年前、これまで二回再演されている。役者はすべて男性であるため、若干の違和感は生じたが、複雑な真相に衝撃を加える一因にもなっていた。

同じく役者は全員男性のみであるレジナルド・ローズ原作『十二人の怒れる男』（翻訳／徐賀世子、演出／リンゼイ・ポズナー）は、今年最大の見応えがあった。観客は四方から、長テーブルを囲んで議論する役者たちを取り囲む。父親殺しの罪で裁判にかけられた少年は冤罪なのか。証言や証拠の再検証とともに陪審員たちの背景も明らかになっていく討論は、わずか二時間とは思えないほど白熱していた。本格ミステリの極みは推理の過程だと感じさせられる作品である。

女性キャストのみの宝塚歌劇団では、花組で東野圭吾『マスカレード・ホテル』（脚本・演出／谷正純）が上演された。映画では木村拓哉が演じた主人公の新田浩介に瀬戸かずや、フロントクラークのヒロインは朝月希和という配役。第一幕ラストの華やかな仮面舞踏会はぜひともブルーレイでご確認いただきたい。

ジャニーズ・グループ「ふぉ～ゆ～」の辰巳雄大が主演を務めた志駕晃『スマホを落としただけなのに』（脚本・演出／横内謙介）は、尋問が中心であったため、倒叙ものに変貌していた。冒頭からアダルトな場面があり、本格というよりもサスペンス作品に仕上がっている。

COLUMN

首吊り自殺した少女の謎を追うことにより関係者たちの秘密が暴かれていく、ポリゴンマジックが主催・企画・製作した『カレイドスコープ――私を殺した人は無罪のまま――』（脚本／谷碧仁、演出／吉谷光太郎）公演あたりから、新型コロナ感染予防のため、早いところでは二月下旬から公演中止や延期が相次いだ。

本格ミステリ演劇最大の痛手はエラリー・クイーン『ミステリーオムニバス～観客への挑戦～』（ピュアマリー、脚本／保坂磨理子、演出／鈴木孝宏、監修／飯城勇三・町田暁雄）第二弾の公演中止だろう。一九年の第一弾は「13番ボックス殺人事件」と「カインの一族の冒険」の二部構成で、それぞれ問題編と解答編に分かれていて、観客が犯人を推理し、ランダムに選ばれた者が直接推理を披露できるというイベントも行われた。

リモート飲み会や会議が定着したように、オンライン演劇も登場してきた。『今夜はオンライン飲み会デス』（劇団ニコルソンズ、脚本・演出／木下半太）は、天才ハッカーが主催する飲み会の参加者が一人ずつ殺されていく内容だ。犯人当ての要素は薄いものの、画面から一人ずついなくなっていく光景は、自宅で画面を観ているからこそ現実味が増す。結末が異なるバージョンがテレビ西日本プロデュースでテレビドラマ化され、第二弾も公演、放送された。

参加型演劇でお馴染みのイーピン企画は「ミステリーステージⓇオンライン」を上演した。タイトルは『劇団ミルキィポール殺人事件』（原作・構成／城島和加乃、脚本・演出／佐野バビ市）。人気劇団が稽古している山奥の宿泊施設で起きた殺人事件について、主人公と一緒になって視聴者も推理できる。統一された背景画像と人物動作をあわせることにより、別々の場所にいるはずの役者たちが、同一舞台で演技をしているように見せていた。後半は分岐型演劇も楽しめる、リモートならではの凝った演出が見事だった。

昨今ブームのマーダーミステリのような、演劇×体験型ミステリーも注目されている。SCRAPとすゞひ企画のコラボ『9月31日の花嫁』（脚本・演出／鈴木秀明）では、観客は結婚式の二次会パーティーの参加者という設定で、通常の謎解きゲームもプレイできる。役者に直接聞き込みをして手がかりを収集、解決編も目前で行われる。同じスタッフで『サラバ、偉大な魔法使い』も公演された。

コロナ禍で劇場はまさに危機に陥っている。大阪にあるシアターOMはクラウドファウンディングによってコナン・ドイル『赤毛連盟 シャーロック・ホームズの冒険』（ENTER TOP、プロデューサー／稲森誠、新翻訳台本／大木ミノル）も上演したが、ユーモア遺産相続パロディ『そして犬神家はいなくならない』（MICOSHI COMPLEX、演出／早川貴久、作／岡田寛司・早川貴久）を上演した新宿ゴールデン街劇場は閉館た。

舞台と客席の間に透明幕を設置するなど、劇場は工夫を凝らす。主が消えた孤島の宿泊施設に怪しげな人々が集う『煉獄島殺人事件？』（劇団たいしゅう小説家、脚本・演出／川光俊哉）では、役者全員がマスクやフェイスシールドを装着して演技を行っていた。来年度も厳しい状況は続きそうだが、ぜひとも切り抜けてほしい。

阿津川辰海

interview

注目の気鋭2020

聞き手＝円堂都司昭

ATSUKAWA Tatsumi

ミステリ本を教えてくれた司書

円堂◆　幼少期に好きだった作品は。

阿津川◆　原ゆたかさんの『かいけつゾロリ』、プロイスラーの『大どろぼうホッツェンプロッツ』です。悪党が出てくる話、奇想天外なアイデアが大好きで、特殊設定好きはあの頃に植え付けられた世界観かもしれません。小学三、四年の時、はやみねかおるさんの夢水清志郎シリーズを読んで、特に『魔女の隠れ里』の犯人の趣向に驚きました。それがミステリにハマった最初だったかな。あとは児童版のクイーンやクリスティをちらほら。

　中一の頃、『探偵ガリレオ』のドラマが流行って、原作を読んだら面白かった。それで東野圭吾さんを立て続けに読んだら、読書家の家族から伊坂幸太郎さんをすすめられました。ファンタジーが好きだったので『オーデュボンの祈り』の寓話的な世界観に惹かれてハマりました。同時期に宮部みゆきさんもすすめられこれも夢中に。中高一貫校に通っていた当時、図書室で東野さん、伊坂さん、宮部さんを読みつくして次はどうしようと思ったら、司書の方がミステリマニアだった。道尾秀介さん、三津田信三さんなど二〇〇〇年代前半に盛り上がっていたものを入れてくれていて、週二、三回借りていました。その司書から「君はきっとこれが好きだよ」と『十角館の殺人』（綾辻行人）、『葉桜の季節に君を想うということ』（歌野晶午）、『イニシエーション・ラブ』（乾くるみ）をまとめて出されて。意図的なセレクトですよね。この三冊はある種のトリックの原体験ともいえる本で、東野さん、伊坂さんにももちろん同種のものはありましたが、まとめられたのもあって強烈なインパクトでした。『イニラブ』は最初、誤植かと思って司書にいおうとしたけど、よく考えたら内容が理解できました。言わなくてよかった（笑）。

円堂◆　中学高校での部活動は。

阿津川◆　文芸部でした。小学校の頃から『冒険者たち』（アニメ『ガンバの冒険』の原作）の二次創作をしたりしましたけど、文芸部でまとまった作品を書いてみたかったんです。作家を招いて講義してもらう朝日新聞の企画があって、はやみねかおるさんを文芸部でお呼びしました。カニッツァの三角形という有名な錯視図形があって、くり抜いた部分が三角形に見える。「欠けている形が伏線です。解決編でここにある三角形に気づきましたかというのがミステリです」といわれました。中一の私はミステリの本質がわかったと勘違いして、中二で原稿用紙百枚程度の犯人当てを書きました。それでスイッチが入り、中三で約八百枚の長編ミステリを書きました。プロローグの恋愛小説部分がジュニアの短編賞を取って、自分にとっても愛着があったので、その男女を探偵・ワトソン役として膨らませていきました。

円堂◆　他に文芸部でミステリを書いている人はいましたか。

阿津川◆　いませんでした。十五人のうち男子は二人だけ。女子全員が西尾維新さんの戯言シリーズを読んでいました。だから、変に突っ張って戯言シリーズは読まない、メフィスト賞作家には手を出さないと誓いを立てていました。でも、例の司書から渡された霧舎巧さんの『名探偵はもういない』に感動したら「メフィスト賞作家だよ」といわれ（笑）。

大学サークルでのショック療法

円堂◆　入学した東大では文芸サークルの新月お茶の会に入りましたね。

阿津川◆　四月のサークルオリエンテーションでブースへ行って自己紹介の好きな作家の欄にエラリー・クイーン、麻耶雄嵩、泡坂妻夫と書いたら食いつきが凄くて。先輩には、今年催眠術の本（講談社現代新書『はじめての催眠術』）を出した漆原正貴さんがいてミステリ談義をするようになりました。二〇一三年のその年に亡くなった殊能将之さんを会誌で特集することになり、メフィスト系を読まなかった私に「この本の担当にしてあげるよ」と『黒い仏』を渡され、それがとっても面白かった。

円堂◆　あのぶっ飛んだ内容で怒らなかったんですか。

阿津川◆　渡した方が引いていました。いじめのつもりだったのに相手はマゾだったみたいな感じですから（笑）。

円堂◆　会誌での執筆はどうでしたか。

阿津川◆　年四回発行で座談会やレビューによる特集と創作がありました。私が担当した企画は城平京さんの特集と逆転裁判・逆転検事特集、それと沈黙者特集。一作だけで沈黙している作家をみんなでレビューしました。私は特集をやりつつ小説も書いていたから同期で一番執筆量が多かった。デビュー作『名探偵は嘘をつかない』の探偵となる阿久津透ものも連載していました。麻耶雄嵩さんのメルカトル鮎みたいな悪徳探偵をやりたくて書いたんです。

円堂◆　最後にオチがある連作ですか。

阿津川◆　そうです。第一話が阿久津の哄笑で終って、ザ・悪徳探偵みたいな。加えて、例の先輩の漆原さんがマジシャンで生計を立てながら催眠術をやっていたので、あだ名が「催眠探偵ルシフェル」。サークルでは「誰かルシフェルで一本書けよ」という冗談があったんですが、彼をモデルにしてマジで書いてきたのが私でした（笑）。ルシフェルは催眠術で真相を自白させることができるけど、その方法は公表できないからあとから完璧なロジックで事件を解決する趣向。デビュー作の転生の設定はその頃からあって、連作の四話目で阿久津とルシフェルに推理合戦をさせ、五話目を書こうとした時にカッパ・ツーの募集告知があったんです。

円堂◆　それまで他に応募したことは。

阿津川◆　阿久津の連作を書きながら、横溝正史ミステリ大賞に学園もので叙述トリックの青春ミステリを出しました。当時からダミー推理にダミー推理を重ねる多重解決が好きでしたけど、箸にも棒にもかからず。ライトノベルの賞にもラブコメを出しましたが、階段から突き落とされて怪我をするミステリ仕立て。無謀な構想を立てまくるのが趣味だったので、二巻の最後で一巻が手記だとわかり、二巻の末尾でそれが虚構で三巻が現実だとわかるラノベ版『匣の中の失楽』（竹本健治）の予定でした。でも、ラブコメとキャラは褒めてもらったのにミステリ部分が複雑すぎるといわれましたね。

円堂◆　ラノベも読んでいたんですね。

阿津川◆　高校の頃まで変な意地で読まないと決めていたんですけど、本格ミステリばかりでなく世界を広げないとまずいと思い、大学から読み始めたんです。自分に読むのを禁じたメフィスト系も、北山猛邦さんや古処誠二さんなど少しは触れていましたが、新月お茶の会でメフィスト賞特集を組んで全作座談会をすることになった。『姑獲鳥の夏』（京極夏彦）をゼロ回として五十作、結局一か月の準備期間で全部を読んだ修羅の人は私と同期のもう一人だけでした。ショック療法です。自分は小学校の頃から雑食で読んできたじゃないかと、変にこだわることはやめました。一か月立て続けに読んで肉体的・精神的に疲弊していたので、もしかしたら特集内での発言等を不快に思われた作家さんもいたかもしれず、今は深く反省しています。デビュー直後、天祢涼さんにお会いした時に話題が出たので謝ったら、「『キョウカンカク』は褒めてくれていたからいい子だと思っていた」と言われ胸を撫で下ろしました。あの特集のおかげで、より読書の幅が広がった気がします。

名探偵・特殊設定・裁判

円堂◆　石持浅海さんと東川篤哉さんが選者になったカッパ・ツーに阿久津透の連作を書き換えた『名探偵は嘘をつかない』で応募し、受賞後、さらに修正して刊行した経緯は、同作文庫版のあとがき、石持さんの解説で詳述されています。企画として画期的だったのは「受賞者育成計画」として作品のどこを修正すべきか選考委員と受賞者の座談会が組まれ、「ジャーロ」57号に掲載されたことです。

阿津川◆　鼎談でお二人から指摘ししてもらえると連絡がきて喜びました。それで原稿を読み返したら一ページ目から恥ずかしいミスが散見されて、嘘だろう、僕はこんなものを送ったのかとどん底まで沈んだんです。ばっくれようかと思いましたが、勇気を出して行ったらお二人の顔を拝見してまたテンションが上がった。どんな指摘も全部取り組みますくらいのウキウキした気持ちで聞いていました。女子ばかりだった中高の文芸部では「ロマンチストすぎる。お前がこれ書いてるのが気持ち悪い」から始まって小説的なつっこみはされてもミステリ部分はなにもいわれなかった。新月お茶の会でも、ライトノベルを読む人がキャラクター、SFを読む人が設定について言ってくれるけど、ロジックやトリックをつっこまれたことがなかったんです。お二人にはそうしたミステリ部分を批評してもらえて新鮮でした。それで、他人事のように楽しんで帰ってきたら、直すべき点を全部書いたノートを見て、これをやるのは自分なんだと落ちこみました。

円堂◆　鼎談の後、修正できずに本が出ない可能性もあったわけでしょ。

同席した光文社の担当編集◆　しかも編集部から、話を完成させるにはここここが足りないとさらに宿題を出したんですよ。

阿津川◆　その後、こういう風に直そうと思いますと、裁判官とか刑事とか新キャラを三人くらい出す話を編集部にしたら「は？」という反応でした。

円堂◆　選考委員も編集部もそこまで大幅に変えると思っていなかったから。

阿津川◆　完成版は九百枚くらいあって一・六、七倍くらいの長さに増えました。完成版では阿久津連作の影はほぼ消えています。初稿はそこを捨て切れず、同人誌時代を引きずっていた。執着を断たないと前に進めないとわかったんです。

円堂◆　デビューしてどうでしたか。

阿津川◆　受賞後、本がなかなか出なくて「どうなったの」と聞かれていたから、ようやく出た時、サークルの人たちはかなり喜んでくれました。ランキングは毎年楽しみにしているし、サークルで投票もしていたから『本格ミステリ・ベスト10』国内第三位にはびっくりしました。

円堂◆　一作目の苦労後の二作目は。

阿津川◆　『透明人間は密室に潜む』の表題短編を最初はファンタジーとして書いたのですが、よくなくてボツにしました。『名探偵は嘘をつかない』のトークイベントが終わった頃、阿久津透のことをもう考えなくていいと解放された清々しさがあったんです。大学の頃は走りながら創作していたのでストックはない。一から好きなものを作ろうとして『刑事コロンボ』も好きだったので倒叙ものにしました。ここには透明人間がいるかもしれないと探偵がいいだしたら頭がおかしいですけど、透明人間の犯人視点なら読者にいることは保証されている。そのうえでシチュエーションを考えたんです。

円堂◆ 第二長編『星詠師の記憶』は予知が題材。デビュー作で転生がモチーフでしたし、特殊設定を入れようと最初から考えていたんですか。

阿津川◆ 『名探偵は嘘をつかない』に特殊設定を入れたのは、霊媒師が登場した『逆転裁判』や西澤保彦さんの『人格転移の殺人』の影響です。デビュー作は詰めこみまくって分厚い本になったから、これからは要素を切り分けようと思いました。デビュー作から大きなファクターを取り出すと、名探偵、特殊設定、（特殊）裁判。これらに当てはまるものを一つずつ書こうと思って、『星詠師の記憶』は未来予知という特殊設定にしました。その次の『紅蓮館の殺人』は名探偵で、せっかく新本格発祥の講談社だから館ものにしました。でも、まさかタイトルを『○○館の殺人』にされるとは（笑）。

円堂◆ 新本格を代表する館シリーズ（綾辻行人）の書名のパターンですね。

阿津川◆ 最初は違うタイトルで書いていて、「どうせなら『○○館の殺人』にしませんか」と言われ、比較されるのは怖いですよって抵抗しました（笑）。結果的に、タイトルのおかげで興味を惹かれた方もいるようで、まあ良かったですかね。

昭和ミステリとザ・新本格

円堂◆ 以前、「小説宝石」の記事で各作品の裏テーマが、『名探偵は嘘をつかない』は好きなミステリ全部、『星詠師の記憶』は昭和ミステリ、『紅蓮館の殺人』は新本格とおっしゃっていました。

阿津川◆ 昭和ミステリについては、本格冬の時代と呼ばれた時期にも本格はあったというブックガイド『本格ミステリ・フラッシュバック』を大学で読んだ影響が大きいです。元々赤川次郎さんが好きで、そこで紹介されていた『幽霊列車』『死者は空中を歩く』は、自分の好みにドンピシャ。このガイドにしたがって読むものを広げていけば自分は幸せになれると思っていろいろ読んでいきました。

『星詠師の記憶』で念頭にあったのは、海渡英祐さん、陳舜臣さん、日影丈吉さんなどのように、ド派手さはないけど淡々と一歩一歩進んで最後にすっきり解ける話。『星詠師の記憶』で刑事が消えて子どもに視点が切りかわり、その子がノートにまとめるところは都筑道夫さんの『蜃気楼博士』の子どもを想像して書きましたし、鮎川哲也さんの鬼貫ものも参考にしました。前作がうるさすぎたから、静かに可能性をつぶし前へ進むイメージで取り組んだんです。

円堂◆ 予知の設定はあるけど、確かに書き方としては素直でした。一方、『紅蓮館の殺人』は……。

阿津川◆ ザ・新本格。最初は嘘つきの館がコンセプトとして浮かんで、全員がなにかしらの仮面をかぶっていて殺人事件が起きる。二人の探偵役が事故か殺人かで対立する、両天秤でというのはアントニイ・バークリーのイメージですけど、新本格をやるなら当然、館で遊びを入れてと考えました。結果、それまでの二作を読んでもらえなかった層に届いた印象があります。結末は読者を挑発するコンセプトだったので好意的な反応ばかりではなかったですけど、館とかコード型本格の訴求力は凄いと実感しました。

円堂◆『名探偵は嘘をつかない』の大幅修正時には、名探偵が存在する理屈づけとして、探偵が国家機関に属している設定が導入されました。清涼院流水さんのＪＤＣ（日本探偵倶楽部）シリーズを連想させる設定ですが、本格をコードというよりガジェットとして扱った清涼院さんについてはどう思っていたんですか。

阿津川◆サークルのメフィスト賞特集でまとめ読みした時、清涼院さんの『コズミック』だけはなかなか手が出なかったんです。評判は聞いていたし分厚いし、大好きという先輩もいたけどその人は変態だからヤバイに違いないと。でも、歴代受賞作を四十ほど読んだ時にこれ以上いったら『コズミック』を攻略する気力を失うと思ったんです。それで読んだら信じられないくらい面白い。ぶっ飛んだエンタメと思ったらめちゃめちゃ楽しめた。舞城王太郎さんも似た理由で大好きです。デビュー作では意識しませんでしたが、指摘されるとＪＤＣっぽい。意識したのは、探偵士協会の設定があった山口雅也さんのキッド・ピストルズでした。

円堂◆デビュー作と『紅蓮館』で物語の焦点となる名探偵という存在については、どうとらえていますか。

阿津川◆他学部聴講で、東大文学部の高橋和久教授の「英国探偵小説の始まり」という講義を受けたんです。十九世紀イギリスの社会史と探偵に関する内容でした。大衆には暴力的なものを見たいという窃視的なまなざしがあり、そうしたものを解き明かす探偵がいたけど、犯罪と近しい関係にあって犯人との境界線は曖昧だという。なるほど、自分が知る探偵もそれほどいいやつじゃない。むしろ変なのが多い。上から来られたら腹が立たないかなと思ったんです。アンソニー・ホロヴィッツの『メインテーマは殺人』『その裁きは死』は本格として好きですが、ホーソーンという探偵の素行は首をかしげるところが多くて、どうしても好きになれない。

　そんな感じで探偵のことを推理能力ではなく、人格でみるようになった。根っこがほめられたものではない人が探偵として事件解決を積み重ねたら軋轢があるだろうし、その因縁が全部蘇る話があってもいいと考えたのが『名探偵は嘘をつかない』です。それで裁判の設定を思いついたんですが、リンチみたいに糾弾するよりは公的な場で名誉を剥奪する趣向で、名探偵って本当にいい人間ですか、と表現できないかと書いてみました。『紅蓮館の殺人』の葛城くんも、正義を振りかざしているけれど後先を考えていない。

円堂◆同作のシリーズ化は。

阿津川◆来年、第二弾が出る予定です。第一作は、探偵とはなんでしょうと投げかける形で終った。続編ではその答えを出す方向に持っていきたいですね。

経済効率の悪さが持ち味

円堂◆小説はどこから発想しますか。

阿津川◆最初に謎ありきです。『星詠師の記憶』も、まず予言の映像で自分が殺される光景が見えるところから思いつきました。撃っている人も映っているのに犯人がわからない。謎だけ考えたその時点ではなんの回答もない。解けたら楽しいですよねという謎とシチュエーションだけでプロットを出すんです。ＯＫが出ると、担当編集から外的状況や特殊設定についてダメ出しをもらって詰めていく。「謎については心配していない。任せた」といわれるんですけど、私は心配だよと（笑）。『星詠師の記憶』も犯人すら決めずに書き始めたから、犯人を考えてから前に戻って直しました。

　でも、東川さんはトリックから考えると聞いて、なぜ自分は謎から作るんだろうと思いました。魅力的なのに解けないから捨ててしまうネタもあるので、経済効率はとても悪いです。book@holic での年末ランキング企画で杉江松恋さんが「『名探偵は嘘をつかない』は経済効率が最低なところがいいよね」といっていて、そうか、それが私の持ち味かもしれないと（笑）。

円堂◆　「ジャーロ」73号に掲載された短編「危険な賭け～私立探偵・若槻晴海～」はハードボイルドですね。

阿津川◆　次のノンシリーズ短編では、憧れのジャンルに一つずつ手を伸ばそうと思って、第一弾がハードボイルド。謎解きありの本格です。探偵が事件のために古書を探す話。いきなりハードボイルドは難しいのでなじみのある題材をフックにしました。若竹七海さんの影響が大きいです。今後も長編と短編でいろいろ考えているので、書くペースをもう少し上げていきたいですね。

（九月二十五日於光文社）

COLUMN

ミステリ周辺書2020（同人誌・私家版編）

嵩平何

今年の盛林堂ミステリアス文庫の周辺書は大変素晴らしい。森英俊・野村宏平編著『本の探偵2　戦後探偵小説資料集I』は飛鳥高・大河内常平・楠田匡介・栗田信のカラー書影・書誌・作品解説・作品リストという完璧な資料かつブックガイド。小野純一編『大阪圭吉自筆資料集成』は自筆原稿のカラー復刻と編者解説。横田順彌『ヨコジュンの読書ノート』はSF小説＆映画評を直筆のまま復刻。

横溝関係の同人誌は今年も充実。眼鏡犬『金田一さんのアレコレ』では当時の文化や物価が紹介され、副読本には最適。探偵堂《The Detective drama book》は映像金田一の比較本で三冊刊行。他には横溝クラフト手芸部『横溝クラフト手芸部の世界』2号と『横溝映画ロケ地のひみつ大百科』岡山県編の1・2が出た。岩垂香代未『ルパン旅行の歩き方』はカラー地図で聖地を詳しく紹介、旅のお供に。矢澤利弘『トリノ、チネマの風景』はアルジェント映画のロケ地写真集。

Kazuou は『物語をめぐる物語ブックガイド』『迷宮と建築幻想ブックガイド』『夢と眠りの物語ブックガイド』『イーディス・ネズビット・ブックガイド』を出し、近刊も控えている。

「Re-ClaM」は3・4号が出た。特集はクラシックミステリ（再）入門とクロフツで、若い愛好家へのフォローも充実。3号のellry・張舟「中華圏における英米ミステリ受容史」は必読。別冊2はボアゴベ長編の翻訳。荻巣康紀編「マイナー通信」11号は五人の作家の短編ガイド。「CRITICA」15号は歴代最厚のフランスミステリ特集。「風狂通信」6号は島田荘司×アルテ対談など。エアミス研機関誌19号の松井和翠「掌編百撰」は力作。中相作「伊賀一筆」第2号は乱歩に関する自由な誌面の楽しさと、著書目録増補篇等の資料性がある。「『新青年』趣味」20号は甲賀三郎＆などの特集。甲賀の主要作ガイドは参考になり、黒田明「続・探偵作家の足跡」の資料的価値は高い。平山雄一『シャーロック・ホームズ研究1』は硬派な研究本。『アーサー・コナン・ドイル北氷洋日記』はオンデマンド版。「オスカー・ワイルド研究」18号はドイル特集。「カモガワGブックス」2号は英米文学特集でC・プリースト全レビューなど。山口高史『韓流沼の魔の犬』2号はノワール等の韓国映画を漫画で紹介。

高井信『ファンジン魂』は希少なSF同人誌のカラー書影＆解説本で、興味ある方は必携。『小林秀恒挿絵画集』は乱歩・胡堂らの挿絵も収録。YOUCHAN『本を巡る冒険』はカバー画集の図録。田中すけきよ編『灼けゆくミルクティー』はハヤカワFTカバー集＆書誌の第二弾。

コロナ禍で、コミケや文学フリマ等の即売会が軒並み中止に。量は例年より低調だったが、来年度は有力な同人誌が既に控え、期待が持てる。これらの本は書肆盛林堂やBOOTH等でまだ入手可能なものも多いので、ぜひ探してみてほしい。

歴史・時代ミステリ2020

今後が楽しみな新シリーズが続々と登場

末國善己

風野真知雄『やぶ医者殺し』（コスミック・時代文庫）は、一〇年ぶりとなる倒叙捕物帳〈同心亀無剣之介〉シリーズの新作。女弟子を殺した浮世絵師が別人の犯行に偽装する「浮世絵の女」、患者たちに恨まれていた医者が毒殺される表題作などの三篇は、いずれも殺害方法や動機が隠されており、犯人と探偵の息詰まる攻防と謎解きの両方が楽しめる。

『きたきた捕物帖』（PHP研究所）は、宮部みゆきの新シリーズ。文庫屋兼岡っ引きの千吉親分が急逝し、商売は一の子分が継ぐも遺言で岡っ引きは返上された。一六歳の子分・北一が、怪談めいた難事件の解決を通して一人前の文庫屋兼岡っ引きを目指すので、捕物帳と商売ものの要素が一体化している。盲目だが洞察力に優れた千吉の妻の松葉、湯屋の釜焚きで裏事情に詳しい喜多次が北一をサポートするが、事件によって相棒が変わり、それがアクセントになっていた。

井伊和継『目利き芳斎事件帖1　二階の先生』（二見時代小説文庫）も、著名なシャーロキアンにしてベテランの時代小説作家が別名義でスタートさせた新シリーズで、主人が急逝した道具屋の二階に居候する鷺沼芳斎と、道具屋の跡取り息子の和太郎が、商家の息子が誘拐された事件、暗号解読から始まる陰謀などを解決していく。登場人物の名前も含めホームズネタがちりばめられており、それらを探しながら読むのも一興である。

志坂圭『姉さま河岸見世相談処』（ハヤカワ時代ミステリ文庫）は、元花魁で今は妓楼を営む七尾が、吉原で起こる事件を解決する捕物帳。吉原の時代考証を活かしたトリックが出てくる「女郎の焼き骸ふたつ」、無関係な事件が次第にリンクする「カラスが騒げば花魁の骸ひとつ」は、特にロジックが優れていた。講談調の語りで物語が進むが、このスタイルを利用した仕掛けも面白かった。

　捕物帳は親分、子分の関係を軸にした作品が多いが、倉本由布『寄り添い花火　薫と芽衣の事件帖』（ハヤカワ時代ミステリ文庫）は、捕物帳の伝統を踏まえたかのような事件と論理的な謎解きが描かれているが、札差の娘で岡っ引きの薫と八丁堀同心の妹ながら薫の下っ引きを努める芽衣、共に一五歳の少女を親分子分にすることで新機軸を打ち立てており、二人の成長が物語に華を添えていた。

　商家で働く助松が、父が残した『万葉集』の歌が書かれた日記を手掛かりに、失踪した理由と行方を調べる篠綾子『からころも　万葉集歌解き譚』と、助松が働く店のお嬢さまの歌の師匠・賀茂真淵の家に泥棒が入り、現場に残された符牒から謎を解く続編『たまもかる』（共に小学館文庫）は、一種の暗号ミステリ。新元号「令和」の出典として関心を集める『万葉集』の世界が学べるのも嬉しい。

　この他にも、古典を題材にした作品が目についた。在原業平が小野小町の依頼で難事件に挑む遠藤遼『平安謎解き歌ごよみ　在原業平とくちなしの女房』（双葉文庫）は、小町に恋文を出した相手を捜す謎解きもあれば、怪異な事件もあるので平安らしさが出ていた。汀こるもの『探偵は御簾の中　検非違使と奥様の平安事件簿』（講談社タイガ）は、検非違使別当の祐高が担当するバラバラ殺人、密室殺人などの不可能犯罪を、契約結婚した妻の忍が解き明かす安楽椅子探偵もので、今年の平安ミステリでは白眉だ。

　両親が湯治に行く一年間、若だんなが店を任される畠中恵『いちねんかん』（新潮社）は、〈しゃばけ〉シリーズの第一九弾だが、本格としては、真実を語る人形のお華と人形師の月草、両国を仕切る山越の親分の娘お夏が活躍する『まことの華姫』の続編となる畠中の『あしたの華姫』（KADOKAWA）が上となる。親分に絶縁した二人の息子がいると分かり、親分の食事に毒を入れた犯人と動機の解明、名乗り出た男が本当に親分の息子かを調べるなど、お夏も関係する相続にからむ事件が軸になっている。

　戸田義長『雪旅籠』（創元推理文庫）は、江戸北町奉行所定町廻り同心の戸田惣左衛門と心優しい息子の清之介を探偵役にした『恋牡丹』の姉妹編。史実と謎解きの融合に驚かされる「逃げ水」、伏

コスミック・時代文庫

PHP 研究所

ハヤカワ時代ミステリ文庫

講談社タイガ

線の回収が圧巻の「島抜け」、雪密室ものの表題作など全八篇の中には、海外ミステリの有名なトリックのアレンジもあり、岡本綺堂『半七捕物帳』から始まるジャンルのスタイルを受け継いでいた。

続いては、戦国ものである。

木下昌輝『まむし三代記』（朝日新聞出版）は、斎藤道三の父から始まる三代をかけた美濃盗りには、「国滅ぼし」なる兵器がかかわっていたとして歴史を読み替えており、「国滅ぼし」とは何かなど、ミステリ的な趣向が物語を牽引していた。同じく木下の『戀童夢幻』（新潮社）は、類い稀な美貌の加賀邦ノ介がめぐらす陰謀が戦国史を動かしたとしており、あやつりあり、あるものを錯誤させるトリックありと、より本格テイストが濃くなっている。これは偶然だろうが、江戸で人との縁を繋いだり、切ったりする商売をしている才蔵、初、太郎丸の活躍を描くあさのあつこ『えにし屋春秋』（角川春樹事務所）は、『戀童夢幻』と似たトリックを使い、テーマも共通しているので、読み比べてみて欲しい。

伊東潤『茶聖』（幻冬舎）も、千利休が武将や商人もいる弟子たちを使い歴史を動かしていくので、あやつりが出てくる。利休切腹の謎は、これまでも多くの作家が取り上げたが、その中でも本書は独創的で歴史ミステリとしても秀逸だ。

谷津矢車『絵ことば又兵衛』（文藝春秋）は、実在の絵師・岩佐又兵衛の育ての母が殺された事件や、狩野内膳「豊国祭礼図屏風」などを図像学的に解釈する暗号ものの要素があり、フェアな謎解きはミステリ好きも満足できるだろう。

二階堂黎人編のアンソロジー『御城の事件〈東日本篇〉』『御城の事件〈西日本篇〉』（共に光文社文庫）は、戦国から江戸時代にかけて城で起こった事件を描いている。『〈東日本篇〉』では、川越城の堀に浮かぶ紙の舟の数が増えていく松尾由美「紙の舟が運ぶもの」、おバカな事件とパロディ精神が霞流一らしい「富士に射す影」、『〈西日本篇〉』では、墨俣一夜城築城のトリックを暴く黒田研二「幻術の一夜城」、森谷明子には珍しい戦国もので、水のない城で武士が溺死する「ささやく水」が印象に残っている。

江戸ものでは、いずれもすべてが本格ではないが、同時並行で進むエピソードが収まるべきところに収まるラストが感動的な辻堂魁『黙《しじま》』（光文社）の「惣領除」、両親を離婚させるべく動く兄妹の目的が意外な西條奈加『わかれ縁』（文藝春秋）の「二三四の諍い」は出色だ。

近現代ものは、まず現代の記者が八甲田山雪中行軍遭難事件を調べ驚くべき真相に行き着く伊東潤の歴史ミステリ『囚われの山』（中央公論新社）を挙げたい。

岡田秀文『首イラズ　華族捜査局長・周防院円香』（光文社）は、公爵位を持つ女性を探偵役にしている。時は大正、萌えキャラ風の円香が追うのは、九鬼梨家で起こる連続首切り殺人である。終盤まで続く事件が一気に解決するカタルシスは『黒龍荘の惨劇』を彷彿させ、女性に相続権がなかった時代になぜか爵位を継いだ円香と、犯人の動機を重ね現代とも無縁ではない社会的なテーマを浮き彫りしたのも見事だ。同じく岡田の『戦時大捜査網』（東京創元社）は、一九四四年に起きた猟奇的な殺人事件が描かれており、構図の反転も、先の大戦末期にしか成立しない動機も完成度が高い。

　古処誠二『ビルマに見た夢』（双葉社）は、収録作のすべてが本格ではないが、英国軍の空襲を予見するビルマ人の老婆が、敵と内通しているのか、精霊の声を聞いているのかを探る「精霊は告げる」は、ロジックの切れ味が鋭い。

　辻真先『たかが殺人じゃないか　昭和24年の推理小説』（東京創元社）は、戦前は軍国主義、戦後は民主主義を教えられた新制高校の生徒たちが、不可能犯罪に立ち向かい正義の裏にある欺瞞を暴いていく。タイトルの意味は、戦中派の著者にしか書けないメッセージ性があった。

　坂上泉『インビジブル』（文藝春秋）は、GHQの占領政策で誕生し一九五四年まで実在した大阪市警視庁を舞台にした警察小説。一九五〇年代の社会情勢や風俗が徹底した時代考証で描かれ、その中に伏線を隠す巧みさもさることながら、見えにくく現代とも無関係ではない社会問題に切り込んだ点も卓越している。

　続いては、西洋史、中国史を題材にした作品である。中世のイタリアを舞台にした川添愛『聖者のかけら』（新潮社）は、フランチェスコ大聖堂が上下二層になった理由に迫る歴史ミステリ。三国時代の中国で、隠棲した七人が酒席で謎を出し合う田中啓文『竹林の七探偵』（光文社）は、直球の本格、幻想譚、バカ話とバラエティ豊かな六篇が収録されており、一冊で著者の持ち味が堪能できる。

　最後に新人をまとめて紹介したい。

　蝉谷めぐ実『化け者心中』（KADOKAWA）は、第一一回小説野性時代新人賞の受賞作。文政年間、両足の膝から下を失った名女形の田村魚之助《たむらととのすけ》は、新作台本の読み合わせをしている時に、一人を殺して首を切断し被害者と入れ替わったのが誰かを調べて欲しいと頼まれる。六人の容疑者の中から犯人を捜すフーダニットで、歌舞伎界の闇、役者が抱える情念を徹底した考証で活写し、それを謎解きにからめたところは、新人離れしていた。

　渋谷雅一『質草女房』（角川春樹事務所）は、第一二回角川春樹小説賞の受賞作。常連だった質屋の主人から、女房を質に入れたまま彰義隊に入り音信が途絶えた篠田兵庫を捜して欲しいと頼まれた貧乏浪人の柏木宗太郎は、敵地を偵察する新政府軍の速水興平と共に、兵庫がいるらしい会津を目指す。全体が有名なハードボイルドのオマージュになっているが、丁寧な伏線から意外な真相を導き出す謎解きは本格としても評価できる。

新潮社

光文社

東京創元社

KADOKAWA

復刊ミステリ2020

日下旋風は今年も吹き荒れ、中公文庫の底力を見た

嵩平何

感染爆発の影響で、一部復刊企画の先送りもあったが、日下三蔵の編著は今年も凄まじかった。その今年一押しが、竹書房文庫から二冊刊行の異色短篇傑作シリーズだ。山村正夫『断頭台／疫病』、戸川昌子『くらげ色の蜜月』ともに既短編集を増補したものである。同文庫からは、日下編による日本SFシリーズも始動し、三冊刊行。両叢書の印象深い装幀も魅力だ。ちくま文庫からは日下編で都筑道夫が三冊復刊。近藤・土方ものの長編・短編を収録し、映画資料なども加えた『紙の罠』と『悪意銀行』。片岡直次郎ものの長編＋短編を初めて纏め、原型短編二編を収録した『吸血鬼飼育法　完全版』。日下編の皆川博子長篇推理コレクション全四巻（柏書房）は、美麗な装幀の単行本各巻に長編二作を収め、二・四巻は著者のインタビュー集付きだ。また角川文庫の皆川博子『愛と髑髏と』『写楽』も日下企画の復刊。河出文庫の、縄田一男編・山田風太郎『笊ノ目万兵衛門』に続いて出た、『柳生十兵衛死す』上下巻、『婆沙羅／室町少年倶楽部』の三冊も日下企画のようだ。珠玉の短編集＆評論書の日下編『天城一の密室犯罪学教程』（宝島社文庫）もついに文庫化。

他の復刊では、『最後の楽園　服部まゆみ全短編集』は待望の短編集成。山口雅也『ミッドナイツ《狂騒の八〇年代《ロアリング・エイティーズ》》作品集成』（講談社）は未発表小説含む、様々な媒体掲載の初期小説集成。山口雅也『生ける屍の死　永久保存版』（光文社）は執筆秘話と各界諸氏の随筆収録。暗号で記された小説集、長田順行監修『秘文字』（復刊ドットコム）が解答編付きで復刻。長山靖生編『魔術師　谷崎潤一郎妖美幻想傑作集』（小鳥遊書房）も出た。知念実希人『仮面病棟　愛蔵版』（実

業之日本社）には著者の全著作解説収録。同作は実業之日本社ジュニア文庫でも刊行。池井戸潤『半沢直樹』（講談社文庫）は既刊四作の改題復刊。『銀行狐』も同文庫から復刊。東野圭吾は光文社文庫から新装版が七冊登場。他に『超・殺人事件』（角川文庫）も出た。東川篤哉『謎解きはディナーのあとで　ベスト版』（小学館文庫）は新作も収録。小学館ジュニア文庫からも同シリーズが3巻が出た。角川つばさ文庫からは宗田理『ぼくらの『第九』殺人事件』、青い鳥文庫では横関大『ルパンの娘』も刊行。

　論創ミステリ叢書は三冊刊行。竹中英俊・土方正志編『佐佐木俊郎探偵小説選Ⅰ』は長編中心。稲富一毅編『甲賀三郎探偵小説選Ⅳ』は傑作集、甲賀の次女でミステリの著作もある深草淑子作品集と随筆も巻末に収録。『飛鳥高探偵小説選Ⅴ』は選集で、同社からは代表長編『細い赤い糸』も復刊。二冊とも著者の書き下ろしエッセイを収録している。また論創海外ミステリから翻訳者を全面に出した復刊が三冊出た。横井司編のビーストンとオーモニア集『至妙の殺人　妹尾アキ夫翻訳セレクション』、中西裕編のアンソロジー『死の濃霧　延原謙翻訳セレクション』、J・B・ハリスの短編二編収録の『帽子蒐集狂事件　高木彬光翻訳セレクション』だ。また同社からは高木彬光『黒魔王』も充実の解説とともに復刊。

　横溝正史は由利もののドラマ化に伴い、角川文庫の『蝶々殺人事件』『憑かれた女』『血蝙蝠』『花髑髏』が改版に。春陽堂書店からは『完本人形佐七捕物帳』が誕生し、浜田知明の校訂・解題、末國善己の解説、正史の次女・野本瑠美の回想という布陣で六巻まで刊行。捕物出版からは、正史初捕物帳の集成などを収録した『不知火捕物双紙』も刊行。同社からは、季刊「捕物小説」第五・六集、早乙女貢『見習い同心獄門帳』、都筑道夫『捕物帖もどき・チャンバラもどき』、泡坂妻夫『宝引の辰　捕者帳』（全四巻）、島田一男『河内山宗俊懐中思案』上下巻、大林清『増補改訂 紅独楽銀平捕物帖』、佐賀潜『刺青源八捕物控』も出た。「伝七捕物帳」も収録の大倉燁子『新吉捕物帳』が特に嬉しい。城昌幸『若さま侍捕物手帖』は九～二十一巻が出た。

　末國善己編・城昌幸『菖蒲狂い　若さま侍捕物手帖ミステリ傑作選』（創元推理文庫）は数多の短編から優れた本格作品を選出。野村胡堂作、双葉文庫のテー

竹書房文庫

ちくま文庫

河出書房新社

春陽堂書店

マ別『銭形平次捕物控傑作集』は三〜六巻を刊行し完結。本格ファンには三巻の『暗号・謎解き篇』が嬉しい。岡本綺堂は宮部みゆき編『半七捕物帳　江戸探偵怪異譚』（新潮文庫nex）の他、昨年に引き続き善渡爾宗衛編纂『初稿　半七捕物帳 参『半七捕物控 雑誌輯 壱』』が刊行。

幻想・怪奇系は、東雅夫の編著が充実。三島由紀夫『幻想小説とは何か』（平凡社ライブラリー）は幻想系の小説・戯曲・対談・評論等を集成。『ゴシック文学神髄』（ちくま文庫）は名訳ゴシック小説集。創元推理文庫からは『平成怪奇小説傑作集3』、『日本怪奇実話集　亡者会』を刊行、後者は今年復刊の平井呈一編訳『世界怪奇実話集　屍衣の花嫁』の日本怪談版だ。

大阪圭吉『死の快走船』は新編集の創元推理文庫傑作集第三弾。圭吉の多様な側面を窺える。『とむらい機関車』『銀座幽霊』も新カバーで再刊。盛林堂ミステリアス文庫からも貴重な復刊が。大坂圭吉『村に医者あり』は『ここに家郷あり』の新聞連載版。貴重な資料の小野純一編『大阪圭吉自筆資料集成』や大阪圭吉『勤王捕物　丸を書く女』も出た。宮野村子『無邪気な殺人鬼』は未発表作を含む単行本初収録短編集で、続刊にも期待。香住春吾『地獄横丁』は未刊長編に短編五作を収録。香山滋『孤島の花』は全集未収録の作品二作収録。非ミステリだが、『銀の宝珠　二上洋一童話集』の野地嘉文の二上の業績解説と、『彼の偶像　岩田準一作品集』の森永香代の解説&年譜は資料としても有用だ。城崎龍子（潮寒二）『ハルピンお龍行状記　姿なき脅迫者』（東都我刊我書房）も纏まった。ヒラヤマ探偵文庫では初の国産もの長田幹彦『九番館』を刊行し、湯浅篤志解説も充実。湘南探偵倶楽部からは甲賀三郎の少年もの『真紅の鱗形』の復刻と、楠田匡介『少年少女探偵冒険小説選Ⅲ』が出た。他に宇陀児らの短編も復刻。

その他の復刊作品を文庫別に取り上げる。今年の台風の目は中公文庫だろう。堀江敏幸解説の三冊、『事件の予兆　文芸ミステリ短篇集』、日影丈吉『女の家』、『野呂邦暢ミステリ集成』は待望の集成で、関連随筆も収録。井上ひさし『十二人の手紙』がヒットした影響か、『四捨五入殺人事件』と、犯罪実話集『犯罪調書』も復刊。結城昌治『軍旗はためく下に　増補新版』は自作再読随筆が増補分。生島治郎の『浪漫疾風録』『星になれるか』は戦後翻訳ミステリの貴重な証言。柴田錬三郎『わが青春無頼帖　増補版』には二編の随筆が追加された。他に愛川晶『芝浜謎噺』や、ミステリを含む『女誡扇綺譚　佐藤春夫台湾小説集』など。光文社文庫の復刊は今年も充実。新章文子『沈黙の家』は表題作に短編三編を加えたもので、全て初文庫化。山前譲編の昭和ミステリールネサンスは黒岩重吾『青い枯葉』、仁木悦子『死の花の咲く家』の二冊刊行。小泉喜美子『ミステリー作家は二度死ぬ』は単行本未収録作も収録。山前譲編『ミステリー・レガシー　平林初之輔　佐佐木俊郎』は平林の貴重な未刊長編「悪魔の戯れ」に加え、佐佐木の短編を収録。鮎川哲也『りら荘事件　増補版』は表題作に原型中編「呪縛再現」を併録。新保博久編『銀幕ミステリー倶楽部』は解説の密度も凄い。冒険小説クラシックスからは胡桃沢耕史『天山を越えて』も出た。折原一『棒の手紙』と似鳥鶏『難事件カフェ』は改題復刊。他に、平石貴樹『サロメの夢は血の夢』、松本清張『霧の会議』上下巻、大藪春彦『ヘッド・ハンター』、永井するみ『逃げる』も復刊。徳間文庫からは中町信の改題復刊『偶然の殺意』『秘書室の殺意』『悲痛の殺意』と、西村寿行がコロナ絡みで二冊、岸田るり子の二冊に、浦賀和宏『こわれもの』、柴田よしき『求愛』、恩田陸『禁じられた楽園』、笹沢左保は四冊復刊。祥伝社文庫からも笹沢は『断崖の愛人』『霧に溶ける』が復刊。他に近藤史恵の合田力もの三冊、山田正紀『恍惚病棟』、小杉健治『偽証』、松本清張『人間水域』が復刊。双葉文庫では多島斗志之、笹本稜平、雫井脩介、斎藤純、永井するみの新装版と柴田哲孝『TENGU』が復刊。『日本推理作家協会賞受賞作家傑作短編集10 真実』、佳多山大地編『線路上の殺意』も出た。創元推理文庫の岡田鯱彦『薫大将と匂の宮』は王朝物の短編と関連随筆を追加収録。『密室と奇蹟』文庫版は柄刀一短編を割愛。宮部みゆきマサシリーズ二冊、笠井潔『黄昏の館』、連城三紀彦『運命の八分休符』も復刊。講談社文庫からは、新連載に伴い西尾維新『新本格魔法少女りすか』1・2を刊行。他に、島田荘司『火刑都市 改訂完全版』、歌野晶午『魔王城殺人事件』、森博嗣『カクレカラクリ』、大沢在昌『鏡の顔 傑作ハードボイルド小説集』も出た。恩田陸『七月に流れる花／八月は冷たい城』は二冊の合本。京極夏彦の『今昔百鬼拾遺 月』は『鬼』『河童』『天狗』の合本で、まず講談社ノベルス、後に講談社文庫から刊行。角川文庫からは京極夏彦『厭な小説』、黒川博行『アニーの冷たい朝』、逢坂剛『燃える地の果てに』の上下巻が出た。小野不由美『ゴーストハント』は3巻まで刊行。メディアワークス文庫からは野崎まどの新装版が二冊刊行完結。甲田学人『Missing』も二巻まで復刊。河出文庫は西村京太郎『華麗なる誘拐』、島田荘司『毒を売る女 改訂完全版』を刊行。朝日文庫は村上貴史編『葛藤する刑事たち 警察小説アンソロジー』、関根亨編『ドクターM《ミステリー》 医療ミステリーアンソロジー』（朝日文庫）を刊行。春陽文庫は江戸川乱歩文庫を二冊出し、完結。他の文庫では、書き下ろし短編収録の阿部和重・伊坂幸太郎『キャプテンサンダーボルト 新装版』（新潮文庫）、北村薫『水に眠る』（文春文庫）が出た。

創元推理文庫

創元推理文庫

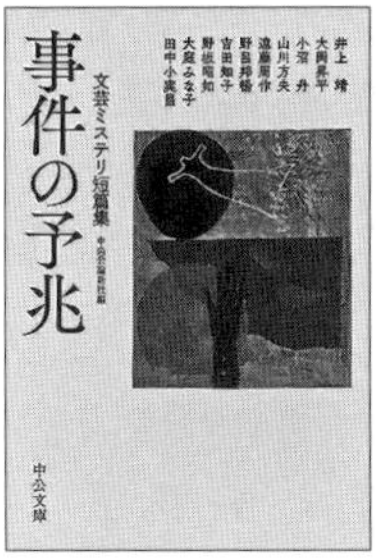

中公文庫

中公文庫

第二十四回 装幀大賞 選考座談会

第24回装幀大賞の審査対象は、2019年11月～2020年10月に出版された、広い意味でのミステリの装幀です。国内、翻訳、周辺書（評論書等）の別を問わず、また文庫化などに伴って新装幀で刊行された書籍も対象になります。（編集部）

司会・構成／羽住典子　選考委員／喜国雅彦　国樹由香

羽住◆　喜国邸のお引越しにともない、装幀座談会も会場が変わりました。

喜国◆　年々ハードカバーが減っていますね。ソフトカバーが多数派になったから、ハードカバーに違和感を感じることも時にあります。逢坂剛『鏡影劇場』新潮社（装幀／新潮社装幀室）は袋とじでビブリオミステリ。このコーナーで新潮社装幀室に言及するのは久しぶりな気がします。

羽住◆　芦辺拓『鶴屋南北の殺人』原書房（装幀／坂野公一（welle design）、装画／影山徹）は表紙で歌舞伎の世界を物語っていますね。裏表紙の首吊り死体が怖いです。

喜国◆　歌舞伎だと稲羽白菟『仮名手本殺人事件』原書房（装幀／坂野公一（welle design）、カバー写真／Shutterstock.com／Adobestock）もかっこいいです。届いた日に数ページ読んだのですが「これはちゃんと読まないかんヤツだ」と閉じてしまいました。知らない世界の話なので、時間があるときにゆっくりとね。装幀には賞をあげたいけれど、デザイナーさんは坂野公一さん。坂野さんにはたくさん賞を出したからもうあげない、と去年もここで言っちゃったし（笑）。

羽住◆　装幀座談会は装幀を見た後にデザイナーさんや画家さんを確認しています。読者のみなさま、誤解されないよう。

国樹◆　逆に文庫で目を引くのが、白背景の鳥飼否宇『パンダ探偵』講談社タイガ（イラスト／松本セイジ、デザイン／滝澤祐茉（ビーワークス）。パンダがシャーロック・ホームズの格好をしていて、北原尚彦さん案件ですね。大人のキュートさがあり、グッズが欲しくなります。

喜国◆　パンダなのに新潮社じゃない、という。こんな探偵だと仕事にならないよね。尾行してても子供と黒柳徹子が寄ってくる。

国樹◆　大阪圭吉『死の快走船』は黒枠に赤背景が際立っています。青背景の『銀座幽霊』と黄背景の『とむらい機関車』はリニューアル版ですね。タイトルの入れ方もかっこいいです。

喜国◆　昔の創元推理文庫のテイストもあって大好きです。今、創元社の「ミステリーズ！」で連載をしているのですが、本にまとまる時はこのコンビに装幀をお願いしたいです。漫画の本なのに他の人に表紙絵を描いてもらうという暴挙。それぐらい好きです。

羽住◆　早くも喜国雅彦賞をいただきました。

喜国雅彦賞

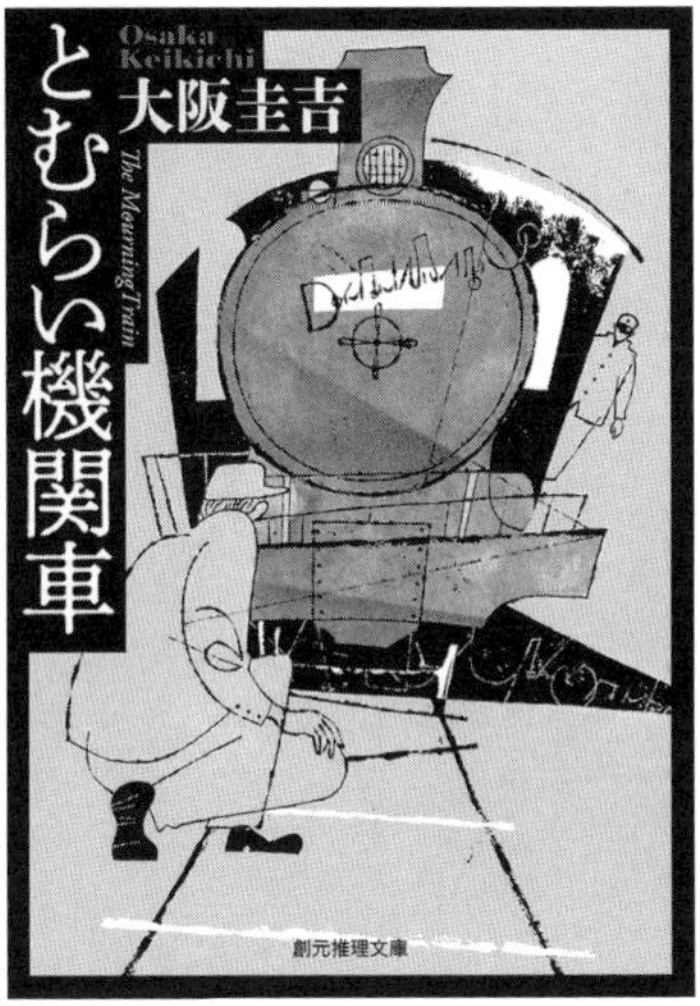

大阪圭吉
『死の快走船』『とむらい機関車』『銀座幽霊』
創元推理文庫
カバーイラスト／**柳 智之**
カバーデザイン／**山田英春**

喜国◆　調べたら、この方は「割り箸」に手を加えた自作のペンで描いているそうです。そういうペンは、キャンバスにあてる角度によって線が太くなったり細くなったりして、自分の予期せぬ効果が出るので面白いんですよ。

国樹◆　このタッチ、ガラスペンかと思いました。

喜国◆　頭の中のイメージをそのまま再現しているだけだと、たまにつまらなくなる。不自由な道具を使って自由を手にいれる、ということですね。

国樹◆　味わいを求め、わざと利き手じゃないほうで描いてみたり。

喜国◆　僕は両手利きだから、それが使えない。だから一時期は、紙版画でやってました。力の入れ加減で、刷ってみるまでどんな絵になるか予想がつかないのがすごく楽しかった。

国樹◆　日下三蔵編の戸川昌子『くらげ色の蜜月』竹書房文庫（カバーイラスト／SRBGENk、カバーデザイン／坂野公一（welle design））の装幀は、大きいサイズで見たくなりました。血走った目のアップが背表紙にあるのがたまりません。

羽住◆　日下さんの編んだ本って情報がとにかく詰まっていて、値段はちょっと高くてもお得感満載ですよね。

喜国◆　最近の竹書房文庫は、文庫というフォーマットに縛られない攻めの装幀で、気合いを感じます。

羽住◆　「背の眼」つながりで、綾辻行人『Another 2001』角川書店（装画／遠田志帆、装丁／鈴木久美）。お弁当箱並にぶ厚いです。

国樹◆　絶対にスルー出来ない凄みがあります。背表紙の目が効いていますね。この画風、本当に素敵です。

喜国◆　画面に対する顔の大きさもあるでしょう。本のデカさと相まってインパクトが違いすぎます。どれだけサイン本を作ったのか知りませんが、綾辻家だからできたこと。普通の家庭ならそれだけで家が埋まってしまいます。

羽住◆　インパクトでは、赤に黒で描いた猫と金の文字が映える法月綸太郎『赤い部屋異聞』角川書店（装画／阿部結、装丁／坂詰佳苗）もかなりきてます。

国樹◆　赤表紙だと、深木章子『欺瞞の殺意』原書房（装幀／坂野公一（welle design）、カバー写真／Shutterstock.com、フォーマットデザイン／川島進）のだまし絵がクールです。仙花紙本的趣きもあって。

喜国◆　帯を外したら出てくる木の根っこの部分に洋服が描いてあるようにも見えます。実はセクシーな隠し絵があるのでは？　なんて探してみたくなります。

国樹◆　喜国さんの絵ならともかく、ないのでは（笑）。

羽住◆　今年は帯を外したほうがいい装幀が多いですね。

喜国◆　深い木曜日（深木さんのことらしい）ときたら、深い水曜日ということで、深水黎一郎『詩人の恋』角川書店（装画／M！DOR！、装丁／坂詰佳苗）。深水さんは作品ごとに装丁がガラッと違っていておもしろい。去年の『第四の暴力』みたいなすごい〝圧〟のもあれば、今回のこれはとても上品。本当の深水さんはどれなんでしょう。

国樹◆　クラシックとモダンが融合したような雰囲気で、字体もぴったり。コラージュって難しいのにこのまとまり。

喜国◆　コラージュは〆切に追われて作るのは絶対に無理。まず普段から使えそうなものをたくさん用意しておくこと。そしてそれをきちんと整理しておくことが必要。ああ僕には不可能です。素材を探している間に「描いちゃえ」ってなっちゃう。

国樹◆　コラージュは色数を多くするのか、少なくするのかで仕上がりの印象が全く違ってきますよね。少ない代表作が、芦沢央『汚れた手をそこで拭かない』。手なのに、足という。背景色の薄いグレーは品がよくて、とても好きです。地味目な色合いの中、花の色味が最高のアクセントになっています。

喜国◆　西澤保彦『夢魔の牢獄』もコラージュですが、あ、『汚れた手をそこで拭かない』と同じ方ではないですか。こういう発見が「装幀大賞」の楽しみでもあります。『夢魔〜』は坂野さんの装幀ですが、もし受賞することになるなら、共同名義のよっしー（吉田友美）さんに、ということでよろしく。

国樹◆　キクニさんが面倒臭くてすみません。

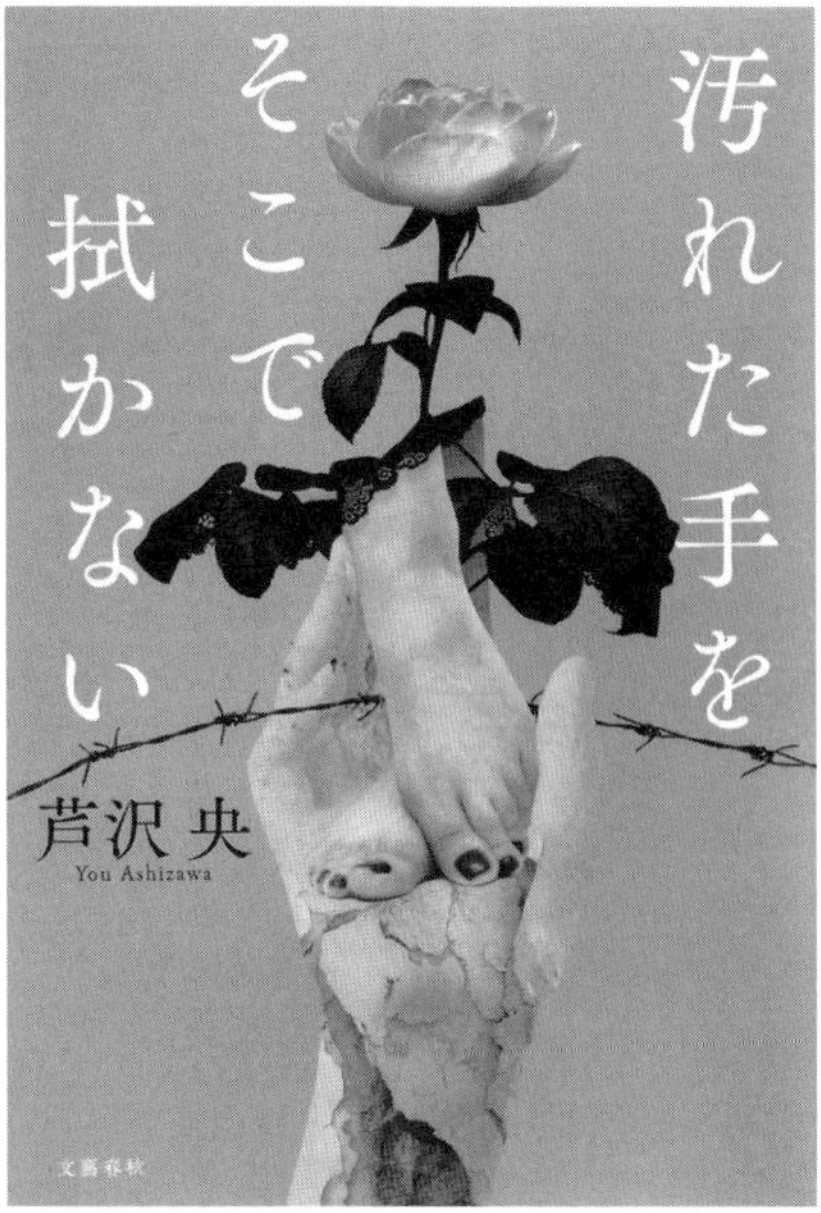

コラージュできる人に憧れます賞

芦沢 央『汚れた手をそこで拭かない』文藝春秋　装画／**Q-TA**　装丁／**大久保明子**

西澤保彦『夢魔の牢獄』講談社　装幀／**坂野公一＋吉田友美**（welle design）　コラージュアート／**Q-TA**

羽住◆　ソフトカバーでは太田忠司『遺品博物館』東京創元社（ブックデザイン／緒方修一、カバーイラスト・デザイン／松岡潤　東京創元社装幀室）の幻想的な絵に惹かれます。

国樹◆　こういう背景メインの絵って、じっくり見てしまいます。ぽつりと配置されている人間がいい味わいで好きですね。逆に人物に焦点を当てた絵では、近藤史恵『夜の向こうの蛹たち』が実に魅力的です。

喜国◆　出た！　祥伝社の巻末アンケート用切り取りページはまだ続いてます。は、置いといて、この絵の良さは、問答無用の基礎画力。上手な人には憧れます。

国樹◆　繊細なタッチの花や蝶といい、女の子の柔らかそうな肌といい、好きしかないです。美しく流れる髪に花を絡めているのも素敵。肩の線の細さも。

喜国◆　おっぱいちっちゃくて。

国樹◆　透き通るほど色白なのに、ほほに赤みがあるから病的でない。こういう絵柄、憧れます。国樹由香賞に。裏表紙に蝶が一羽だけ飛んでいて、そういうところも心憎いです。

国樹由香賞

近藤史恵『夜の向こうの蛹たち』祥伝社
装画／平野実穂　装幀／アルビレオ

羽住◆　花と女性なら、五十嵐律人『法廷遊戯』講談社（装丁／小口翔平（tobufune）、装画／榎本マリコ）は、マスクと逆に顔が隠れています。

喜国◆　この画家さんは、顔を描かないという作風が多いみたいですね。顔を描かないで作家性を出すのは大変だと思います。そういう困難にチャレンジしている姿勢に拍手したいです。

国樹◆　唇が印象的ですね。装幀大賞のたび、今活躍されている画家さんの才能にふれられてワクワクします。

羽住◆　同じく口元だけで女性を描いている作品には千田理緒『五色の殺人者』東京創元社（装画／有村佳奈、装幀／大岡喜直（next door design））があります。今年の鮎川哲也賞受賞作です。

喜国◆　今年は贈呈式がなくなっちゃったから、お祝いができない寂しい一年でした。受賞者の方はモヤモヤしてると思いますが「二年分楽しめる」と思ってもらうしかないですね。

国樹◆　全人類が見えない敵に立ち向かった二〇二〇年でした。今年デビューされた方や賞を取られた方は生涯忘れられない年になりましたね。

羽住◆　二年連続ですと、青柳碧人『赤ずきん、旅の途中で死体と出会う。』双葉社（装画／五月女ケイ子、装幀／小川恵子（瀬戸内デザイン））が。

喜国◆　去年が桃太郎で、今年は赤ずきんちゃん。可愛いなあ。

羽住◆　そろそろ大賞をお願いします。

喜国◆　ご本人が装画を描かれている服部まゆみ『最後の楽園　服部まゆみ全短編集』。服部さんといえば、みんな頭の中に共通のイメージがありますよね。

国樹◆　耽美、ですね。すごく分かります。そしてこの絵。なんという才能でしょう。素敵すぎます。「声に出したい日本語」と同じニュアンスで、「家に置きたいミステリ」です。

喜国◆　こういう美しい装画の裏表紙にバーコードが入っているのも、昔は絶対嫌だったんだけど、見慣れたせいなのか、最近は気にならなくなってきました。

国樹◆　それから、もう一作。飛鳥高『細い赤い糸』です。ゆるーい感じが最高。

羽住◆　ダブル受賞ですね！

喜国◆　シンプル路線でこの装幀に勝てるものは今後出てくることはないでしょう。というかそれ以前に、日本推理作家協会最年長の白寿記念出版という事実だけで感動です。

羽住◆　ご本人の直筆サインが表紙になった本格って、これまでないんじゃないでしょうか。

国樹◆　それに、この赤い糸を組み合わせたセンスに脱帽です。

羽住◆　締めの言葉をお願いします。

喜国◆　コロナのおかげで電書の売り上げが伸びた、とも聞きました。〝失われた一年〟ではなく、〝何かの元年〟になればいいなと思います。

国樹◆　読書って家で一人で楽しむものだけれど、人に会って「あれ読んだ?」と感想を言い合うことがすごく大事だったのだなと、初めて分かったんです。コロナ禍でそんな当たり前をとても愛おしく思えるようになりました。この気持ちは忘れないようにしたいですね。

（十一月九日　於喜国邸）

大賞

服部まゆみ『**最後の楽園　服部まゆみ全短編集**』河出書房新社　装画／**服部まゆみ**　装幀／**柳川貴代**

飛鳥 高『**細い赤い糸**』論創社　カバー題字／**著者**　装丁／**奥定泰之**

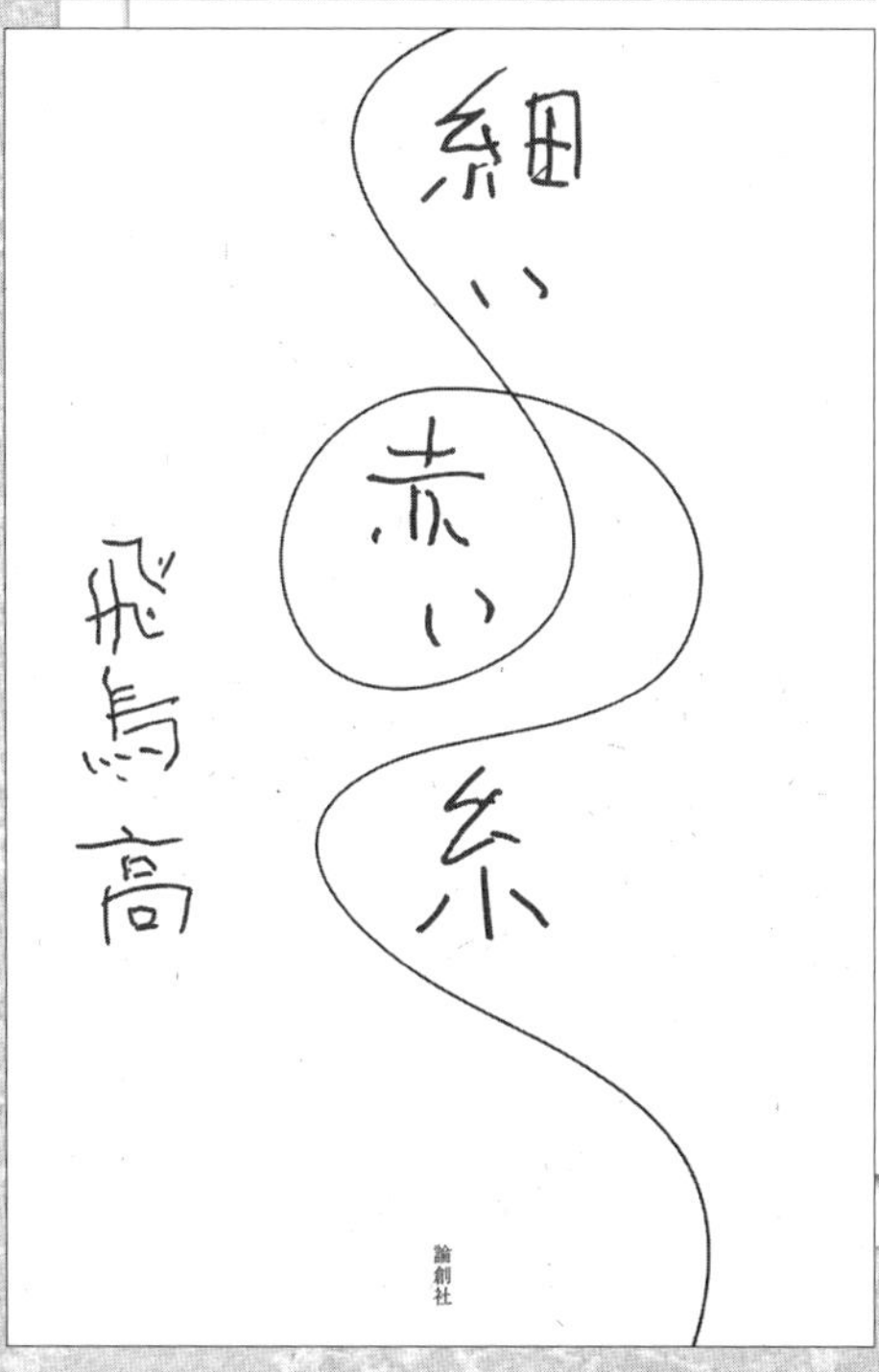

2021年
ミステリ作家 新作近況会

青井夏海
Aoi Natsumi

二〇一九年、二〇二〇年と本格ミステリ大賞の予選委員を務めました。本格ミステリ作家クラブ会員が持ち回りで務める役目です。せっかくの機会なので投票はむろんのこと開票式、贈呈式までフルコースで参加し見聞を広げようと思っていたところが、コロナ禍により開票式は延期のうえ非公開実施、贈呈式は中止。二月半ばに行われた予選会が、私にとっては、リアルで、マスクも着けず、距離や間隔なんて考えもせず人と集まった（しかも、ミステリの話をした）最後になりました。遠い過去のよう、というか、もはやあれは別世界のできごとで、あの帰り道にどこかへ迷い込んで自分だけ今の世界へ来てしまったとしか。二〇二一年は私のデビュー二十周年になるはずなのですが、はたして元の世界へ戻れるのか……。この原稿を書き終えたら新作に着手いたします。戻れるようにがんばります。

青崎有吾
Aosaki Yugo

自分はミステリを「科学的思考の普遍性・重要性を教えてくれる物語」としてざっくり捉えているのですが、だとすれば今年は、ミステリの需要がより高まった一年だったといえるかもしれません。来年以降もそれは続きそうで、書き手としては気合が入る思いです。あくまで端くれなりにですが。

　というわけで来年の予定。まず講談社タイガから『アンデッドガール・マーダーファルス』の三巻が出ます。本当に出ます。お待たせしまくり申し訳ありませんでした。これを書いている時点では発売日確定していませんが、たぶん二〜三月ごろ。上下巻になります。

　そして『空蟬島の推理』という孤島ものの長編を書く予定です。そして誰もいなくなったあとで、島に上陸して死体を見つけちゃった人たちのお話です。ほかにもいろいろ進めていきたいです。来年もよろしくお願いします。

青柳碧人

Aoyagi Aito

緊急事態宣言が出されていた4月5月、ほとんど外出していなかったので自己最高体重を記録し、6月末から減量をはじめました。今のところ、マイナス7キロ。まだまだいきます。

来年の刊行予定です。

3月頃、講談社文庫より『霊視刑事夕雨子』シリーズ第2巻。

4月、5月頃、光文社文庫より『二人の推理は夢見がち』『未来を、11秒だけ』連続刊行。

同じ頃、光文社より『スカイツリーの花嫁花婿』刊行。

夏頃、双葉社より『むかしむかしあるところに、死体がありました。』の第二弾を刊行。

はっきりしているのはこのくらいですが、ありがたいことに各社文芸誌（電子書籍含む）のお仕事を続けているので、他にもあるかもしれません。

麻見和史

Asami Kazushi

麻見和史です。新型コロナウイルスの影響で、社会の状況が大きく変わってしまいました。そんな中、少しずつ執筆作業を進めています。

二〇二〇年は〈警視庁文書捜査官〉シリーズをドラマ化した『未解決の女』のシーズン2が放送されました。原作とは違って女性同士のバディものですが、そのキャラクター性が視聴者の方々に受け入れられているようです。

著作のほうでは同シリーズの『銀翼の死角』を五月に上梓。そのあとコロナの関係で予定がずれ込み、『賢者の棘　警視庁捜査一課十一係』は十一月の発売となりました。

今後の予定ですが、二〇二一年の前半に新作を何冊か刊行できれば、と考えています。

引き続き警察ミステリの執筆に注力したいと思います。どうぞよろしくお願いいたします。

芦辺拓

Ashibe Taku

最初に報告しておくと、ロックドルーム・インターナショナルから英訳刊行された鮎川哲也先生の『The Red Locked Room』は望外の高評価で、社主のジョン・パグマイアさんは続いてHonkakuの紹介に取り組んでゆくとのことです。

乱歩流に言えば〝探偵小説三十年〟がひっそり過ぎた私はといえば、紙媒体の縮小を横目に、念願の大阪商家もの『大鞠家殺人事件』（東京創元社）や「犯人でないのは誰だ」「捕まるのは誰だ」の奇想ミステリ連作、痛み分けなしのガチ対決『名探偵対名探偵』（ともに光文社）、乱歩オマージュ集大成としての「悪霊」続作や〝芦辺版ドラキュラ紀元〟などをなるべく早く形にしてゆくばかりです。

担当I氏に迷惑をかけまくった『鶴屋南北の殺人』の例もありますが、まずは本誌発売後に出る『名探偵総登場芦辺拓と13の謎』（行舟文化）など読みつつ、お待ちいただければと思います。

天祢涼

Amane Ryo

今年は、神奈川県警の仲田蛍刑事シリーズ『希望が死んだ夜に』『あの子の殺人計画』に立て続けに重版がかかり、大変ありがたい一年でした。応援くださった方々に御礼申し上げます。

現在、シリーズ三作目『oxygen（仮）』を構想中。前二作とは違った構成にできないかと模索しています。

仲田シリーズとはまったく系統が異なる神社お仕事ラブコメミステリ『境内ではお静かに』も、シリーズ三作目を執筆中。二〇二一年半ばの刊行を目指しています。

この二作の前に（たぶん）上梓できそうなのが『Ghost ぼくの初恋が消えるまで』。幽霊になった初恋の女性を巡る、自分史上最も青春しているミステリです。

このほか、小説以外のお仕事もいただいています。なんとか形にできるようにプロットを必死に修正中です。

綾辻行人

Ayatsuji Yukito

『Another 2001』の完成までに、当初の思惑よりもずっと多くの時間を費やしてしまい、そうこうするうちにもう満六十歳の誕生日が近づいてきた。五十代のうちに、と目論んでいた仕事が当然すべて先送りになってしまい、困ったものだなあとばかり思っている昨今である。

とりあえず次は「館」シリーズの第十作に取りかかろうか、と腹を決めたところ。——ではあるのだが、いったい自分にこの先、どの程度の本格ミステリが書けるのか、もはやあまり自信がない。

かつて江戸川乱歩が還暦を迎え、一念発起して書いた「本格」が『化人幻戯』だったという。この作品については厳しい評価も多いようだが、僕は決して嫌いじゃない。なので、何とか自分も『化人幻戯』レベルのものを、と考えたりするのだが、不遜か。——と云いつつも。

「館」シリーズ次作のタイトルは『化人館の殺人』に……いや、嘘です。

有栖川有栖

Arisugawa Alice

「別冊　文藝春秋」誌で連載する火村シリーズの新作長編は、目論見より二年以上も遅れてしまい、二〇二一年の作品になってしまった。「あれはどうなっているのか？」と思っている方がいらっしゃったら、見通しの甘さをお詫びします。舞台は大阪と×××の×。担当編集さんと「夏ぐらいには本にしたいですね」と話しています。

その他の執筆予定は、まだ秘密ということで。

トピックとしては、二〇〇〇年に出した『幽霊刑事』が三月に宝塚歌劇によって舞台化される予定。引退を間近にした月組トップスター・珠城りょうさんが主演（宝塚バウホールのみの公演）。思いもよらない展開で、はたしてどんな舞台になるのか、とても楽しみにしています。

石持浅海

Ishimochi Asami

二〇二〇年は新作が出ないという、とんでもない年でした。それでも大きな収穫がありました。田中芳樹先生の『銀河英雄伝説』のトリビュートアンソロジー『銀河英雄伝説列伝』に参加できたことです。本来、他人様の設定で小説を書くのは得意ではないのですが、この作品に関しては、非常に楽しんで書けました。田中先生に感謝。

では二〇二一年はどうかというと、実は目途が立っていません。書き下ろし新作を並行して進めているのですが、これらがなかなか難物。どちらもシリーズものなので「こうあるべきだ」と自分で自分を縛っているようです。かといって無視すれば、読者の皆さんをがっかりさせてしまう。難しいところですが、なんとか年内に刊行にこぎ着けるべく、日々呻吟しています。

忘れ去られた作家にならないよう、がんばります。

市川憂人

Ichikawa Yuto

今年度はおかげさまでマリア&漣シリーズ第二作『ブルーローズは眠らない』文庫化、同シリーズ新作短編『ボーンヤードは語らない』、ノンシリーズ新作長編『揺籠のアディポクル』と、昨年同様当社比一・四倍くらいの仕事量でした。一・六倍にはなりませんでした。陳謝。

そんな私も人生初のＷｅｂ打ち合わせ環境立ち上げで四苦八苦したり、フォアグラ丼もとい鮎川賞祝賀会が中止になったりと、何だかんだで世界情勢の荒波に揉まれることになりました。

そんな中、大変ありがたいことに来年もお仕事の話をいただいています。ということで新作一冊は確定……と行きたいところですが、毎度のごとく筆の進み具合が心もとないため目論見通り進むかは全くの未知数。そろそろ〆切の修羅場が確定申告と被らないスケジュールを組みたい斜壊塵もの書きの明日はどっちだ。

稲羽白菟

Inaba Hakuto

今年は受賞第一作『仮名手本殺人事件』をシリーズ初作『合邦の密室』に続いて原書房から刊行して頂きました。新人の二作目で同社の看板叢書「ミステリー・リーグ」の一作にお選び頂いたのは本当に光栄で、これからも本格道を精一杯邁進して参りたいと決意を新たにしています。『仮名手本殺人事件』は長年の読者として、自分なりの「こんなミステリーが読みたい」を結晶させた王道本格ミステリーです。よろしければ是非ご高覧下さい。

他、今年は原作脚本の新作ミステリー舞台が上演の予定でしたが情勢的に中止となってしまいました。その一方、ＺＯＯＭ配信の謎解きミステリー用の短編を書きました。また、ＦＭラジオで「ありがとう稲羽白菟です」というコーナーも始まりました。お声掛かれば気軽に新しい事にも挑みつつ、本格長編第三作、腰を据えて頑張ります。各種お報せはＨＰ・ツイッターにて。どうぞご贔屓に。

乾くるみ

Inui Kurumi

本誌と前後して、自分の著書や、自分が関わった書籍が、四ヵ月連続で刊行される（一部はすでに刊行されている）。

十月下旬には『平成ストライク』が角川文庫から出た。短編「消費税狂騒曲」を掲載。南雲堂版のミスは修正済。

十一月には『カラット探偵事務所の事件簿３』という新刊が、ＰＨＰ文芸文庫から、これもすでに出ている。一冊まるごと自分の新作というのはこれだけなので、この四冊の中ではイチオシ。

十二月には『本格ミステリの本流』という評論集が南雲堂から出る。自分は笠井潔『オイディプス症候群』と、三津田信三『水魑の如き沈むもの』の二作を論じている。評論を書いたりもするのだ。

年が明けて二〇二一年一月には『物件探偵』という短編集が新潮文庫ｎｅｘから出る予定。二〇一七年刊の親本を未読の方はこの機会にぜひどうぞ。

井上真偽

Inoue Magi

十一月現在、ＫＡＤＯＫＡＷＡさん向けにホラーミステリっぽいものを執筆中です。ただ、打ち合わせ時とはコンセプトからして全く別物になっているので、書き上げても原稿を受理してもらえるかどうかわかりません。心配です。

また小学館さんでは、「深明寺商店街の事件簿」という短編を不定期連載させてもらっています。同じ一つの事件を「三姉妹編」と「四兄弟編」の二つの物語から扱ったもので、「どちらから読んでも驚ける」のが売りの作品になっています。それぞれＳＴＯＲＹＢＯＸ（雑誌）と小説丸（ＷＥＢ媒体）の二誌にて同時掲載中で、小説丸のほうは無料で読めますので、是非サイト（https://shosetsu-maru.com/tag/井上真偽）にアクセスしてみてください。

今年は『ムシカ』一冊でしたが、二〇二一年こそは年二冊を目標に、しぶとく頑張っていきたいと思います。どうぞ来年もよろしくお願いします。

植田文博

Ueda Fumihiro

昨年は、予想もできなかった一年となりました。

当初は長くて数か月と思っていた事象が、四ヶ月、五ヵ月と伸びていき、まさか年をまたぐことになるとは思いもしませんでした。

世界的に未曾有の一年でしたが、そんな中、二匹の猫がうちに来ました。ボランティア団体の方が保護した、子猫の兄弟を譲り受けたのです。

兄弟は環境に慣れるにつれ、なんにでも興味を示し、喧嘩をしながらも寄り添うように生活しています。兄弟でも体格から性格まで、こんなにも違うものなのかと驚かされます。

小説に関しては、以前刊行した『99の羊と２００００の殺人』の続編が、今年出せればと思っています。

太田忠司
Ota Tadashi

メフィストで連載していた『麻倉玲一は信頼できない語り手』を書き終えました。この文章を書いている時点ではまだ最終回が掲載されていない状況なので、本になるかどうかもまだ不明なのですが。ただ、とてもとても変な話になりました。Webランティエ連載の『名古屋駅西喫茶ユトリロ　龍君は食べながら謎を解く』も最終話を脱稿。来年三月にハルキ文庫から出る予定です。こちらはほんのりミステリ味。

現在は製菓学校に通う和菓子職人志望の若者を主人公にした書き下ろしを執筆中。これはミステリ要素ゼロです。

で、その次ですが、久しぶりに本格ミステリ長編を書く予定。令和本格ミステリ状況に背を向け、コテコテの昭和（少し平成）本格ミステリにするつもりでおります。なにせ二〇二一年は「彼」がデビューしてちょうど三十年になりますので。

大山誠一郎
Oyama Seiichiro

来年初頭刊行のある作家さんの文庫新装版に解説を書かせていただきました。大好きな作品なので天にも昇る心地です。

単行本にまとめられていない短編がかなりあるのですが、「悪役専門俳優」連作（新潮社さん）と、元数学者の刑事を名探偵にした連作（講談社さん）は、話数が溜まったので、書き下ろしを加えて単行本化できる予定です。また、すでに単行本になった連作も第二シーズンを書かせていただいており、現在、『赤い博物館』と『アリバイ崩し承ります』の第二シーズンを断続的に発表しているのですが、この九月に刊行した『ワトソン力』も第二シーズンを始める予定です。

そして、長年予告している南雲堂さんの「本格ミステリー・ワールド・スペシャル」書き下ろし、原書房さんの『密室蒐集家』続編、小学館さんの『仮面幻双曲』文庫改稿、その他にもいただいているご依頼に取り組まなければ。

折原一
Orihara Ichi

去年につづいて今年も『倒錯のロンド』の話である。

20年7月の発売予定だった「新装版」はコロナ禍で延期になってしまったが、その「完成版」が21年1月の講談社文庫リバイバル企画の一作として出ることになった。元版（１９８９年版）は若書きの粗い文章だが、手を加えることでその当時の熱気が失われてしまうのを恐れ、今回、本文にはなるべく手を加えなかった。すでに元版を読んでいる人は、完成版のエピローグ以下を読んでいただきたい（筋を忘れていたら最初からどうぞ）。

元版のエピローグは蛇足的なものだったが、今回はその部分を全部カットし、新たな（やや長めの）エピローグにした。その結末を読むと「えっ」というより、「ほう」とか「へえ」といった気持ちになるだろう。「江戸川乱歩賞候補作」の結末に選考委員の「選評」が載るのは前代未聞のことである。

霞流一
Kasumi Ryuichi

梅雨から盛夏にかけて隣町の大病院に何度も通ったものでした。コロナではありません。結石です。石の位置によって痛かったり、腹が張ったり、不快だったり、常時まったく落ち着かず悶々と過ごす日々。そっちにばかり気が取られてしまい、おかげでコロナ禍の不安や恐怖に翻弄されずに済みました。これ、毒をもって毒を制す、あるいは、ミスディレクションの効果と言えるでしょう。また、体内に忽然と石が出現する、って何か本格っぽいですよね。

　そんな本格体質（?）の私が今手掛けている新作は「RE?（リクエスチョン）」（仮題）。カリスマ俳優を崇めるカルト団体のコミュニティーで起きた不可能殺人は都市伝説と交錯し異形の展開に……?　映画探偵・紅門福助の十五年（以上）ぶりの長編です。南雲堂の本格ミステリー・ワールド・スペシャルの一冊として刊行予定。

　また、暗黒街本格あるいはパズル・ノワールも企画継続中。よろしくです。

鯨統一郎
Kujira Toichiro

読者が犯人という本格ミステリ小説を書いてみたいと思っている。

　作品名は秘すが私は前にも〝読者が犯人〟テーマの小説を書いた事がある。

　一部の読者のかたから〝このテーマの作品としてはいちばん納得できる〟との感想もいただき私自身も気に入っている。

　その作品で使ったトリックが物理トリックだったのでその他に心理トリックを使った作品も書いてみたいと思ったのだ。

　ただ、読む前から犯人が判ってしまった犯人あて推理小説は世に問う意味を失ってしまう。

　私が〝読者が犯人〟テーマの作品を再び書こうとしている事を知る人が多くなるほど作品発表の可能性が失われる。私以外の人がその事を知る方法はこのコラムを読む事しかない。故にこのコラムを読む人が多ければ作品を発表できなくなる。もし作品が発表されなければ、そうさせた犯人はこの欄を読んだ読者……すなわち、あなたです。

倉阪鬼一郎
Kurasaka Kiichiro

コロナ禍でシーズンインが十月でしたが、トライアスロンに一戦でも出られたのは幸いでした。目下、『初めてのトライアスロン』（幻冬舎新書）を執筆中です。

　二〇年は電子書籍を含めて十六冊のオリジナル著書を上積みすることができました。電子専門のアドレナライズ社からは昔のミステリーやホラーも多数復刊されています。バカミスは筆を折ったと思われている方も多いと思いますが、これはただ商業的な需要に乏しくなっただけで、完成さえすれば電子で出すことはできます。深夜の仕事になるのでいつ完成するかわかりませんが、気長にお待ちいただければ幸いです。

　同じ深夜の仕事の電子書籍では『倉阪鬼一郎散文詩集成』（惑星と口笛ブックス）を刊行することができました。姉妹篇の『倉阪鬼一郎短詩型文学集成』も少しずつ進めています。

倉知淳
Kurachi Jun

猫丸先輩シリーズの新作『月下美人を待つ庭で』が十二月に刊行されます。

このシリーズも何だかご無沙汰していたようにも思いますけど、多分、気のせいでしょう。うん、気のせいに違いない。

十二月二十一日発売、という年末の慌ただしさに取り紛れてしまいそうな時期なので、売れないのはそのせいにしちゃおうっと。

黒田研二
Kuroda Kenji

新型コロナ騒動は僕の生活にも少なからずの影響を及ぼしました。新刊の発売が遅れたり、進行中だった漫画原作の企画がストップしたり。一番のショックは僕が脚本を書かせていただいた本格ミステリ舞台劇「アパレルショップ綺羅の怪事件」が上演中止になってしまったこと。今のところ、上演の目処は立っていません。一日も早く以前の日常が戻ってくることをただただ祈るばかりです。

そんな中でも青鬼シリーズは好調で、最新作『青鬼 沈黙の映画館』（ＰＨＰジュニアノベル）が十二月に発売されます。青鬼に関しては新たな企画も動いておりまして、なんと初めて××に挑戦しちゃいました。こちらは春頃、皆様のもとにお届けできる予定。

ひさしぶりに長編本格ミステリ小説の依頼もいただいておりますが、こちらはまだ構想中。もうしばらくお待ちくださ い。

小島正樹
Kojima Masaki

お陰様で今年は、『愚者の決断 浜中刑事の杞憂』を上梓できました。

主人公は浜中康平という青年です。鄙びた村の駐在所に勤務することを夢見て、群馬県警の警察官になったのに、なぜか手柄を挙げ続け、気がついたら県警本部の捜査一課に配属された浜中さん。そんな彼が一億円強奪事件や、そのあとに発生した殺人事件に挑みます！ 仕方なく挑みます（笑）。

警察小説として面白く、本格ミステリーとして面白い。

それを目指して書きました。お手に取ってくだされば、とても嬉しいです！

さて、来年なのですが、早々には新作長編を上梓できると思います。

因習の村で続発する事件。完全密室で見つかった死体と、神社の本殿から一瞬で消えた首無し死体。それらの謎を、「あの名探偵」が解き明かします。どうかご期待くださいませ。

坂木司

Sakaki Tsukasa

久しぶりに『和菓子のアン』シリーズの新刊を出したため、和菓子を食べすぎています。

　というのも、今回は老舗和菓子店の若旦那たちのグループ『本和菓衆』さんと拙作のコラボレーション企画がありまして。作中のお菓子をリアルに再現していただいてとても嬉しかったのですが、全部を味見するのが一苦労。なので生菓子は冷凍で送っていただき、日々少しずつ解凍して食べていました。

　そんな中気づいたのが、自宅で解凍した生菓子のおいしさ！　昨今の冷凍技術により、作り手からのタイムラグが短く抑えられたおかげなのか、どれもしっとりもっちりしていて、本当においしい。これからは通販で、冷凍和菓子をじゃんじゃん買おうと思った次第です。あれ、また食べすぎてしまいますね……。

篠田真由美

Shinoda Mayumi

２０２０年は意外性の年だった。依頼を受けて完成した長編が版元の一方的な通告で出版を拒否され、自費制作する羽目になったものの、幸い知人の支援を受けて赤字にはならずにささやかな達成を成し遂げられた。『はこだて櫻珈琲舎』の残部はまだあり、西荻盛林堂書房、函館蔦屋書店にて取扱中。

　異形コレクションの復活も嬉しい限り。久し振りに幻想ホラー短編を結晶化することが出来た。

　現在は、これまた完結に至らぬまま終わらざるを得なかった「レディ・ヴィクトリア」のシリーズを再始動すべく、資料読みを開始している。一寸先は闇とはいえ、人間万事塞翁が馬、捨てる神あれば拾う神あり、そして災い転じて福と行きたいもの。少なくともコロナ以前からどん底だった自分は、これ以上落ちることを気に病む必要は無かった。やれやれ、というわけであります。

白井智之

Shirai Tomoyuki

光文社から食をテーマにした短編集が出ます。ぼくは何を食べてもお腹が痛くなるのですが本作では探偵がおかしなものを食べて大変な目に遭います。実業之日本社からは『死体の汁を啜れ』が出ます。奇妙な死体がたくさん出てくる話です。あれを切ろうかなこれを潰そうかなと悩みながら書いています。あとは『少女を殺す１００の方法』と『お前の彼女は二階で茹で死に』が文庫になるはずです。

　一年前は「もうすぐオリンピックですね」などと書いていたのですがコロナ禍で祭典は吹っ飛んでしまいました。考えてみると、ぼくのデビュー作はコロナウイルスによって世界が様変わりする話、第二作はリアリティショーの撮影で悲劇が起こる話でした。驚くべきことに（そして残念なことに）現実が物語を追い越してしまったのです。次は第三作が現実になるでしょう。ここに来年の予言を記しておきます。仙台で巨人が大暴れ。

千澤のり子

Chizawa Noriko

十月に「ハンバーガー×謎解きミステリー！」というリモート朗読イベントを行い、実在するハンバーガー店を舞台にした本格ミステリのショートショート作品を寄稿しました。犯人当て作品を書いたのは初めてでした。

古書店三月兎之杜さんとたいむましんさんのウェブエッセイ連載は継続中です。

同じく十月に、昨年出たアンソロジー『平成ストライク』が角川さんで文庫化されました。児童虐待を主題にした「半分オトナ」という短編を寄稿しています。

十二月には、本格ミステリ作家クラブ二十周年を記念して、本格ミステリ大賞に関する評論集が南雲堂さんから出ます。私の担当は第十一回と第十四回です。

来年一月には、四年ぶりに単著が出ます。タイトルは『少女ティック　下弦の月は謎を照らす』。小学五年生の女の子と二十歳の若者の友情と事件を描いた連作短編集です。行舟文化さんからです。

辻真先

Tsuji Masaki

今年もこのコラムを書く秋になった。年々時間の経過が早くなるような……という文句はいつも誰かが（ぼくか？）書いているので省略するとして。

コロナ禍でアニメが制作しにくくなった。たまたまぼくは三月までに、アニメを2本（1本は「コナン」だが、もう1本はオフレコ中の企画）脱稿したものの、その後はまったく書く機会がない。従って近況の大半は小説である。いま改訂稿をほぼ書き上げたのは、光文社刊行予定の『二十面相暁に死す』だ、以前に書いた『焼跡の二十面相』の続編で、小林少年の初恋が主題となる。それにつづいて東京創元社から『馬鹿げてる！　昭和36年のミステリ』を書きます。映画が衰え、ビデオやカラーが登場してテレビ界が賑わいを見せる時代に、ぼくは番組を量産していた。せっかくだからネタにしようというわけです、請うご期待。

辻村深月

Tsujimura Mizuki

私の原作『朝が来る』が河瀬直美監督により映画になりました。この号が発売になる頃には公開が終わっているかもしれないのですが、どこかで目にしたら、ぜひ観ていただけると嬉しいです。あと、エッセイ『図書室で暮らしたい』が、皆川明さんの装画で文庫になりました。自分が影響を受けてきた作品についてなども書いていますので、こちらもぜひ～。

来年の刊行予定は、文藝春秋より『琥珀の夏』。とある施設跡地から女児の白骨遺体が発見されたことにまつわるミステリ。タイトルにもある「夏」の刊行予定です。また時期は未定ですが、KADOKAWAから『闇祓』。教室、ご近所、会社など、さまざまな場所で生まれる歪な関係性を、相手に自分の闇を一方的に押しつける「闇ハラスメント」と名づけて描くホラーです。来年も頑張りますので、どうぞよろしくお願いします！

鳥飼否宇

Torikai Hiu

　アマミノクロウサギ、アマミヤマシギ、オオトラツグミ、リュウキュウキビタキ、カワウ、ハネナガチョウトンボ、アマミマルバネクワガタ、シイの実……最近は生物の調査業務がやたらと増えてしまいました。これに加えて、夜間の違法昆虫採集防止のためのパトロールやバンダー養成のための実技講師などを依頼され、なかなか執筆のためにじっくり机に向かえないのが悩みの種です。

　そんななか、目下最優先で取り組んでいるのは、ここ数年来この欄で報告している『指切りパズル』です。書き下ろし長編ってこんなに難しかったっけと天を仰ぎつつ、書き進めています。もう八合目までは登ってきていますが、これから頂上までが胸突き八丁。歯を食いしばって一歩一歩登りつめていきます。

似鳥鶏

Nitadori Kei

　昨月頭、急に気温が下がりましたね。体感的には『アナと雪の女王』でエルサが覚醒するシーンといい勝負でした。そのせいで鼻炎がひどく、左の鼻の穴がずっと詰まっています。いつまでも詰まったまんまで開通しないので、もう右の穴に一本化して左は廃道ということにしました。封鎖した左の穴は整備をしなくなったため内壁が崩落したり、穴居人が棲みついたり、心霊スポットとしてＳＮＳを中心に密かに話題になって物好きな連中が肝試しに不法侵入したりしています。やめてほしいです。廃墟といっても私有地なので、勝手に侵入すれば建造物等侵入罪（刑法一三〇条）になります。それに人が手入れしていない建物ですから床は抜けるかもしれないし天井は崩れてくるかもしれません。古い釘が出ていることも多く大変危険です。廃墟探検は想像の中だけにしておきましょう。

法月綸太郎

Norizuki Rintaro

　まず二〇二〇年内の仕事から二つ。いずれも評論ですが、本格ミステリ作家クラブ二〇周年記念論集『本格ミステリの本流』（南雲堂）に牧薩次『完全恋愛』論を、クラシックミステリ評論同人誌「Re-ClaM」第5号のロス・マクドナルド特集に『一瞬の敵』を論じた「フェアプレイの向こう側」を寄稿しました。後者は「複雑な殺人芸術」以来二〇年ぶりのロスマク論です。

　一方、小説は完全にネタ切れ状態で、新作ができるのはいつになるやら……。それでも二〇二一年には、講談社文庫創刊五〇周年の記念企画として『新装版　誰彼』を出してもらうことになりました。また書き下ろしの新作ではありませんが、『美術ミステリーアンソロジー　歪んだ名画』（朝日文庫）と『超短編！　大どんでん返し（仮）』（小学館文庫）に拙作が収録される予定です。

はやみねかおる

Hayamine Kaoru

２０２０年、無事に作家生活30周年を迎えることができました。今まで支えてくださった皆様、本当にありがとうございます。

それに伴い、『令夢は世界をスリップする』という、歴代キャラ総出演のシリーズを始めることもできました。他にも、『めんどうくさがりのための文章教室』という実用書も出版されました。

しかし、コロナの影響で、『都会のトム＆ソーヤ』のゲームブックとガイドブックの出版が２０２１年になりました。

他には、今書いているマチトムの新刊、次に書く予定のクイーンシリーズの新刊が出る予定です。『奇譚ルーム２』も年明けには出ると思います。

マチトムの映画に関しては、来年早々には詳しく情報を出せると思います。また、今は言えない情報もその頃には解禁になっていると思うので、すみませんが、そのときが来るのをお待ちください。

東川篤哉

Higashigawa Tokuya

ひょっとすると２０２１年には、文庫は一冊も出ずに単行本ばかり四冊出るかも。といっても、そのうち一冊は昨年の当欄でも予告した『探偵少女アリサの事件簿』のパート３（幻冬舎）。シリーズ完結篇となります。それから『新・謎解きはディナーのあとで』（小学館）が刊行予定。前作から随分と時間が経ちましたが、お馴染みの三人には特に変わった点はなし。ただし新キャラを加えることで微妙に『新』っぽさを演出しております。さて三作目は『野球が好きすぎて』（実業之日本社）。ここ数年、毎年一作ずつプロ野球の話題をネタに短編を書いてきたものを一冊に纏めたものです。最後の四作目は『居酒屋「一服亭」の四季』（講談社）。前作は純喫茶でしたが今回は居酒屋に舞台を変更して、二代目安楽椅子探偵が猟奇殺人の謎を解きます。いずれもお楽しみに！

深水黎一郎

Fukami Reiichiro

今年は数年前から予告していた『詩人の恋』（ＫＡＤＯＫＡＷＡ）を、ようやく出すことができました。旧作の文庫化は『大癋見警部の事件簿リターンズ』（光文社）と『最高の盗難　音楽ミステリー集』（河出書房新社）の二冊でした。

『詩人の恋』はシューマンの同名の歌曲集に秘められた謎を解くもので、必然的にディープな音楽小説の様相も呈していますが、シューマンの作曲作法や歌曲集についての細かいデータ、それにハイネの原詩などを、総て提示してから謎を解いていくので、本格テイストも充分にある作品と自分では思っています。よろしかったらお手に取って頂ければ幸いです。

来年の新刊予定は未定ですが、このところ音楽の話が続いたので、久々に美術ミステリーが書きたいと思っています。意外な結末にこだわった短編集なんかいかがでしょう（取らぬ狸の皮算用）。

深木章子

Miki Akiko

二〇二〇年は、当初の予定どおり、原書房さんから新作『欺瞞の殺意』を、新潮社さんから『消人屋敷の殺人』の文庫版を刊行することができました。

来年は、早い時期に、角川文庫さんから長編を一冊上梓できそうです。

今度の作品は、二〇一九年に単行本として刊行した『極上の罠をあなたに』に完結編となる四話を書き加え、タイトルも新たに、全体を通して一つの長編として読める形になっております。

かの名作『毒入りチョコレート事件』を下敷きに、多重推理に挑戦をした『欺瞞の殺意』とは大きく趣を変え、こちらは「ハードボイルドでもある本格」という冒険的な試みになりましたが、終わってみれば、自分でも意外なほど楽しい経験となりました。

読者の皆様にも楽しんで――そしてちょっぴり驚いて――いただけましたら、こんな嬉しいことはございません。

水生大海

Mizuki Hiromi

去年ここに「災害も悪戯も、物語の世界で楽しめる、平穏な一年でありますように」と書いたら驚天動地の２０２０年。

今年二月に光文社から文庫『だからあなたは殺される』と単行本『宝の山』を出しました。街から足が遠のいた時期でしたが、絶賛発売中です。引き続きどうぞよろしくお願いします。九月には文春文庫『熱望』を。貧困女子がモチーフになっているので、今まさに読んでほしい物語です。十二月のちょうど今頃『ノゾミくん、こっちにおいで』がポプラ文庫から出ます。初のホラー作品です。

現在、「小説推理」でどんでん返しものの短編を数ヶ月おきに、「Ｗｅｂジェイ・ノベル」では「ランチ探偵３」を書いていています。来年ぐらいに本になる予定です。ほかにも文庫化の予定があります。

皆さま健康に気をつけて、楽しい物語の世界で遊びましょう。来年も懸命に書いていきます。乞うご期待！

三津田信三

Mitsuda Shinzo

今年は『わざと忌み家を建てて棲む』中公文庫、『そこに無い家に呼ばれる』中央公論新社、『逢魔《あま》宿り』角川書店、『忌物《いぶつ》堂鬼談』講談社文庫を上梓しました。十一月には『魔邸』角川ホラー文庫が出ているはずです。

来年は計十一冊の予定があることに気づき、調整した結果が左記です。

一月　『死相学探偵最後の事件』角川ホラー文庫。

六月　文庫版『碆霊《はえだま》の如き祀るもの』講談社文庫。

七月　『忌名《いな》の如き贄《にえ》るもの（仮）』講談社。

九月　文庫版『犯罪乱歩幻想』角川ホラー文庫。

十月　文庫版『白魔《びゃくま》の塔』文春文庫。

十一月　『物理波矢多シリーズ第三弾』文藝春秋。

新作長篇は予断を許しませんが、来年もよろしくお願いします。

森川智喜

Morikawa Tomoki

昨年二〇一九年は『そのナイフでは殺せない』（光文社）が出版されました。殺してもあとで生き返る、奇妙なナイフをめぐるおはなしです。

今年は『死者と言葉を交わすなかれ』（講談社タイガ）を発表しました。探偵がいつものように男を尾行する。だが、男が死亡。現場にしかけてあった盗聴器には、死者との会話のような不可解な様子が録音されていて、というおはなしです。みなさんの読書ライフの糧になれば、と思います。

ところで、今年は小惑星探査機「はやぶさ2」帰還予定の年ですね。これを書いているいま（十一月）、十二月六日帰還予定とされています。「２０２１本格ミステリ・ベスト10」誌が世に出るころに、はやぶさ2がどうなっているのか、気になっています。

米澤穂信

Yonezawa Honobu

今年は〈小市民〉シリーズ『巴里マカロンの謎』を東京創元社から上梓することが出来ました。二〇二〇年十二月の「ミステリーズ！」には、シリーズ新作「桑港クッキーの謎」が掲載されているかと思います。二〇二一年十二月の同誌にも新作を、というお話をしています。

四月には、ＫＡＤＯＫＡＷＡさんから『黒牢譚（仮）』が刊行される予定です。天正年間の北摂を舞台にしたミステリで、謎を解くか落城かというお話です。

集英社さんで『本と鍵の季節』の続編『栞と毒の季節（仮）』の連載を始めようというご相談をしています。

そのほか短編など、またいろいろ書いていきたいと考えています。何か決まりましたら、blog や twitter にてお知らせいたします。

2020
海外本格ミステリ ランキング

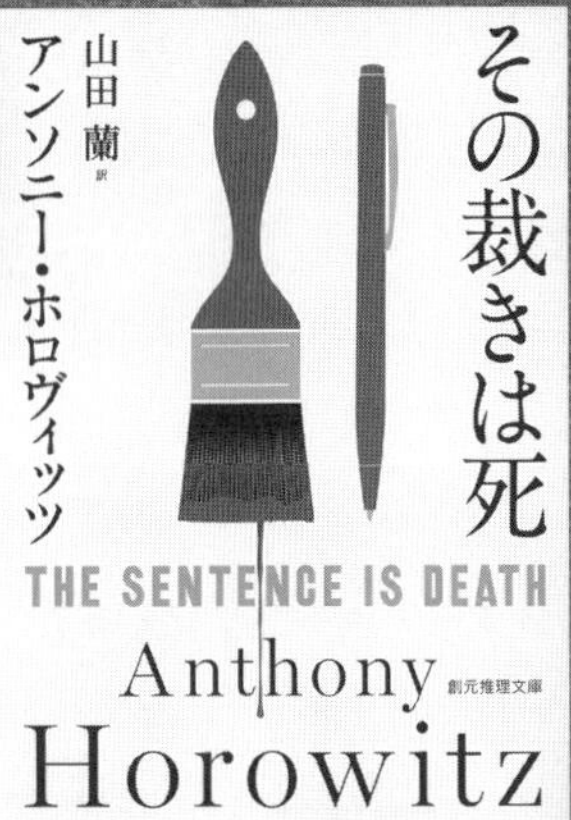

1 その裁きは死

アンソニー・ホロヴィッツ
山田 蘭 訳
創元推理文庫 ［得票点数：241］

2 網内人

陳 浩基
玉田誠 訳
文藝春秋 ［得票点数：124］

3 殺人七不思議

ポール・アルテ
平岡 敦 訳
行舟文化 ［得票点数：89］

3 ストーン サークルの殺人

M・W・クレイヴン　東野さやか 訳

ハヤカワ・ミステリ文庫 ［得票点数：89］

5 死亡通知書 暗黒者

周 浩暉　稲村文吾 訳

ハヤカワ・ミステリ ［得票点数：78］

6 指差す標識の事例

イーアン・ペアーズ

池 央耿／東江一紀／宮脇孝雄／日暮雅通 訳

創元推理文庫 ［得票点数：62］

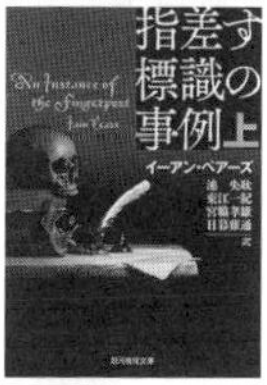

7 カメレオンの影

ミネット・ウォルターズ　成川裕子 訳

創元推理文庫 ［得票点数：58］

8 死んだレモン

フィン・ベル　安達眞弓 訳

創元推理文庫 ［得票点数：45］

9 ザリガニの鳴くところ

ディーリア・オーエンズ　友廣 純 訳

早川書房 ［得票点数：37］

10 時計仕掛けの歪んだ罠

アルネ・ダール　田口俊樹 訳

小学館文庫 ［得票点数：36］

2020

海外本格ミステリ・ランキング総評

第一位になった『その裁きは死』は、第二位『網内人』の倍近く得点。これは一位への投票者が多いと同時に、選ばないわけにはいかないという判断から、二位から五位までの間でこまめに票を稼いだ結果であろう。アンソニー・ホロヴィッツは現代本格のトップランナーとしての地位を完全に確立したといえそうだ。それに続いて躍進著しいのが華文ミステリで、『２０１８本格ミステリ・ベスト10』で第一位に輝いた『13・67』の陳浩基による『網内人』が、フランス本格の雄としてベストテン常連作家であるポール・アルテの『殺人七不思議』を振り切っての第二位となっただけでなく、周浩暉『死亡通知書 暗黒者』がいきなり五位圏内にすべり込んだのは、華文の勢いを示す良い例だ。その中で、ＣＷＡゴールド・ダガー受賞の『ストーンサークルの殺人』が五位圏内に食い込んだのは大健闘といえよう。

近年の嗜好と傾向がはっきりと現れた上位五作に対し、第六位以下は混沌としている。『カメレオンの影』はベテランの技巧の冴えを示し、『死んだレモン』はナイオ・マーシュ賞新人賞の清新さでスマッシュ・ヒットとなった印象。北欧ミステリ『時計仕掛けの歪んだ罠』は、『ストーンサークルの殺人』や『死亡通知書 暗黒者』と同じく、スーパー犯罪者の超絶的な犯行が、スリルとサスペンス、意外性に富んだ物語を提供している。こうしたトマス・ハリスやジェフリー・ディーヴァー以降の潮流に棹さす方向性に対し、歴史ミステリ『指差す標識の事例』や、18〜19世紀の英仏センセーション・ノベルを連想させなくもない『ザリガニの鳴くところ』は、普通文学に近接している。この二作が本格の枠組みで評価されたことは、本格読者の嗜好の拡散を示す事例と見るべきなのかどうか。（横井）

1

その裁きは死

アンソニー・ホロヴィッツ　山田蘭 訳

創元推理文庫　二〇二〇年九月　一一〇〇円（本体）［長編］

装画／Will Staehle　装幀／Will Staehle、中村聡

フェアかつ絶妙なさりげなさで張りめぐらされた伏線の技巧

前作『メインテーマは殺人』で、ロンドン警視庁の元刑事ダニエル・ホーソーンから自分を主人公にした小説を書けと要求され、心ならずもワトスン役となって殺人事件の謎に挑んだ作家・脚本家のアンソニー・ホロヴィッツは、ホーソーンによってまたしても事件の捜査に引きずり出されてしまう。被害者は離婚専門の弁護士プライスで、現場の壁には「182」という数字が記されていた。重要容疑者として、自身の離婚訴訟でプライスに対して激怒していたフェミニストの女性作家が浮上した。だが一方で、プライスが数年前に起きた事故死に立ち会っていたことも判明する。果たして、犯人はどちらの件の関係者なのか？

本書は、アンソニー・ホロヴィッツが自分自身を記述者として登場させているシリーズの二作目にあたる。実際のドラマ『刑事フォイル』の撮影現場を点景として描いたり、自身の妻を登場させるなど、楽屋落ちの興趣にも事欠かない。

ホーソーンの傲慢不遜ぶりは相変わらずだが、本書では担当の警察官の言動も横暴そのもの。そのためホロヴィッツは、ホーソーンと警察の双方を出し抜き、自分が先に正解に到達しようと推理する。果たしてその目論見が成功するかどうかも読みどころだ。

犯人の正体については、最後まで気づかないか、わりと早く見当がつくかのいずれかだろうと思う。だが、犯人が的中したとしても本書を楽しめるのは、フェアかつ絶妙なさりげなさで張りめぐらされた伏線の技巧によるものだ。現代本格で、この絶妙な匙加減を体得している作家は他になかなかいない。

『メインテーマは殺人』、『カササギ殺人事件』、そして本書と、ホロヴィッツの作品は三年連続で『本格ミステリ・ベスト10』の海外一位を独占した。来年度はアティカス・ピュント・シリーズ第二作が邦訳される予定だが、この記録が続くか破られるのかにも注目だ。（千街）

2

網内人

陳浩基
玉田誠 訳

文藝春秋　二〇二〇年九月　二三〇〇円（本体）［長編］
Artwork／矢部弘幸（SPACE SPARROWS）　Design／征矢 武

さながら香港版ルパン三世
ないしは香港版必殺仕掛人
あるいは香港版特攻野郎Ａチーム

　図書館の女性派遣司書アイは、中学生の妹シウマンが住居から投身自殺したことが納得できない。妹は地下鉄で痴漢被害に遭っており、犯人は捕まって収監されたものの、犯人の甥を名乗る人間が、インターネットの掲示板に、叔父はシウマンによって冤罪をかぶせられたと書き込んで以来、ネット民からの誹謗中傷にさらされていた。冤罪主張者を突き止めるために、ハイテク調査の専門家アニエに依頼したアイだが、自分の気づけなかった妹の貌を知り、悩むことに……。

　歴史を遡行する連作長編『13・67』で二〇一七年度の本ランキング第一位に輝いた作者が、その後の〈現代香港〉を描くために、満を持して刊行した長編。「日本語版へのあとがき」によれば、アルセーヌ・ルパンが大好きだという作者は、ハッカーを現代の怪盗として見立てたそうだ。それに加え、悪に強きは善にも強しというルパンの姿勢も受け継ぎ、悪を暴き懲らす振る舞いを見せている。さながら香港版ルパン三世、ないしは香港版必殺仕掛人、あるいは香港版特高野郎Ａチームといったところか。アニエの調査はサイバー・ミステリ的な興味を満たすだけでなく、貧富の格差、学校教師の事なかれ主義、ウェブにはびこるいじめ、女生徒への性的犯罪・性的搾取など、決して対岸の火事ではない二〇一五年当時の香港をあぶりだしていく。

　アイの無知、思いこみに対して、アニエが（うんざりしつつも）漏らさず解説や推理を示して、納得させるようにしているあたりは、ハイテク技術の説明を読者にする利便性以外に、アイの視野狭窄を指摘するだけでなく、説明して同意を得るという手続きがきちんと踏まれている印象を受ける。これこそが本格ミステリにおける、現代において重要な、意義のひとつであろう。最後に仕掛けられたサプライズもまた、本書がまぎれもなく本格ミステリであることを、分かりやすく証しているといえよう。（横井）

3

殺人七不思議

ポール・アルテ　平岡敦 訳

行舟文化　二〇二〇年九月　一六五〇円（本体）［長編］

装画／ポール・アルテ

ここまでやるかというアルテ流でアナグラム・すりかわり・目眩ましなんでもあり

二〇世紀初頭の英国で、名探偵オーウエン・バーンズの審美眼が、犯人の世紀末的唯美主義に共鳴し合う——そんなことをふと思わせる物語である。

世界の七不思議に見立てた連続予告殺人事件が起きる。灯台守の焼死（アレクサンドリアの大灯台）とトーマス卿の矢での死（エフェソスのアルテミス神殿）に始まり、バビロンの空中庭園、ロードス島の巨像、オリンピアのゼウス像、ギザの大ピラミッド、ハリカルナッソスのマウソロス霊廟と続く。

オーウェンは早い時点で犯人を「女神《ミューズ》に霊感を授けられた」「芸術家肌の殺人犯」と呼び、「一連の殺人事件の目的は、美の探求にほかならないのです」と言う。

事件のきっかけは、アメリー嬢の「わたしのために人を殺して」「そう、殺人よ。連続殺人。しかも美しい連続殺人を」というパーティーでの発言だが、彼女の親代わりのブルック氏もピラミッドの見立ての犠牲になる。その息子とお抱え画家が彼女を争って、お互いに相手が真犯人だとオーウェンに告発し合う。

プロットは、ここまでやるかというアルテ流で、アナグラム・すりかわり・目眩ましなんでもありだが、オリンピックの体操選手のようになんなく着地したように見せるのがアルテである。

実際には、不可能次元の謎を設定したせいで作者は、犯人に営々たるカラクリ師的努力を積み重ねさせ、被害者にも一役買わせて、やっと見立てを完成させる。

クリスティの『ABC殺人事件』は金銭目的だったから芸術家的でなくていい。だが芸術家による美の探求となれば、犯人の発想や行動には躍動《エラン》——感激と自発性があってほしいが、『七不思議』にはそうした熱度の不足は否めない。見事に着地したのだから、それで十分じゃないか——評価の分かれ目はそこだろう。

エピローグで七つの殺人を本物と埋め草に仕分けするのをもって、そこは克服されていると評価したい。（波多野）

3

ストーンサークルの殺人

M・W・クレイヴン　東野さやか 訳

ハヤカワ・ミステリ文庫　二〇二〇年九月　一一八〇円（本体）［長編］

装画・装幀／柳智之

手掛かりの掘り下げによって繋がっていくミッシングリンク探しの妙

英カンブリア州で、社会的地位の高い裕福な高齢男性が相次いで惨殺される事件が発生した。被害者に燃料をかけ、ストーンサークルで焼き殺すという残忍な手口から「生贄として火あぶりにする《イモレーション》・マン」と名づけられた犯人は、被害者の身体にカッターナイフである名前を刻み込む。その名前の主ワシントン・ポーは国家犯罪対策庁《NCA》・重大犯罪分析課《SCAS》の腕利き刑事だが、重大な不祥事によって停職処分を受け、故郷のカンブリアに隠遁していた。被害者候補と目されたポーは降格されて復帰、かつての部下であるフリン警部の下、新米分析官ブラッドショーや元同僚で旧友のリードと共に捜査に当たるが、事態は混迷の一途を辿っていく。被害者たちの共通点は――?。

二〇一九年の英国推理作家協会賞最優秀長編賞を受賞した本作は、現在三冊まで発表されているシリーズの第一弾。ある意味教科書通りのサイコサスペンスで、読み慣れた読者であれば、あるいはパターンの引き算から犯人の予想はつくかもしれない。だが、本作はその過程を味わうことにこそミステリ的な肝がある。

一見何の繋がりもない被害者たちが、方向違いとも思える手掛かりの掘り下げによって繋がっていくミッシングリンク探しの妙。そこから浮かび上がる犯人像と、なぜ死体にポーの名前が刻まれていたかについては豊富な、あるいはさりげないキャラクター描写の中に伏線が散りばめられている。キャラクターと物語とがしっかり絡み合っているのだ。

陰惨鬱々たるストーリーの一方で、正義感と表裏の闇をも抱え、直感で証拠を追う主人公ポーと、分析官としての腕は超一流だが早熟の天才ゆえ外の世界を知らず、とんちんかんな対応を繰り返すブラッドショーとの間に育まれていく友情は微笑ましく、バディものとしての魅力も具えている。ポー自身が二人の関係を「陰と陽」と評するが、まさに陰と陽と趣向とが融け合った快作だ。（笹川）

5

死亡通知書 暗黒者

周浩暉 稲村文吾 訳

ハヤカワ・ミステリ 二〇二〇年八月 一八〇〇円（本体）［長編］

装幀／水戸部功

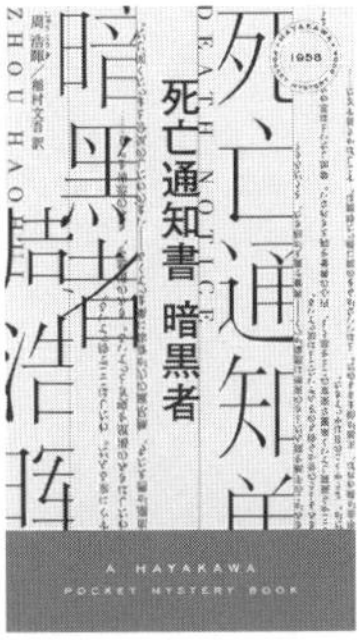

メンバー一人一人の思惑と犯人の狙いが複雑に絡まる

二〇〇二年十月、中国の省都A市で鄭郝明《ジョン・ハオミン》という腕利きの刑事が殺された。それは十八年ぶりに姿を現した殺人鬼〈エウメニデス〉による連続殺人の幕開けを告げる合図だった。ネットで死／私刑対象を募り、対象者や警察に「死亡通知書」を送りつけてくる〈エウメニデス〉、鄭は十八年前の事件を執念深く追っている最中だった。十八年前の事件に因縁がある刑事、羅飛《ルオ・フェイ》は事件の専従班のメンバーとともに〈エウメニデス〉確保のため行動を開始する。しかし専従班のメンバーは、羅飛も含めてそれぞれ秘密や疑念、思惑を抱えているようだった……。

近年、華文ミステリの紹介が本邦で盛んに進められているが、その作品の多くが日本の新本格の影響を（陰に陽に）感じさせるものだった。一方、本作から連想するのは新本格よりもアメリカのサスペンス・刑事ドラマだ。しかし、不可能と思われる状況でも犯行を成し遂げるためのトリックや、犯人に近づくために現在だけでなく過去の事件の謎も推理して解き明かしていく過程など、繰り広げられる高度な頭脳戦は本格としても大いに楽しめ、サスペンスと本格、両ジャンルの醍醐味を味わえるミステリに仕上がっている。

しかし、それだけではない。本作は「超人的な犯人VS個性豊かなメンバー揃いの捜査班」という単純な構図の物語ではない。捜査班のメンバーが常に一丸となっているわけではなく、自身の秘密を隠したりお互いを疑ったりする様は、さながら最近流行しているマーダーミステリー（プレイヤーがそれぞれ役を割り当てられて事件の謎を解く、体験型の謎解きゲーム）のノベライズ版のようである。このメンバー一人一人の思惑と、犯人の狙いが複雑に絡まることで、事態は思わぬ展開を見せることとなり、「犯人VS捜査班」という二項対立的な構図が姿を変え、新鮮な驚きと興奮に満ちた作品に仕上がっている。まさに華文ミステリの懐の深さを窺い知れる一作だ。（荒岸）

海外本格ミステリ 2020 MY BEST 5

全アンケート回答

秋好亮平　探偵小説研究会

1. 網内人　陳浩基
2. 死亡通知書　暗黒者　周浩暉
3. 陰謀の島　マイケル・イネス
4. 言語の七番目の機能　ローラン・ビネ
5. その裁きは死　アンソニー・ホロヴィッツ

今年も陳浩基は凄かった。サイバーミステリとしての堂々たる風格、容疑者をはじめ登場人物たちの表情が次々と入れ替わっていくプロットの妙、そして何より、様々な問題を抱えた香港社会で活躍する二十一世紀のルパン――凄腕ハッカー探偵のアニエが魅力的。2は警察小説かと思いきや〈怪人対名探偵〉もの。犯人の仕掛ける意表をついたトリックの数々に興奮した。3と4を本格として扱うのもどうかと思うが、前者の「真に独創的な動機」や後者の言論バトルには知的スリルを覚えた。

亜駆良人　畸人郷

1. 特捜部Q　アサドの祈り　ユッシ・エーズラ・オールスン
2. その裁きは死　アンソニー・ホロヴィッツ
3. 探偵コナン・ドイル　ブラッドリー・ハーパー
4. 死亡通知書　暗黒者　周浩暉
5. 殺人七不思議　ポール・アルテ

1はいつもどおり読み始めるとやめられないのだが、今回はアサドの正体が明らかになるとあっては面白さは更に倍増である。2は安定した出来栄えを誇る作者の作品。さすがとしか言いようがないだろう。ドイルを探偵とした3だが、やはり惹かれてしまうのである。4は華文ミステリ。この作品のような設定にも点が甘くなってしまう。その上、本当に面白いのだからたまらない。5は今年も刊行されたアルテの翻訳。今から次の翻訳が待ち遠しい。

飛鳥栄司

Asukaの図書室

1. カタリーナ・コード　ヨルン・リーエル・ホルスト
2. その裁きは死　アンソニー・ホロヴィッツ
3. ストーンサークルの殺人　M・W・クレイヴン
4. 死んだレモン　フィン・ベル
5. 憑りつかれた老婦人　M・R・ラインハート

昨年末に大病の末、手術、投薬と何かと体力を削られたため、読書量は少なめ。海外ミステリの本格モノが少ない中、２と３は正統派本格と読んでも支障はない作品。ホロヴィッツは現代本格ミステリ作家としての地位を確立した印象。１と４はサスペンス調であるが、本格志向の謎解きが映える。５はＨＩＢＫ「知ってさえいたら」派の代表格。短い時間のアリバイ崩しなど古き良きクラシックミステリ。ランク外だが、『殺人者は一族のなかに』もおすすめの古典作品。

阿津川辰海

小説家

1. 笑う死体　ジョセフ・ノックス
2. 喪われた少女　ラグナル・ヨナソン
3. その裁きは死　アンソニー・ホロヴィッツ
4. カメレオンの影　ミネット・ウォルターズ
5. 死んだレモン　フィン・ベル

現代的な骨格と端正な謎解きのセンスが合わさり、しかも現代流の模索がされている作品を上げた。１はモジュラー型警察小説としても傑作だが、ディスカッションの作り方と、意想外な地点から繰り出される謎解きが素晴らしい。２は三部作中の二作目で、「回想の殺人」形式の優れた収穫。３はトラディショナルな謎解きミステリの形を用いながら、ストーリーテリングが冴え渡る。４は全編を心理サスペンスで駆動した、たくらみに満ちた謎解きミステリ。５は意外な謎解きと伏線回収に唸った。

稲羽白菟

作家

1. 網内人　陳浩基
2. 念入りに殺された男　エルザ・マルポ
3. ストーンサークルの殺人　M・W・クレイヴン
4. ザリガニの鳴くところ　ディーリア・オーエンズ
5. 言語の七番目の機能　ローラン・ビネ

ひねたミステリー読みからすると、今年は直球、「素直な本」が多かった印象。【網内人】と【ストーンサークル】それぞれタイトルから感じられる「サイバーミステリー」「ストーンサークルが絡む本格物」ではない存外シンプルな物語だったが、面白さが圧倒的。【念入りに】は計画の非合理性【ザリガニ】は真相に少なからぬ不満はあるものの、#MeTooからの「女性のドラマ・物語」として強い力を感じた。【言語】は珍妙な本だが、ポストモダン、記号論への皮肉として面白く読めた。

臼井二郎

全日本ミステリ連合関係者

1. その裁きは死　アンソニー・ホロヴィッツ
2. 網内人　陳浩基
3. 指差す標識の事例　イーアン・ペアーズ
4. 殺人七不思議　ポール・アルテ
5. 死んだレモン　フィン・ベル

１．もつれた謎がある一点の気づきから一気にほどけてゆく爽快さ。謎の魅力と伏線の細やかさにおいてずば抜けています。２．ハッカー探偵というキャラクターを巧みに生かし、二重三重のしかけを凝らした大作です。３．毒殺事件の謎解きもさることながら、その先にある真相が歴史のうねりを感じさせるもので、すばらしい。４．手数が多く、時にぬけぬけとした味わいのある謎解きを楽しみました。５．真相はインパクトのあるもので、きちんと伏線を張っているところも好印象でした。

宇田川拓也

ときわ書房本店

1. 網内人　陳浩基
2. その裁きは死　アンソニー・ホロヴィッツ
3. ストーンサークルの殺人　M・W・クレイヴン
4. 時間旅行者のキャンディボックス　ケイト・マスカレナス
5. 殺人七不思議　ポール・アルテ

1のディテールと仕掛けもさることながら、現代香港を舞台に打ち出した高度情報化社会における名探偵像に痺れた。2の絶妙なヒントの示し方に脱帽。なんで見抜けなかったかと地団駄踏みまくり。3は読み進めるほどに評価が上がり、終盤で本領が発揮されるとともにシリーズの今後から目が離せなくなる。4は時間SFながら、殺人事件を扱った再読必至の内容で本格ミステリファンも要注目。5は新本格を懐かしく思い出し、頬を緩ませながら愉しんだ愛すべき一作。

大矢博子

書評家

1. その裁きは死　アンソニー・ホロヴィッツ
2. ネヴァー・ゲーム　ジェフリー・ディーヴァー
3. 網内人　陳浩基
4. 噂　レスリー・カラ
5. 時計仕掛けの歪んだ罠　アルネ・ダール

伝統的謎解きミステリである1位以外は、いずれもスピーディな展開の手に汗握るサスペンスで、わくわくしながら読んでいたら「えええっ！」という驚きの真相や怒涛の逆転劇が待っていたというタイプのもの。騙される快感、サプライズとカタルシスという点で本格ミステリの醍醐味はしっかり備えている。他に印象に残ったのは、モーリーン・ジョンソンのYA『寄宿学校の天才探偵』。三部作の第1巻だが、解決が次巻以降に持ち越されているので、評価は出揃うのを待ってから。

大山誠一郎

ミステリ作家

1. 死亡通知書　暗黒者　周浩暉
2. 網内人　陳浩基
3. その裁きは死　アンソニー・ホロヴィッツ
4. 殺人七不思議　ポール・アルテ
5. 悲しい毒　ベルトン・コッブ

①手垢のついた連続殺人鬼対特別捜査班の物語が、本格ファンを満足させるトリッキーさとロジカルさで蘇った。②ネットの大海に潜む犯人を突き止める推理、犯人判明後もいくつもの意外性が用意された復讐と贖罪のプロットが見事。③張り巡らされた伏線とその回収にほれぼれする。④世界七不思議の連続見立て予告殺人という設定に度肝を抜かれる。無茶な点もあるが、名探偵のキャラクターがそれをカバーしている。⑤ネタだけ取り出せば類例はあるが、扱い方がとても丁寧なのが好印象。

川出正樹

ミステリ書評家

1. その裁きは死　アンソニー・ホロヴィッツ
2. 時間旅行者のキャンディボックス　ケイト・マスカレナス
3. 汚れた雪　アントニオ・マンジーニ
4. カタリーナ・コード　ヨルン・リーエル・ホルスト
5. 作家の秘められた人生　ギヨーム・ミュッソ

外連に寄りかからず、突飛な設定で底上げもせず謎解きの本道を歩みかつ物語としても愉しい1。タイムマシン・ミステリとして抜群に面白いWhodunit & Whydunit & Howdunit の2。イタリア小村のスキー場での轢死体の謎を型破り警察官が鮮やかに解く3。失踪当時に残された暗号を解明するためのさり気なく大胆な伏線の張り方が見事なヒラリー・ウォーばりの警察小説の4。断筆した作家の謎を中心に連鎖し絡み合うWhydunit & Whatdunit で読者を翻弄し〝書く行為〟の本質を問う5。

川辺純可

福ミス作家

1. 三体Ⅱ　劉慈欣
2. カメレオンの影　ミネット・ウォルターズ
3. ザリガニの鳴くところ　ディーリア・オーエンズ
4. 最悪の館　ローリー・レーダー＝デイ
5. その裁きは死　アンソニー・ホロヴィッツ

知識とセンスで、原作の魅力を倍増させる翻訳技。三拝九拝。①Ⅰは三国志を彷彿させた。Ⅱは破壁人の謎解きがカッコよく、ホンカクとしても極上。Ⅲを読まずに死ねるかレベル②圧倒的描写と独特の気。ミネット中毒の沼は深まるばかり③色、匂い、音が直に伝わる類いの本。他人の話ではない。余韻というより魂の震えかな④クローズドサークルもロジックもなし。が、こういう心理ものもわりと好き⑤出たら買うよね。（今回もやはり）ど真ん中で隙がない。

次点に『死んだレモン』を。

関西ミステリ連合OB会

大学サークルOB団体

1. その裁きは死　アンソニー・ホロヴィッツ
2. 殺人七不思議　ポール・アルテ
3. 亀は死を招く　エリザベス・フェラーズ
4. ある醜聞　ベルトン・コッブ
5. 雲　エリック・マコーマック

今年の海外の選考は思わぬ難産。クラシック紹介の波がまた盛り返すことを願う。変わり種も混じっておりますが、ご容赦を。①伏線の巧妙さは相変わらず見事。シリーズの続編が楽しみになる。②不可能犯罪の釣瓶打ちと探偵対犯人の構図。本当に貴重な作品だ。③もちろん、巨大な肉食亀が人間を次々に襲うパニック・ホラー、ではない。④作者の心意気と踏ん張りに一票を投じたい。新たな鉱脈となることを期待。⑤この不可思議で重層的な物語における「探偵」は、恐らく読者自身である。

京都大学

推理小説研究会

1. その裁きは死　アンソニー・ホロヴィッツ
2. 網内人　陳浩基
3. ストーンサークルの殺人　M・W・クレイヴン
4. 念入りに殺された男　エルザ・マルポ
5. 果てしなき輝きの果てに　リズ・ムーア

1. 探偵&助手はこうでなくっちゃ！人間らしさで彩られた事件の構図を鮮やかに繋げる快作。

2. 緻密な設定と視点の切り替わりから香港の社会が厚みを持って浮かび上がる復讐の物語。

3. 作品構造、キャラクター造形、主題。いずれのバランス感覚にも長けた期待のシリーズ。

4. 小説の暴力性と芸術性が浮き彫りにする怪作。緊迫感に包まれた物語を筆者は見事に描き切った。

5. それぞれの人生のそれぞれの物語がやがて輝くひとすじの流れへと合流する構成が巧み。

慶應義塾大学

推理小説同好会

1. 指差す標識の事例　イーアン・ペアーズ
2. 雲　エリック・マコーマック
3. ザリガニの鳴くところ　ディーリア・オーエンズ
4. おちび　エドワード・ケアリー
5. その裁きは死　アンソニー・ホロヴィッツ

①重厚な知識とエンターテイメントあふれる物語が調和した、今年最高の歴史ミステリである。②主人公は、行く先々で奇怪な出来事と遭遇する。その紆余曲折した人生が楽しめる作品。③殺人の容疑がかけられた孤独な少女の顚末を、彼女の成長を追いかけながら瑞々しく描き出している。④本作の舞台は革命期のパリ。激動の時代を生き抜く小さな女性の姿を、慈しまずにはいられない。⑤著者お得意の正統派フーダニットで、謎解きの醍醐味を味わうことのできる一作。

小池啓介　書評ライター

1. その裁きは死　アンソニー・ホロヴィッツ
2. アニーはどこにいった　C・J・チューダー
3. パリのアパルトマン　ギヨーム・ミュッソ
4. ネヴァー・ゲーム　ジェフリー・ディーヴァー
5. 55　ジェイムズ・デラーギー

継続される古典的なミステリの訳出も素晴らしいが、謎解きの妙味を取り込んだ現代サスペンスの動きに関心が向く昨今。現代海外ミステリにおいては、どう解かれるかよりも、書き手が「謎と解明」をどう扱うかがおもしろい。

ホロヴィッツとディーヴァーの作品は段階を経て進む犯人捜しと並行して犯人をしれっと隠蔽してしまう技巧に魅せられた。2はホラーなのか謎解きミステリなのかの狭間で揺れる読み心地に肝がある。これらも本格の楽しみの一部に違いない。

坂木　司　作家

1. 壊れた世界の者たちよ　ドン・ウィンズロウ
2. 特捜部Q　アサドの祈り　ユッシ・エーズラ・オールスン
3. ミレニアム6　死すべき女　ダヴィド・ラーゲルクランツ

番外　本当の人生　アドリーヌ・デュドネ

1はウィンズロウを読んできた読者にとってご褒美のような一冊。バラエティ豊かな中編はどれも精度が高く、考えさせられる。にしても２０２１年にニール・ケアリーに再会できるなんて思わなかったよ！

2も素晴らしすぎてほぼ1位。すべての悲しみと哀しみを描ききり、なおかつスリリングで読みやすく仕上げているところがすごい。完成度の高さにうなる。

3は違和感なく完結を迎えられたことを祝って。

番外は不思議な読後感の一冊。不意打ちが良かった。

沢田安史　SRの会

1. 指差す標識の事例　イーアン・ペアーズ
2. 三体Ⅱ　劉慈欣
3. 茶匠と探偵　アリエット・ド・ボダール
4. 陰謀の島　マイケル・イネス
5. キャッスルフォード　J・J・コニントン

クラシックばかりでなくても比較的近年の作品でも、好みの作品が訳されずにいることがわかった年だった。

千街晶之　探偵小説研究会

1. 死んだレモン　フィン・ベル
2. カメレオンの影　ミネット・ウォルターズ
3. 網内人　陳浩基
4. その裁きは死　アンソニー・ホロヴィッツ
5. 魔女の組曲　ベルナール・ミニエ

基準として本格度の高さを重視したため、よそのベストテン回答とは異なる順位となったことをお断りしておく。

サスペンスの要素を前面に押し出しておきながら、ラストで本格と化す1が今年度のこのジャンルでは一番面白かった。2は堂々の横綱相撲。あまり本格っぽくない展開なのに後半は律儀に伏線を回収している点で3は1と共通する。4は犯人と動機はわかったが手掛かりの配置に感嘆した。ケイト・マスカレナス『時間旅行者のキャンディボックス』も入れたかった。

嵩平 何

探偵小説研究会

1. その裁きは死　アンソニー・ホロヴィッツ
2. 殺人七不思議　ポール・アルテ
3. 死亡通知書　暗黒者　周浩暉
4. 網内人　陳浩基
5. 悲しい毒　ベルトン・コップ

1はホロヴィッツはどの作品も巧いのみならず、旨い。本、ミステリ好き読者が渇している肉汁がパーツからも滲み出てくるようだ。2は不可能状況満載の展開が楽しい。3は展開の面白さ、犯人の超人性も魅力だが、細かい推理や手掛かりは本格ファン向き。4は痛快なサイバーエンターテインメント!だけでは終わらない様々な要素と仕掛けが実に著者らしい。5は武骨な毒殺ものとして好印象。また、ラインハートの中編が意外に本格で堪能。『時計仕掛けの歪んだ罠』の鮮やかな展開も良い。

筑波大学

ミステリー研究会

1. 殺人七不思議　ポール・アルテ
2. 言語の七番目の機能　ローラン・ビネ
3. 三体Ⅱ　劉慈欣
4. 死亡通知書　暗黒者　周浩暉
5. その裁きは死　アンソニー・ホロヴィッツ

今年度の海外ミステリはどれも作品の方向性が異なり多様性に富んでいた。『その裁きは死』はストレートで端正な本格ミステリだ。『死亡通知書』はスリリングでスピーディーな展開で読者を惹きつける。『言語の七番目の機能』は実在の哲学者を用いて言語のファイトクラブを描いて見せた。『三体Ⅱ』は壮大なスケールながら他人事とは思えない真実味があった。『殺人七不思議』はミステリの魅力的な謎と要素を詰め込み、美しく纏め上げるという本格の夢とも言うべき偉業を成し遂げた。

棚野 遙

日本暗号協会

1. その裁きは死　アンソニー・ホロヴィッツ
2. 指差す標識の事例　イーアン・ペアーズ
3. 探偵コナン・ドイル　ブラッドリー・ハーパー
4. 念入りに殺された男　エルザ・マルポ
5. 時計仕掛けの歪んだ罠　アルネ・ダール

今年も新訳物の刊行に泣かされる。

『ソーンダイク博士短篇全集Ⅰ　歌う骨』、これはつい買ってしまう。

増える一方で減らないのだから、仕方ないが、壁際に寝返りをうちたい今日この頃。

東京大学

新月お茶の会

1. たとえ天が墜ちようとも　アレン・エスケンス
2. 殺人七不思議　ポール・アルテ
3. 短編ミステリの二百年2　小森収編
4. 網内人　陳浩基
5. その裁きは死　アンソニー・ホロヴィッツ

①ガードナーを思わせる知的法廷劇によってリーガルサスペンスの面白さを再確認させてくれた。②怒涛の密室連打と白昼夢の如き推理。アルテにしか書けない珍品。③往年の名作&発掘品。黄金期本格の鉱脈はまだまだ深かった。④現代の社会問題を絡めて本格ミステリを書かせたら作者の右に出る者はいない。⑤魅力的な謎に愉快なキャラクター、そしてロジックと本格ミステリのエッセンスが詰まった一作。

法月綸太郎　探偵小説研究会

1. ストーンサークルの殺人　M・W・クレイヴン
2. 悲しい毒　ベルトン・コッブ
3. その裁きは死　アンソニー・ホロヴィッツ
4. 死亡通知書　暗黒者　周浩暉
5. 陰謀の島　マイケル・イネス

1はお馴染みのパターンながら、引きの巧さと目端の利いた推理が小気味よく、主人公コンビの造形も好印象。2は平板な犯人当てかと思いきや、戦争の話を機に空気が変わり、納得の結末を迎えた。3は前作より生彩に欠けるが「もう遅いのに」というフレーズに救われた。

4は粗を探せばキリがないけれど、予告殺人のハウダニットが毎回ギリギリのところを攻めていて続刊に期待が持てる。5はアプルビイが「異世界本格ごっこ」に付き合いながら、裏で舌を出しているような小説。

波多野健　探偵小説研究会

1. 網内人　陳浩基
2. 殺人七不思議　ポール・アルテ
3. 修道女の薔薇　キャロル・オコンネル
4. カメレオンの影　ミネット・ウォルターズ
5. 見習い警官殺し　レイフ・GW・ペーション

『網内人』のITの懇切丁寧な説明は見習うべき。リーダビリティ抜群。『七不思議』は、ここまでやるかのアルテ流。トリック・視点・切り口なんでもありで着地する。『修道女』は、マロリーにしては社会派的で、新作が出なくなったのはこれのせいか？『カメレオン』の時代だと日本の存在感がまだ中国より大きい歴史描写が正確。『見習い警官殺し』は、PCRでDNA鑑定に猛進するも伝統的捜査で犯人が分る。古典はそろそろ底をつきそう。次点『ボンベイ、マラバー・ヒルの未亡人たち』

三津田信三　作家

1. 死亡通知書　暗黒者　周浩暉
2. その裁きは死　アンソニー・ホロヴィッツ
3. 指差す標識の事例　イーアン・ペアーズ
4. 時計仕掛けの歪んだ罠　アルネ・ダール
5. 探偵コナン・ドイル　ブラッドリー・ハーパー

1　ミステリの古典的なアイデアを二つ、非常に上手くアレンジしており感心する。2　伏線が細かく張り巡らされているのが良い。3　四人の記述録を四人の翻訳者が担当する稚気が素晴らしい。ある計画の真相（動機）の意外性もある。4　登場人物の立場が逆転する瞬間が見事である。5　自分たちをデュマの『三銃士』になぞらえる三人のキャラと活躍が楽しい。

怪奇幻想系の収穫は『アラバスターの手　マンビー古書怪談集』と『マイル81　わるい夢たちのバザールⅠ』。

三橋　曉　コラムニスト

1. 時計仕掛けの歪んだ罠　アルネ・ダール
2. ネヴァー・ゲーム　ジェフリー・ディーヴァー
3. カメレオンの影　ミネット・ウォルターズ
4. 死亡通知書　暗黒者　周浩暉
5. その裁きは死　アンソニー・ホロヴィッツ

作家は化けるものだということを久々に思い出させてくれる1。そろそろマンネリだろうという先入観を裏切り続ける本格ミステリのマエストロによる31年目の新シリーズ開幕編2。英国社会の現実をフレームに捉え、ミステリの冒険を続ける英ミステリの女王の新たな挑戦である3。遅れてきた華文ミステリの大本命かもしれない、絢爛たる迷宮が広がる4。そしてメタ・ミステリの手法に遊び、本格ミステリの奔放な面白さを存分に追求するシリーズの新作5。5つの枠では窮屈な一年。

明治大学
ミステリ研究会

1 その裁きは死　アンソニー・ホロヴィッツ
2 ストーンサークルの殺人　M・W・クレイヴン
3 網内人　陳浩基
4 死亡通知書　暗黒者　周浩暉
5 探偵コナン・ドイル　ブラッドリー・ハーパー

1．最後まで良い意味で気が抜けない。本文中に謎解きの鍵を示す王道のミステリ。2．伏線の回収が見事。リズムよく物語が進み、登場人物が魅力的。3．仕掛けが満載で読み応えが抜群。情報技術に深く触れていて分かりづらい部分もあるが、説明が加わるため、困らない。4．様々な謎が随所に散りばめられていて先が読めない展開が続く。読み進める手が止まらない。5．当時の事実と著者の創造が見事に調和している。ホームズの生みの親の推理という読者の夢を実現したような作品。

森 英俊
海外ミステリ翻訳・評論家

1 陰謀の島　マイケル・イネス
2 指差す標識の事例　イーアン・ペアーズ
3 図書室の怪　マイケル・ドズワース・クック
4 殺人七不思議　ポール・アルテ
5 ロウランド・ハーンの不思議な事件　ニコラス・オールド

タイプの違うものを五つ。一位はイネス版『パノラマ島奇談』ともいうべき、とびきりの異色作。二位は語り口と構成の妙の光る歴史ミステリの大作。『図書室の怪』の表題作は、暗号解読などの謎解き要素も濃厚な怪奇作品。『殺人七不思議』は不可能犯罪てんこ盛りなのが、なんともすがすがしい。五位の短編集（同人出版）は、〈クイーンの定員〉に選ばれていてもおかしくなかった、良質のパズラー集。

森村 進
法哲学者

1 その裁きは死　アンソニー・ホロヴィッツ
2 ある醜聞《スキャンダル》　ベルトン・コッブ
3 指差す標識の事例　イーアン・ペアーズ
4 ストーンサークルの殺人　M・W・クレイヴン
5 亀は死を招く　エリザベス・フェラーズ

1昨年の「メインテーマは殺人」と同様、真相は意外に単純なのに、ミスリーディングが巧妙なため結末で驚かせる。2現代のやたらに長いミステリ（3も4もその弊あり）を読んだ後では、長い中編とも言えるくらいのこの簡潔さは気持ちよい。同じ作者の「悲しい毒」は意外性はあるが前半が退屈。実は今年出た海外ミステリの中で一番印象に残ったのはイネスの「陰謀の島」だが、本格とはいえない。また大河評論つきの「短編ミステリの二百年」2・3も見逃せない。

諸岡秀孝
佐賀ミステリファンクラブ

1 その裁きは死　アンソニー・ホロヴィッツ
2 網内人　陳浩基
3 死んだレモン　フィン・ベル
4 ストーンサークルの殺人　M・W・クレイヴン
5 笑う死体　ジョセフ・ノックス

1は、現代を舞台としながらも古き良き古典の香りがする超正統派の作品。完成度が素晴らしい。2は、ネット社会の闇や様々な社会問題をテーマにしており、ラストの伏線回収の鮮やかさには驚かされる。3は、ミステリだけでなく、人生の落伍者となった主人公が自分を取り戻すまでの人間ドラマでもある。4は、登場人物の描き方がうまく、特に主人公刑事と相棒のキャラクターがとにかく魅力的。5は、主人公の苦悩や過去、置かれた立場が物語を豊かなものとしている。

諸戸似非

会社員

1. その裁きは死　アンソニー・ホロヴィッツ
2. 笑う死体　ジョセフ・ノックス
3. 死んだレモン　フィン・ベル
4. ストーンサークルの殺人　M・W・クレイヴン
5. あの日に消えたエヴァ　レミギウシュ・ムルス

もはやなかなか文句を付けられない抜け目のなさの1。不穏に蛇行していく物語のなかに周到な策略が潜まされていた2。地方色を打ち出した3と4はどちらも推進力と綿密さ、陰惨さと健全さのバランスが心地良い。捨て身の攻撃を仕掛けてくる5には一読忘れがたいものがあった。トリッキーさでは『その手を離すのは、私』『ときどき私は嘘をつく』も、重厚な物語と結びついた謎解きの充実では『ハーフムーン街の殺人』も印象に残った。

山崎秀雄

ミステリライター

1. 殺人七不思議　ポール・アルテ
2. シャーロック伯父さん　ヒュー・ペンティコースト
3. ザリガニの鳴くところ　ディーリア・オーエンズ
4. 悲しい毒　ベルトン・コップ
5. チェス盤の少女　サム・ロイド

「殺人七不思議」はシリーズ物。この手の名探偵にはどうしても心惹かれてしまう。美学者という分かったような分からないような主人公。「シャーロック」は、題名につられて読んだが、心地よい短編集だった。元々短編が好きな私には最適。「ザリガニ」とか「悲しい」は、本格かどうかと問われると、うなだれてしまうが。面白い作品。「チェス盤の少女」は誘拐された少女のダークな作品。これも本格？　だが、チェスと誘拐少女の組み合わせで、五位ぐらいならいいかということで五位に。

横井　司

探偵小説研究会

1. カメレオンの影　ミネット・ウォルターズ
2. ある醜聞　ベルトン・コップ
3. ストーンサークルの殺人　M・W・クレイヴン
4. 時間旅行者のキャンディボックス　ケイト・マスカレナス
5. 念入りに殺された男　エルザ・マルポ

今期は、新作ではウォルターズ、古典ではコップ（の忖度ミステリ）がダントツのツートップであった。クレイヴンはエドマンド・バークの精神が活きていることに感動。マスカレナスは海外座談会で教えられたダークホースで、密室ネタをＳＦネタでうまく処理している点にも注目。マルポはパット・マガーを彷彿させる第二部の趣向がいい。古典で他にあげるとすればヴィンセント・スターレットの『笑う仏《フライング・ブッダ》』。アメリカ人の視点から能うかぎり公平に中国警察が描かれていて好感が持てる。

立命館大学

ミステリー研究会

1. パリのアパルトマン　ギヨーム・ミュッソ
2. カタリーナ・コード　ヨルン・リーエル・ホルスト
3. 壊れた世界の者たちよ　ドン・ウィンズロウ
4. たとえ天が墜ちようとも　アレン・エスケンス
5. 死亡通知書　暗黒者　周浩暉

①ユーモアと人生の哀しみ、予測不可のワットダニット。誠実で愛くるしい物語。②けして派手な物語ではないのに、好感が湧くのはひとえに捜査過程の愉しさ。③狂騒と静謐。法と矜持。わるいやつら。ノワール、クライム、満漢全席。④真実の前に、人は何を差し出せるのか？　痛ましいほど真摯な法廷サスペンス。⑤警護をすり抜け予告殺人を実行する様は、犯罪者ながら脱帽。天才の誕生を見た。

若林 踏

書評家

1. 笑う死体 ジョセフ・ノックス
2. その裁きは死 アンソニー・ホロヴィッツ
3. カメレオンの影 ミネット・ウォルターズ
4. 時計仕掛けの歪んだ罠 アルネ・ダール
5. 集結 マウリツィオ・デ・ジョバンニ

1，はノワール風味の警察小説と見せかけて、実は謎解きのエッセンスが凝縮された作品。は み出し者ならではの視点から捜査を進める探偵役、大胆なトリック、登場人物同士が繰り広げる推理の応酬などなど、本格ミステリファンの琴線にふれる要素が満載である。4，は現代北欧ミステリを代表する作家の新たな一面が味わえる一冊。怒涛の逆転劇に圧倒され、見事な伏線回収に唸る。5，は登場人物たちの個性を楽しむ警察群像劇だが、謎解き小説としても手堅い作りで満足させてくれる。

早稲田大学

ワセダミステリ・クラブ

1. 網内人 陳浩基
2. その裁きは死 アンソニー・ホロヴィッツ
3. ストーンサークルの殺人 M・W・クレイヴン
4. 見習い警官殺し レイフ・GW・ペーション
5. ザリガニの鳴くところ ディーリア・オーエンズ

1位はインターネットの闇を専門家が鮮やかに暴き出す、恐ろしくもある傑作。探偵と助手の掛け合いや過去など、よりシリーズの魅力が際立った2位は、謎も秀逸であった。3位は連続焼殺魔を追う、正統派警察サスペンス。陰惨な場面もあるが、展開の巧妙さに舌を巻く。4位は登場人物の個性が鮮明に描かれていて面白く、一層の盛り上がりを期待した。ひとりの少女の人生を力強く描いた5位を読めば、必ず衝撃の結末に心揺さぶられるだろう。

「海外本格」座談会

キャラに走るな、一冊で完結させろ、歴史もの頑張れ

笹川吉晴 × 千街晶之 × 横井 司

クラシックが少なかった一年

横井◆ 今年の傾向としては、例年より明らかに少ないんですよ、クラシックが。戦前・戦後・一九九〇年代まで合わせても十作あるかないかで、その大部分が論創社です。なのでクラシックで一番大きい話題はベルトン・コッブが二冊訳されたことでしょう。コッブは、今まで訳し残されていた「幻の探偵作家」の中では拾い物だったなという印象です。手掛かり索引つきの本格『悲しい毒』と、戦後の「クライム・クラブ系」の『ある醜聞《スキャンダル》』ですが、個人的には『ある醜聞』のほうが出来がいいと思いました。

千街◆ 同意見です。主人公の警察官が、ある事件をめぐって上司である警視を疑うんですが、上司と部下の関係なのでそれをおおっぴらに公言することもできないまま捜査を進める……という設定が、ちょっとケネス・フィアリングの『大時計』を連想しました。

横井◆ 僕は、これは「忖度ミステリ」だと思ってて（笑）。忖度しながら謎解きを進めていかなければならない、でも昔からのシリーズ探偵のチェビオットがもう一人の上司で、ちゃんとやれと言ってちゃんとなるのが面白かったし、ミスディレクションが効いてますよね。あの単純さがよかったと思います。

千街◆ もう一作の『悲しい毒』もそうですが、分量が短くてスパッと終わるのがいいですね。こういうのを読むと、なんで現代の作家はあんなに分量を費やさないと書けないのかと思ってしまう。

横井◆ そうですね。コッブはもう少し訳されてほしい作家だと思いました。あとは話題になるとしたらＰ・Ａ・テイラー、エリザベス・フェラーズ、ヴィンセント・スターレットあたりですか。テイラーの『ヘル・ホローの惨劇』は、現代のコージー・ミステリとあまり変わらないという印象でした。祭の中で事件が起きて、バタバタしているうちに急転直下で解決するという。

千街◆ ある共同体で、事件が起きたことを警察に報告するかどうかで意見が割れて、結局報告しないでおく……というミステリはいろいろありますけど、名探

偵が率先して報告しないことにするというのは珍しい（笑）。ただ、そのやりとりが、かなり意外な犯人像に結びつくあたりは良かったです。

笹川◆ これも「忖度ミステリ」ですよね。主人公が臨時の警察署長になり、町民や警官を手足に使って錯綜するさまざまなトラブルを一手に全部押さえつけるというのは、87分署やフロスト警部などモジュラー型警察小説の逆パターンというか、多重捜査ならぬ多重隠蔽で面白かった。

横井◆ ただ、登場人物の書き分けができてない。

千街◆ そのせいで事情聴取のあたりがもたつくんですよね。

笹川◆ 誰が誰やら、いちいち戻らないとわからない。

千街◆ その点、フェラーズ『亀は死を招く』は流石に上手いですよ。あれだけ大勢出しておいて。

横井◆ フェラーズのほうが犯人は意外でした。ただ、ロジカルだったかな。

千街◆ ロジカルではなかったです。

笹川◆ 意外性というのが、順列組み合わせでいくつかある中のひとつという感じで、ロジカルというのとは違う感じが。どうしても外国を舞台にしたイギリス・ミステリって、エキゾチシズムがかえって邪魔になってると感じることがよくあるんですけど。

千街◆ ある種のパターンにはなっちゃいますかね。

笹川◆ ただクリスティーは上手い。

横井◆ こういうのを読むとどうしてもクリスティーと較べちゃうところがあって。異国を舞台にしたという点では、スターレットの『笑う仏』は書けているほうでしょ？

笹川◆ シチュエーションが、ごちゃついている時代の、ごちゃついている国の、ごちゃついている人たちの話で、違うレベルのごちゃつきが一緒くたになっているところが巧いこと迷宮感を出していると思います。

横井◆ キャラクターの書き分けではレベルは変わらないんだけれども……。

笹川◆ ただ、類型的なぶんわかりやすくなってる感じはありますね。

横井◆ あと、一九三七年の段階で、民族に対してフェアに書けてますよね。中国人警部の面子を重んじて、ヨーロッパの論理を押し通しても駄目なんだというところを踏まえて謎解きをやってるんで、そこは感心しました。

笹川◆ しかも叙述で意外と細かい伏線が入っていたり。中途半端にオカルトが混じったりするわりに、細かいところがちゃんとしている感じでしたね。

横井◆ あとはクラシックは……M・R・ラインハートはどうでした？

千街◆ あまり本格の文脈で特筆したい感じでは……ただ中編集『ヒルダ・アダムの事件簿』収録の「鍵のかかったドア」は、怪奇趣味の背後に「パリ万博の母娘」パターンに似た発想があって、そこはちょっと面白かった。

笹川◆ ヒュー・ペンティコースト『シャーロック伯父さん』は平均的な出来ですが基本がきっちりしているのと、小共同体の秘密を暴いても嫌な気分にはならず、好感が持てます。

横井◆ 素朴なアブナー伯父という感じでした。これは原書は七〇年代なんですが、今年は八〇年代の作品の邦訳がないんですね。九〇年代も、あとでふれるアルテを除くとイーアン・ペアーズ『指差す標識の事例』くらいしかない。でもこれは……。

千街◆　本格の文脈で捉えなくていい小説だと思いますよ。歴史ミステリとしては読み応え抜群でしたが。

笹川◆　叙述の後出し、後出しで行く話だし。「あれは実は違う！」と。

横井◆　あの毒殺トリックもね……宣伝では「『薔薇の名前』×アガサ・クリスティ！」ということになっていましたが。

千街◆　そりゃ、東京創元社はそういう売り方をしたいでしょうよ（笑）。

アルテの問題作『殺人七不思議』

横井◆　あとは現代の作品になりますが、アルテもここでふれることにすると、一番古いのがポール・アルテの『殺人七不思議』、一番新しいのがギヨーム・ミュッソの『作家の秘められた人生』ですね。

千街◆　ではフランスから行きますか。『殺人七不思議』は……問題作ですね。最初とトリがフランス勢になる（笑）。面白いことは面白かったですよ。不可解な謎の釣瓶《つるべ》打ち。でも解決がそれに釣り合っているかというと微妙な感じで。解決でひとつ印象的だったのが、水があるのに脱水症で死んだ男の件の謎解きですね。あれは妙な味があった。あと、早い段階で事件全体の構図を示しちゃってるのが、今年のある国産本格の話題作を連想させました。ただ、それに関してはその国産作品のほうが上手い。

横井◆　今回のアルテはちょっと推せないなあと思いました。

笹川◆　これを読むと、アルテはあんまり本格にこだわってないんじゃないかという気がしてきて。

千街◆　『金時計』とあわせて読むとそんな感じもしなくもない。

横井◆　『金時計』は小説のかたちを整えようとしているのはわかるんですよ。今回はそれも投げ捨ちゃって、乱歩の通俗長編と変わらないものになっているので、本格としての評価が微妙になってくる。通俗でもいいんですけど、最後にいきなりですからね。

　あとフランスだと、ジャン＝クリストフ・グランジェ『ブラック・ハンター』とベルナール・ミニエ『魔女の組曲』は一緒に語ったほうがいいですか。

千街◆　そうですね。『ブラック・ハンター』（フランス語の小説に英語の邦題をつけられると妙に違和感がありますが）は、創元推理文庫から昔出た『クリムゾン・リバー』のニエマンス警視正の復活作で、新しく女性の相棒がつきます。いかにもグランジェらしい意外かつ異常極まる動機で、なるほど、これをやりたかったからニエマンスを復活させたのかとも一瞬思いましたが、よく考えるとグランジェは他の作品でも同じようなことをやっている（笑）。ミニエはグランジェの作風を継いだようなところのある作家ですが、『魔女の組曲』は過去の二作よりも構成が緊密ですね。拡げまくった大風呂敷もきちんと畳んでいますし、今年読んだフランス・ミステリでは一番面白かったです。

横井◆　エルザ・マルポの『念入りに殺された男』とギヨーム・ミュッソの『作家の秘められた人生』は、どちらも物書き絡みの話でしたが、個人的には『念入りに殺された男』がよかった。これってパトリシア・ハイスミスの『太陽がいっぱい』の現代版というか女性犯人版というか、要するに殺しちゃった人間を生きているように見せかけるパターンなんですが、第二部に入ってから、殺した人間の周りから犯人自身が想定容疑者を探すという……。

千街◆ 誰に罪をなすりつければ一番丸く収まるかを一生懸命考える（笑）。

横井◆ パット・マガーのパターンにも似ている。論理性とかはないからこけおどしになっちゃったけど、アイディア自体はすごいと思ったので、これはぎりぎり本格に入れたいなと（笑）。ミュッソはどうでしたか。

千街◆ この作家にしてはありがちな話という印象でした。

横井◆ 一種のサイコ・ミステリ系の話ではあったんですが、ストーリーの語り方がちょっと不思議な感じでしたね。重要な役割を果たすカメラが、風が吹けば何とやらの伝で戻っちゃいけないところに舞い戻るというあたりも面白かったです。

評価が割れた『その裁きは死』

横井◆ フランスの次は、北欧などの周辺諸国に行きますか。

千街◆ そんなに注目作は多くなかったですが、今年はヨルン・リーエル・ホルスト『警部ヴィスティング カタリーナ・コード』がものすごく地味なのに滅茶苦茶読ませる魅力があった小説として印象的だったのと、あと何といってもアルネ・ダール『時計仕掛けの歪んだ罠』が面白かったですね。続発する失踪事件を同じ犯人の犯行だと疑う捜査官が、ある人物の取り調べを開始するのですが、そこから予想外の方向に話が進んでゆく。ピエール・ルメートルの『その女アレックス』並みに先が読めない展開でした。ただ、「次巻に続く」系の結末なんですよ。今年、国に関係なくその手の終わり方の海外ミステリが妙に多かったので食傷したのも事実です。

横井◆ 「国に関係なく」で思い出しましたけど、イギリスのＭ・Ｗ・クレインの『ストーンサークルの殺人』もそうでした。

千街◆ あれもそうか。私が思い浮かべていたのは別の作品でしたが。

横井◆ ヒットすれば次につなげて儲けられるから（笑）。

千街◆ ジェフリー・ディーヴァーの新シリーズの第一作『ネヴァー・ゲーム』もそうですね。事件そのものは解決していますが、主人公に関する設定自体は次巻に続く感じで。

横井◆ アンソニー・ホロヴィッツもそうだよね。

千街◆ あれは全十作予定なので、まだまだ続くでしょう。

横井◆ 英米の作品の話題が出たところで、そのホロヴィッツの『その裁きは死』に行きますか。私は今年のホロヴィッツは駄目だと思う。

千街◆ あ、そうですか。私は前作より評価が高いです。

横井◆ でも駄目なところを話すとネタバレになっちゃうからなあ。『緋色の研究』をモチーフにしたのは犯人がああだったから……というのが、ＴＶドラマによくありそうだなと。あの設定の犯人にするならクイーンのあれくらいひねってほしいなと。ちょっと舐めて書いてるんじゃないかと思ってしまって。

千街◆ 私は犯人も動機も全部途中でわかりましたけど、そこから遡ると、そうか、ここに伏線があったんだ……と。そこに感心しましたね。

横井◆ ホロヴィッツってそこで感心できるかどうかで決まるんでしょうね。

笹川◆ 毎年同じことを言っている記憶がありますが、パターンとしては『バーナビー警部』っぽいですね、ああいう犯人。今回は、ホーソーンのキャラクター描写にずいぶん比重が置かれていて、その人間的な謎を掘り下げていこうという姿勢なのだとすれば、ミステリとしてはあまり面白くない方向に行っちゃうんじゃないかと心配です。前作だとそれも仕掛けに利用しているところがあったんだけど、今回はミステリとしてのプロットに絡んでいない部分が多くなっちゃったなと。

横井◆ 作中のホロヴィッツが、ホーソーンみたいな政治的に正しくない発言をしたり煙草をスパスパ喫ったり、ああいう人物はＴＶには向かないんだみたいな発言をするでしょ。小説にもこういうキャラクターは困るんだけど、でも人間性があれば受け入れるみたいな発言をしてるんだけど、ああいうキャラクターってイギリス・ミステリの典型じゃないですか。レジナルド・ヒルのダルジールみたいな。今更それをお上品なことを言ってるのは、作中のホロヴィッツへのギャグなのか、本気でそう思ってるのかよくわからないですね。

千街◆ あ、私が今回のほうを評価するのはそのあたりもあるかな。確かにダルジールとかドーヴァーの系譜なんでしょうが、個人的に前作のホーソーンって本当に生理的に受けつけないキャラクターで、それが作品自体への評価にまで響いてしまって。今回くらいマイルドになってくれる可能性が出て来ないとこのシリーズは受け入れられないかも。

笹川◆ 前作は作り物のミステリはやめて人間を描くんだみたいなことを言った結果、出会った事件があんな馬鹿馬鹿しいものだった……というのが皮肉になってたと思うんですが、今回はちょっと微妙なんですよね。

横井◆ そのへんの距離感が変わったなあというのもあるんだけど。

笹川◆ ただ、語り手が「馬鹿」なので、重要なものも無駄なものも全て等しい比重で描写されているというのを、相変わらず徹底してたのはよかった。でも逆にわかりやすくなっちゃうところもあるんですよね、犯人が。語り手の視線に注意してればいいんじゃないかと。

キャラクターを使った謎解きの妙味

横井◆ 同じようなイギリス・ミステリで、さっきも触れた『ストーンサークルの殺人』はトマス・ハリス・タイプの小説でしたが、よかったのは少女みたいな天才女性警察官のキャラですね。

千街◆ ああ、空気を読めない系の。主人公より印象的でしたね。

横井◆ そうなんですよ。ミステリとしてはよくあるパターンなんだけど、今回のは萌え要素だけでなく、いじめと絡めているので読ませる。それと、これは個人的な趣味ですが（萌えキャラも趣味だろうというのは措いといて)、最後にエドマンド・バークの言葉を引用して権力には立ち向かうという姿勢が見られて、そのへんで評価が上がった作品でした。

笹川◆ 主人公を始めとするキャラクター描写に伏線を入れこんであるのが上手いですよね。

横井◆ キャラクターを使って謎解きに上手く絡ませるというと、ミネット・ウォルターズの『カメレオンの影』がまさにそうだったんじゃないかと思うんです。これってプロット自体は単純ですけど、書き方で迷宮感を醸し出していて、読者に何が起きているんだろうと思わせるのが非常に上手かった。戦争まで設定のためのトリックという、ウォルターズってそこまでやる作家だったのか……とかなり驚きました。これは今年のベストです。

笹川◆ 僕は逆に、エピグラフの引っかけに尽きると思います。あれを抜いたら、あまりにパターンじゃないですか。正直、中身は完全に予想がつくでしょう。

横井◆ え、つかなかったですよ。あいつが悪いやつだという予想はつくかも知れないけど。

千街◆ あそこまでいかれた人間だとは思わなかったです。ウォルターズの作風だとあの人を犯人にするとは思わなかったので、そこはまんまと引っかかりましたね。

笹川◆ メタ的な引っかけですかね。異常心理ものとしては面白かったです。

横井◆ C・J・チューダー『アニーはどこにいった』はどうでしたか。私はホラーとして読んだんだけど。

千街◆ スティーヴン・キングのあの作品のネタだというのがかなり早い段階でわかっちゃったので、予想の範囲内の展開だなあと。ミステリとしては前作『白墨人形』のほうが面白かったです。小説としての雰囲気は前作同様に素晴らしかったですが。

横井◆ 本格というより、謎のある小説。最後にどんでん返しが重なるんだけど、そうかもね、で終わっちゃう感じ。

笹川◆ キング御大も「ホラーでもミステリでもない。ホラー・ミステリだ」と言ってますから。

千街◆ イギリスでちょっと触れておきたいのが、エイドリアン・マッキンティのショーン・ダフィ・シリーズ第四作の『ガン・ストリート・ガール』と、ジョセフ・ノックスのエイダン・ウェイツ・シリーズ第二作の『笑う死体 マンチェスター市警 エイダン・ウェイツ』、どちらも警察内部で厄介者扱いされて孤立している『新宿鮫』系の主人公なんですね。『ガン・ストリート・ガール』はダフィの物語としては面白かったですが本格味はそれほどなかったので、『笑う死体』について触れますと、シリーズ前作は謎解きのあるノワールという感じだったのが、今回はぐんと謎解き要素が強くなりました。第三作にも期待したいです。あと、変わった作品としてはジェイムズ・デラーギーの『55』。二人の容疑者のうち一人は確実にシリアルキラーなんですが、互いを犯人扱いして譲らず、しかもどっちも挙動が怪しい……という話です。登場人物表のうち容疑者が二人しかいない(笑)。

笹川◆ 単にどっちの方が信じられるか揺れ動く、という話になってしまうんですよね。捜査に当たる警官の過去が謎に関係あるんだけど、上手く絡まないのが惜しい。

千街◆ 最後は結構衝撃的でしたけどね。

SF本格とスパイ本格の拾い物

横井◆ あと英米だと、アメリカのモーリーン・ジョンソン『寄宿学校の天才探偵』がありましたが……。

笹川◆ 『寄宿学校の天才探偵』は終わってないです。解決すらしないまま続く。ヤングアダルトなので、キャラクター小説になっていますが。

千街◆ 天才ばかりの学校で過去に殺人があって、現代の探偵役の少女がその事件と、新たに起きた殺人事件の謎に挑むわけですが、片方は一応犯人は名指しされるけど本当にそうなのかわからない。もう一つの事件は解決すらされない。今年多かった「次巻に続く」パターンの中でも、独立した作品としては一番評価できないです。

笹川◆ せめて現在の方だけでも解決ぐらいはしてほしい。

横井◆ ローリー・レーダー＝デイ『最悪の館』ってどうでした?

千街◆ 面白くなりそうな要素が揃ってるのに、意外と平凡でした。フーダニットかつ「信用できない語り手」系の話ですが、普通の地点に着地してしまう。

笹川◆ 視点人物の使い方がもったいないですよ。自分自身を信用できない語り手なんだけど、その信用できなさが型通りで、取ってつけたようなフーダニットになっている。語り手の抱える精神的な問題はグループ内の葛藤や犯人の動機なんかとも響き合うんで、そこをデリケートに積み重ねていけば、衝撃的かつ納得できるフーダニットになったと思うんですが。

千街◆ イギリスに戻すと、ケイト・マスカレナス『時間旅行者のキャンディボックス』は面白かったです。創元SF文庫から出たので見逃されてるかも知れませんが。これは、一九六七年にイギリスでタイムマシンが発明されていたという設定なんです。発明したのは四人の女性ですが、一人は時間旅行の副作用で精神が不安定になってプロジェクトから外されてしまいます。それから時が流れて二〇一八年に、密室で老女が変死するという事件が起き、そこにプロジェクトから外された女性の孫娘が絡んできます。犯人探しの要素のほか、途中まで伏せられている被害者の正体は誰かという興味もありますし、ロジカルに真相に到達するタイプの小説ではないですけれども、さまざまな年代で起こったエピソードがジグソーパズルのように組み合わさってひとつの整然たる絵柄を浮かび上がらせるという……去年で言えば『イヴリン嬢は七回殺される』系のSF本格で、これは思いがけない逸品でした。

笹川◆ シリーズものの途中なんですが、意外と拾い物だったのがスーザン・イーリア・マクニールの『スコットランドの危険なスパイ』。アメリカ人女性がイギリスに来て、チャーチルの秘書になったりしながら諜報活動をやっていくシリーズなんですが、国家にとって不都合な元スパイを集めて、外部に出られないように飼い殺している孤島で殺人が起こりはじめるんですよ。スパイもの＋『そして誰もいなくなった』。閉鎖的な極限状態に変人が集まっているという、イギリス・ミステリによくあるパターン。犯人像も含めてそこにいる連中の行動が、その状況だからそういう行動や心理になる、というのをちゃんとやっていて伏線にもなっている。謎解きもわかりやすくはあるけど「あ、なるほど」という感じで。

横井◆ スパイものといえば、集英社文庫から「スパイ小説×謎解きミステリ！」という帯で出たのがありましたが。

千街◆ ダン・フェスパーマン『隠れ家の女』ですね。本格どうこうを別にすれば面白い小説でした。#Me Too 時代のスパイ小説という感じで。ただ思ったほど謎解き要素は濃くなかった。

笹川◆ 先に過去が明かされて、現代の人間がそれを追っていく展開になるので、読者が先行しちゃうんですよ。強いて言うなら倒叙もの。結末が分かっているゆえの切なさはありますが。ただキャラクターの中に非常に面白い人物がいて、最後は爆笑させてくれるんですよ。絵柄を考えただけで笑っちゃうような大活躍。

横井◆ あと、今年顕著だったのは歴史ミステリが多かったことですね。さっきふれた『指差す標識の事例』の他に、ブラッドリー・ハーパー『探偵コナン・ドイル』、アレックス・リーヴ『ハーフムーン街の殺人』、スジャータ・マッシー『ボンベイ、マラバー・ヒルの未亡人たち』など。『ハーフムーン街の殺人』はあまり好きじゃないんだけど、探偵の設定自体はよかったかな。

千街◆ あれは、真相はこのパターンかなど予想してたらこっちだった、という感じで、わりとミステリとして面白かったです。

横井◆ ただ、明らかにキャラクターに頼った書き方をしているんで、どうかなと思ったんですが。『ボンベイ、マラバー・ヒルの未亡人たち』は、女たちの絆を書きたかったというのがあからさまでしたね。オビに「ボンベイ唯一の女性弁護士が密室殺人事件の謎に挑む！」とあるけど、どこが密室だかわからなくて。歴史ミステリは、今年は本格としていいのがなかった気がします。

テクノロジーを駆使する名探偵たち

横井◆ 英語圏だと、ニュージーランドでナイオ・マーシュ賞をとったフィン・ベル『死んだレモン』というのがありました。あれは語るのが難しいというか……本格の文脈で語れますかね。サイコものでしょう。

千街◆ 本格なんですが、それを強調しすぎるとまずい小説なので、紹介は難しいですね。

笹川◆ 最近は本格としての縛りが緩くなってるから、サイコものも本格として読んでも遜色ないじゃないかという気がしてきましたね。

横井◆ ただサイコものも、ロバート・ブロックとかは別にして、ローレンス・サンダースの頃はロジカルに詰めていく面白さがあったし、ディーヴァーとかはどんでん返しの面白さがある。そのディーヴァー・スタイルが現在では当たり前になっちゃったということでしょうか。

笹川◆ 逆にプロパーな本格だって、そんなにきっちりやってるかというと、そうでもないのが多いから、そんなに変わらなくて、最低限のことをやっていれば本格と言っていいんじゃないかなと。

千街◆ そんな中で『死んだレモン』はかなりきっちり本格をやってる印象があ

りますけど。主人公の思い込みの使い方ですね。あれって主人公に投影して読むと、彼に植えつけられた先入観で読者もミスリードされるようになっている。

笹川◆　アメリカのアンドリュー・メイン『生物学探偵セオ・クレイ　街の狩人』にも触れておきたい。シリーズ前作もそうでしたが、本格として面白いかというと微妙なところがあるんですけど、探偵を描いた小説として読むととても面白い。犯人の割り出しから証明、追いこみまでさまざまな、多くは直接犯罪捜査とは関係ない生物学の最新テクノロジーを利用していく。犯人というより探偵側のハウダニットですね。あと本人が、どうも自分は狩りが好きらしい、そういう意味では犯人側に近いんじゃないか……という感じにだんだん闇に目覚めていくところとか。

千街◆　前作もそうですが、今回もかなり暴走してましたね、セオ・クレイ。

横井◆　テクノロジーを駆使する探偵という意味ではソーンダイク博士と一緒なのかな（笑）。いきなり遡りますが、R・オースティン・フリーマン『ソーンダイク博士短篇全集Ⅰ／歌う骨』は意外と本格にこだわってなくて、ソーンダイクのアクションもあったりするので、ホームズみたいなこともやってたんだなという発見はありました。

千街◆　テクノロジーを駆使する探偵ということで華文ミステリにつなげていいですか。今年は陳浩基『網内人』と周浩暉『死亡通知書　暗黒者』がありましたが、私は『網内人』のほうが面白かったです。最初、『13・67』のように凝った構成には見えないんですね。ネット上の誹謗中傷が原因で女子中学生が自殺して、その元凶を姉が探そうとするんですが、姉はIT音痴なのでネット専門の探偵を雇うわけです。わりと単純な復讐譚になるかと思いきや、思いがけないところに仕掛けがあって楽しめました。現代の香港を描きつつ、それにとどまらない普遍性のある話になっている。

横井◆　いじめネタや誹謗中傷ネタが今年は多かったですからね。『死亡通知書　暗黒者』はどうでしたか。

千街◆　今年、何冊目だよという感じの「次巻に続く」パターンでした。メインの事件には一応の決着はありますが、小説としては終わっていない。あと、犯人が超人的すぎて、警察パートの描写と微妙に噛み合っていない印象もありました。話の作り方自体に、クリフハンガーの繰り返しみたいな、映画的というか連続ドラマ的なところがありますね。

一冊で完結しない作品、多し

笹川◆　今年は去年以上に、本格としては空振りが多かったです。

横井◆　作家が本格として書いてないのかも知れないですが。

笹川◆　もちろん、そうなんでしょうけど。だから今年はベストの予想が難しいですね。割れるのか、何かに集中するのか。

千街◆　集中するとすればホロヴィッツでしょう。

笹川◆　馴染みのものが上位にくるかたちになりそうで。

横井◆　古典は減ったし、お馴染みの作家から読んでいくでしょう。

笹川◆　一昨年、ノーマークな作品が結構上のほうに来て、反省したわけですよ。だからちょっとでも本格として読めそうなものは読んでみようと思ったんだけど、打率は低かった。面白いけど本格ではないなあ、というのが。

千街◆ 個人的には、日本初紹介のフィン・ベルとかがどのへんまで来るかが興味があります。初紹介じゃないですけど、まだ二作目のアルネ・ダールとか、ジョセフ・ノックスとか。

横井◆ 意外と『ストーンサークルの殺人』あたりが上に来るかも知れないですね。わかりやすいから（笑）。個人的には『念入りに殺された男』が来てほしい。では今年のまとめはどうなりますかね。キャラに走るな、とか……。

笹川◆ 一冊で完結させろ、とか。歴史もの頑張れ、とか。歴史もののエンタテインメントとしては面白い小説が多かったんですが、本格ミステリ味を求めると……ということですからね。

千街◆ 歴史ものは、本格を書こうという意志がそもそも作者にあるかどうかという問題が。

笹川◆ 我々が本格味を見つけようとするのが間違っているわけですが……。

横井◆ いや、間違ってはいないでしょう（笑）。

千街◆ 間違ってはいないけど、ある意味歪な読み方かも知れないですね。

笹川◆ 僕は伏線が大好きで、どんなジャンルの小説でも伏線があると満足できるんですけど、伏線が弱いんですよね。

横井◆ 本格味といっても、伏線の面白さと、意外性の面白さと、ロジカルな詰めの面白さと、いろいろあるから、何を求めるかによって違ってくるんじゃないかと思いました。

笹川◆ ただ、それは全部、伏線がないと駄目なんじゃないんですかね。

横井◆ 伏線もいろんなレベルがあるじゃないですか。ホロヴィッツ的な伏線と、C・J・チューダー的な伏線とでは違うでしょう。なんか、すごくわかりやすい本格って、ベルトン・コッブなんじゃないかなと（笑）。

笹川◆ 意外と『笑う仏』の伏線の多さに感心しましたね。そういう意味では色物のほうが有利なのかな。

横井◆ 有利でしょう。さっきのスパイもののシリーズだって色物でしょうし。ただせっかくなら、去年の『イヴリン嬢は七回殺される』とかフェリシア・ヤップの『ついには誰もがすべてを忘れる』みたいな、すごいものを来年は期待したいところです。

（二〇二〇年十月二十五日　オンライン）

海外本格リスト（2019.11.1～2020.10.31）

【クラシック 1】

Ｍ・Ｒ・ラインハート『ヒルダ・アダムスの事件簿』（1933）アメリカ、論創海外ミステリ

ベルトン・コッブ『悲しい毒』（1936）イギリス、論創海外ミステリ　＊チェビオット警部補＃2

ヴィンセント・スターレット『笑う仏《ラッフィング・ブッダ》』（1937／1946）アメリカ、論創海外ミステリ

Ｐ・Ａ・テイラー『ヘル・ホローの惨劇』（1937）アメリカ、論創海外ミステリ　＊アゼイ・メイヨ＃10

マイケル・イネス『陰謀の島』（1942）イギリス、論創海外ミステリ　＊アプルビイ警部＃8

フランク・グルーバー『ポンコツ競走馬の秘密』（1942）アメリカ、論創海外ミステリ　＊ジョニー・フレッチャー＆サム・クラッグ＃6

フランク・グルーバー『怪力男デクノボーの秘密』（1942）アメリカ、論創海外ミステリ　＊ジョニー・フレッチャー＆サム・クラッグ＃7

Ｍ・Ｒ・ラインハート『憑りつかれた老婦人』（1942）アメリカ、論創海外ミステリ（新訳）＊ヒルダ・アダムズ＃2

【クラシック 2】第二次世界大戦後

エリザベス・フェラーズ『亀は死を招く』（1950）イギリス、論創海外ミステリ

ベルトン・コッブ『ある醜聞《スキャンダル》』（1969）イギリス、論創海外ミステリ　＊チェビオット警視正＃39／アーミテージ警部補＃4

【モダン】1970～90年代

ヒュー・ペンティコースト『シャーロック伯父さん』（1970）アメリカ、論創海外ミステリ

ポール・アルテ『殺人七不思議』（1997）フランス、行舟文化　＊オーウェン・バーンズ＃2

イーアン・ペアーズ『指差す標識の事例』（1997）イギリス、創元推理文庫

【コンテンポラリー】2000年以降

ミネット・ウォルターズ『カメレオンの影』（2007）イギリス、創元推理文庫

周浩暉『死亡通知書 暗黒者』（2008）中国、ハヤカワ・ミステリ　＊羅飛《ルオ・フェイ》＃4／エウメニデス＃1

デボラ・クロンビー『警視の謀略』（2014）アメリカ、講談社文庫　＊ダンカン・キンケイド警視＃16

ベルナール・ミニエ『魔女の組曲』（2014）フランス、ハーパーBOOKS　＊セルヴァス警部＃3

ローラン・ビネ『言語の七番目の機能』（2015）フランス、東京創元社

エイドリアン・マッキンティ『ガン・ストリート・ガール』（2015）イギリス、ハヤカワ・ミステリ文庫　＊ショーン・ダフィ警部補＃4

アレン・エスケンス『たとえ天が墜ちようとも』（2016）アメリカ、創元推理文庫

キャロル・オコンネル『修道女の薔薇』（2016）アメリカ、創元推理文庫　＊キャシー・マロリー＃12

アルネ・ダール『時計仕掛けの歪んだ罠』（2016）スウェーデン、小学館文庫　＊サム・ベリアル＆モリー・ブローム＃1

ネレ・ノイハウス『森の中に埋めた』（2016）ドイツ、創元推理文庫　＊オリヴァー＆ピア＃8

ミシェル・バークビイ『ベイカー街の女たち　ミセス・ハドスンとメアリー・ワトスンの事件簿Ⅰ』（2016）イギリス、角川文庫

アンデシュ・ルースルンド＆ベリエ・ヘルストレム『三分間の空隙』（2016）スウェーデン、ハヤカワ・ミステリ文庫　＊エーヴェルト・グレーンズ警部＃3

マイクル・コナリー『レイトショー』（2017）アメリカ、講談社文庫　＊レネイ・バラード＃1

マイクル・コナリー『汚名』（2017）アメリカ、講談社文庫　＊ハリー・ボッシュ＃20／ミッキー・ハラー＃9

陳浩基『網内人』（2017）台湾、文藝春秋

フィン・ベル『死んだレモン』（2017）南アフリカ→ニュージーランド、創元推理文庫　＊ナイオ・マーシュ賞新人賞受賞

ヨルン・リーエル・ホルスト『警部ヴィスティング　カタリーナ・コード』（2017）ノルウェー、小学館文庫　＊ヴィリアム・ヴィスティング＃12

ディーリア・オーエンズ『ザリガニの鳴くところ』(2018) アメリカ、早川書房
ブリタニー・カヴァッラーロ『女子高生探偵シャーロット・ホームズ最後の挨拶』(2018) アメリカ、竹書房文庫　＊シャーロット・ホームズ＃3
M・W・クレイヴン『ストーンサークルの殺人』(2018) イギリス、ハヤカワ・ミステリ文庫　＊CWAゴールド・ダガー受賞作
ノヴァ・ジェイコブス『博士を殺した数式』(2018) アメリカ、ハヤカワ・ミステリ文庫
スティーナ・ジャクソン『娘を呑んだ道』(2018) スウェーデン、小学館文庫　＊「ガラスの鍵」賞受賞作
モーリーン・ジョンソン『寄宿学校の天才探偵』(2018) アメリカ、創元推理文庫　＊ヤング・アダルト
ジョセフ・ノックス『笑う死体　マンチェスター市警エイダン・ウェイツ』(2018) イギリス、新潮文庫　＊エイダン・ウェイツ巡査＃2
ブラッドリー・ハーパー『探偵コナン・ドイル』(2018) イギリス、ハヤカワ・ミステリ
アンドレアス・フェーア『突破口　弁護士アイゼンベルク』(2018) ドイツ、創元推理文庫　＊ラヘル・アイゼンベルグ＃2
アンソニー・ホロヴィッツ『その裁きは死』(2018) イギリス、創元推理文庫　＊ダニエル・ホーソーン＃2
スーザン・イーリア・マクニール『スコットランドの危険なスパイ』(2018) アメリカ、創元推理文庫　＊マーガレット・ホープ＃8
ケイト・マスカレナス『時間旅行者のキャンディボックス』(2018) イギリス、創元SF文庫
スジャータ・マッシー『ボンベイ、マラバー・ヒルの未亡人たち』(2018) イギリス→アメリカ、小学館文庫　＊アガサ賞、メアリ・H・クラーク賞受賞作
アンドリュー・メイン『生物学探偵セオ・クレイ　街の狩人』(2018) アメリカ、ハヤカワ・ミステリ文庫　＊セオ・クレイ＃2
アレックス・リーヴ『ハーフムーン街の殺人』(2018) イギリス、小学館文庫　＊レオ・スタンホープ＃1
ローリー・レーダー＝デイ『最悪の館』(2018) アメリカ、ハヤカワ・ミステリ
ポール・アダム『ヴァイオリン職人と消えた北欧楽器』(2019) イギリス、創元推理文庫　＊ジョヴァンニ・カスティリョーネ＃3。日本オリジナル刊行
ジャン＝クリストフ・グランジェ『ブラック・ハンター』(2019) フランス、ハヤカワ・ミステリ　＊ピエール・ニエマンス警視＃2
C・J・チューダー『アニーはどこにいった』(2019) イギリス、文藝春秋
ジェフリー・ディーヴァー『ネヴァー・ゲーム』(2019) アメリカ、文藝春秋　＊コルター・ショウ＃1
ジェイムズ・デラーギー『55』(2019) イギリス、ハヤカワ・ミステリ文庫
エイドリアン・マッキンティ『ザ・チェーン　連鎖誘拐』(2019) イギリス、ハヤカワ・ミステリ文庫
エルザ・マルポ『念入りに殺された男』(2019) フランス、ハヤカワ・ミステリ
ギヨーム・ミュッソ『作家の秘められた人生』(2019) フランス、集英社文庫

【日本オリジナル編集】
R・オースティン・フリーマン『ソーンダイク博士短篇全集Ｉ／歌う骨』(2020) イギリス、国書刊行会　＊第1短編集 (1909) と第2短編集 (1912) の合本

【大家の新訳】
ジョン・ディクスン・カー『四つの凶器』(1937) アメリカ、創元推理文庫　＊アンリ・バンコラン＃5
ジョン・ディクスン・カー『死者はよみがえる』(1938) 同上　＊ギディオン・フェル博士＃8
エラリー・クイーン『エラリー・クイーンの新冒険』(1935) アメリカ、創元推理文庫
アガサ・クリスティー『ハーリー・クィンの事件簿』(1930) イギリス、創元推理文庫
アガサ・クリスティー『雲をつかむ死』(1935)『メソポタミヤの殺人』(1936)『ナイルに死す』(1937)『予告殺人』(1950)『葬儀を終えて』(1953)『ポケットにライ麦を』(1953) 以上、早川書房クリスティー文庫
ドロシー・L・セイヤーズ『大忙しの蜜月旅行』(1937) イギリス、創元推理文庫　＊ピーター・ウィムジイ卿＃11
マーガレット・ミラー『鉄の門』(1945) アメリカ、創元推理文庫

ミステリ周辺書2020

文献学的研究と愉しみとしての研究

横井 司

昨年（二〇一九年）末に北原尚彦『シャーロック・ホームズ語辞典』（誠文堂新光社）が出て以来、同社から同種の企画として、荒俣宏監修・奈落一騎著『乱歩にまつわる言葉をイラストと豆知識で妖しく読み解く　江戸川乱歩語辞典』、木魚庵『名探偵にまつわる言葉をイラストと豆知識で頭をかきかき読み解く　金田一耕助語辞典』が上梓された。これらは活字作品を基本としたものだが、テレビドラマをベースとした久我真樹『『名探偵ポワロ』完全ガイド』（星海社新書）も刊行されている。こちらはドラマの背景である英国風俗を紹介するものだが、クリスティー作品に対する考察も含む。

こうした「辞典」類は、論創社から『中島河太郎著作集』上巻としてまとめられた中島の文献学的調査に基づく「日本推理小説辞典」および「海外推理作家事典」とは異なり、活字作品やドラマのキャラクターや世界観を愉しもうとする傾向の現われとして見ることもできよう。もっともシャーロック・ホームズに関しては、シャーロキアーナの伝統を背景としているので、ホームズの台詞選びなども危なげがないが、明智小五郎や金田一耕助については文化的共通資本が進んでいるとはいえず、収録語の恣意性が際立つ。『名探偵ポワロ』については、文化考証がメインなので、かえって恣意性から脱しているといえなくもない。

これらに対して、中島のような文献学的な姿勢を背景としつつ、活字作品を読んでいこうとする姿勢がみられるもの、すなわち従来の評論・研究に属するものと見なしうるのが、真田啓介の『古典探偵小説の愉しみⅠ／フェアプレイの文学』および『古典探偵小説の愉しみⅡ／悪人たちの肖像』（荒蝦夷）である。未訳の海外本格ミステリを原書で読んできた著者が、国書刊行会の〈世界探偵小説全集〉や〈論創海外ミステリ〉などに寄せてきた解説を中心に、これまでの仕事をまとめたもの。海外クラシック本格受容の潮流を追認でき、圧倒されること請け合い。

藤原宰太郎・藤原遊子『[改訂新版]真夜中のミステリー読本』（論創社）は、「改訂新版」とある通り、旧著の再刊である。真田の二冊に比べると伝統的な視点が際立ち、ここ数十年における海外ミステリに対する認識の深まりを感じざるを得まい。

やはり旧著の再刊とはいえ、初刊本の増補版からさらに二十年以上を経て再構築された野崎六助『北米探偵小説論21』（インスクリプト）は、その二十年の間の社会状況の変遷をふまえ、論考に大幅な増補改訂を加え、まったく面目を改めた大著となっている。海外ミステリに対する認識の深まりの、さらに外へ出ようとしたものとして、孤高の地位を築いていると目することもできよう。

海外ミステリ関連では他に、西山けい子『エドガー・アラン・ポー——極限の体験、リアルとの出会い』（新曜社）、『エドウィン・ドルードの謎』への言及を含む梅宮創造『ディケンズの眼——作家の試行と試練』（早稲田大学出版部）、女性探偵ものへの言及が加わった小野俊太郎『[改訂新版]ピグマリオン・コンプレックス——プリティ・ウーマンの系譜』（小鳥遊書房）、「死とコンパス」や「八岐の園」への言及を含む今福龍太『ボルヘス『伝奇集』——迷宮の夢見る虎』（慶應義塾大学出版会）がある。高山宏『高山宏の解題新書　トランスレーティッド』（青土社）は、既出の解説・解題の集成で、チェスタトンや『やぶれさる探偵』の解説は必読。秋元実治『探偵小説の英語——後期近代英語の観点から』（開拓社）は、黄金時代のミステリを中心に、英語表現のありようを分析した一冊。

シャーロキアン関連では、マティアス・ボーストレム著、平山雄一監訳、ないとうふみこ・中村久里子訳『〈ホームズ〉から〈シャーロック〉へ——偶像を作り出した人々の物語』（作品社）が出たのみだった。同書は副題から分かる通り、二次創作や映像化作品のみならず、シャーロキアンの誕生まで扱う、ホームズ受容史大全といっていい内容だが、映像キャラクターの受容という点では、山

誠文堂新光社

荒蝦夷

作品社

インスクリプト

口雅也総指揮、菊池篤構成『刑事コロンボの帰還』（二見書房）を落とすわけにはいかない。奥付上は十一月の発行だが、十月末に刊行されているので、ここであげておく。キャラクターものとしては、神永学『心霊探偵八雲 COMPLETE FILES』（KADOKAWA）もある。

野村芳樹監修、小林淳／ワイズ出版編集部編『映画の匠　野村芳太郎』（ワイズ出版）は、多くの松本清張作品の映画化に携わっている監督の仕事が鳥瞰できる。清張関連では他に、櫻井秀勲『誰も見ていない書斎の松本清張』（きずな出版）、山本幸正『松本清張が「砂の器」を書くまで――ベストセラーと新聞小説の一九五〇年代』（早稲田大学出版部）、別冊宝島編集部編『昭和の黒い霧――証言・松本清張が追った未解決事件簿』（宝島SUGOI文庫）も出ている。

対するに乱歩は、中相作編で『うつし世の三重――江戸川乱歩三重県随筆集』（伊賀文学振興会）がまとめられた他、ゆかりの春陽堂書店から今野真二『乱歩の日本語』が出ている。乱歩作品に見られる表現およびその揺れを分析・考察したものだが、作品の新しい読みにつながるなどの成果が今ひとつ。花咲一男『雑魚のととまじり』（幻戯書房）は乱歩に師事した著者による回想を含む自伝的エッセイを復刻したもの。

日本の探偵作家関連では他に、鮎川哲也著・日下三蔵編『幻の探偵作家を求めて［完全版］』下巻（論創社）、奥武則『黒岩涙香――断じて利の為には非ざるなり』（ミネルヴァ書房）、郷原宏『胡堂と啄木』（双葉社）、「夢野久作と杉山三代研究会」会報『民ヲ親ニス』第7号（不知火書房）、花房観音『京都に女王と呼ばれた作家がいた――山村美紗とふたりの男』（西日本出版社）、東野圭吾作家生活35周年実行委員会編『東野圭吾公式ガイド　作家生活35年 ver.』（講談社文庫）、礒崎純一『龍彦親王航海記――澁澤龍彦伝』（白水社）、河出書房新社編集部編『赤江瀑の世界――花の呪縛を修羅と舞い』（河出書房新社）、鈴村和成『笑う桐野夏生――〈悪〉を書く作家群』（言視舎）、舞城王太郎や平成犯罪小説への言及がある福嶋亮太『らせん状想像力――平成デモクラシー文学論』（新潮社）が出ている。

本格ミステリ・プロパーという視点から見逃せないのは、飯城勇三『数学者と哲学者の密室――天城一と笠井潔、そして探偵と密室と社会』（南雲堂）と、電子書籍として上梓され二〇二〇年度の本格ミステリ大賞の候補となった小田牧央『探偵が推理を殺す――多元化する社会と本格ミステリ』（the long fish）だろう。前者は副題にある通り、ふたりの作家を比較して論じたもので、対象作家の扱う時代が古いにも関わらず、現代に通ずる問題意識を内包している。後者は、比較的近年の現代本格ミステリの傾向と状況論を通して、本格ミステリとは何か、どのように変遷してきたのかを論じたものだ。こちらもまた、書き手や読み手を取り囲む社会状況を論に繰り込んでいる点だけでなく、図表を使ったプレゼン的なアプローチも目を引く。先にあげた鈴村や福嶋のアプローチの本格ミステリ版と位置づけられるかもしれない。

こうした評論家のアプローチとは異なる視点を示しているのが作家のエッセイだろう。戦前作家では、先にあげた乱歩の三重随筆集の他に、探偵小説関連のエッセイが集成された『定本夢野久作全集』第7巻（国書刊行会）が出た。戦後作家では、有栖川有栖『論理仕掛けの奇談――有栖川有栖解説集』（KADOKAWA）、北村薫『ユーカリの木の蔭で』（本の雑誌社）、皆川博子著・日下三蔵編『皆川博子随筆精華／書物の森を旅して』（河出書房新社）、宮部みゆき『ほのぼのお徒歩日記』（新装完全版、新潮文庫）、森博嗣『森メトリィの日々』（講談社）。また、インタビューをまとめたものに、日下三蔵編『筒井康隆、自作を語る』（ハヤカワ文庫JA。増補あり）、対談集として、佳多山大地構成『シークレット――綾辻行人ミステリ対談集in京都』（光文社）、右の綾辻、飴村行を含む初刊本に伊坂幸太郎、辻村深月が追加された森見登美彦『ぐるぐる問答――森見登美彦氏対談集』（小学館文庫）、島田荘司、伊坂、今村昌弘らとの対談を含む瀧井朝世編『ほんのよもやま話――作家対談集』（文藝春秋）が出ている。

一方、評論家のエッセイとして、新保博久『シンポ教授の生活とミステリー』（光文社文庫）と北上次郎『息子たちよ』（早川書房）が出た。前者はコンパクトながら、乱歩の『探偵小説四十年』にも通ずる味わいがなくもなく、ミステリ評論関連のエッセイ・研究も含んでいる。

東雅夫編『ゴシック文学入門』（ちくま文庫）は乱歩、種村季弘、紀田順一郎、澁澤龍彦、平井呈一らのゴシック文学をめぐるエッセイ・評論を収めたアンソロジーとして見逃せまい。怪奇幻想関連では他に、南條竹則『ゴーストリイ・フォークロア――17世紀～20世紀初頭の英国怪異譚』（KADOKAWA）、後藤護『ゴシック・カルチャー入門』（Pヴァイン）、東雅夫・下楠昌哉編『幻想と怪奇の英文学Ⅳ 変幻自在編』（春風社）がある。

さらに、宮崎哲弥『今こそ「小松左京」を読み直す』（NHK出版新書）、本の雑誌編集部編『絶景本棚2』（本の雑誌社）、愛媛県美術館監修『真鍋博の世界』（パイインターナショナル）、北見隆『書物の幻影――北見隆装幀画集　』（アトリエサード）、NHKテキスト「100分de 名著」として亀山郁夫『ドストエフスキー／カラマーゾフの兄弟――終わらない物語を読み通す』、瀬名秀明『アーサー・C・クラーク スペシャル――ただの「空想」ではない』なども付け加えておこう。

論創社

KADOKAWA

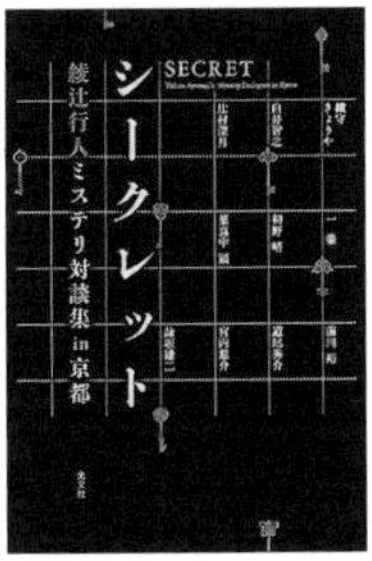

光文社

光文社文庫

2020年のミステリゲーム

トリックへのこだわりが印象的な『ルートフィルム』

諸岡卓真

　今年度、家庭用ゲーム機向けに発売された本格ミステリ（っぽい）作品の中から、本誌読者に興味を持ってもらえそうなものをピックアップして紹介していこう。なお、近年は一つのタイトルをＰＣやスマートフォンなども含めた複数のプラットフォームで展開することが増えているが、本稿では期間内に家庭用ゲーム機で遊べるようになったものを選んでいる。

　最初に紹介したいのは『ルートフィルム』（角川ゲームス、ニンテンドースイッチ（ＳＷ）／プレイステーション４（ＰＳ４））。気鋭の映像作家・八雲ＭＡＸこと八雲凛太朗が、福井県のＰＲを兼ねたミステリドラマの競作企画に参加することになるのが物語の発端。凛太朗はその企画が十年前に中断されたプロジェクトを復活させたものであると知り、そのパイロットフィルムを確認するのだが、次第に彼の周りで不可解な事件が起こるようになる。メインとなるシナリオは七本あり、やや荒削りなところはあるものの、密室や人体発火、館ものなど本格ミステリらしい謎とトリックが描かれていく。脇を固めるキャラクターも印象的で、終盤にかけての伏線もしっかりと描き込まれている。ゲームシステムは至ってシンプルなので、ミステリゲームが初めてという方でも問題なくプレイできるだろう。

　『千里の棋譜～現代将棋ミステリー～』（ケムコ、ＳＷ／ＰＳ４）は将棋の世界を舞台にした作品。奨励会三段の棋士・長野圭と、その幼なじみでフリー記者の一ノ瀬歩未が遭遇する二つの事件を描く。第一部は人間とＡＩの対局、第二部は棋譜が残されていない幻の名人戦がテーマとなる。それぞれ、過去の因縁が絡む展開で飽きさせない。また、実際の棋譜を元にした対局が組み込まれているが、登場人物たちの説明があるため、将棋を知らなくてもその展開や意味がよくわかるように工夫されている。実在の棋士たちが作中に登場して活躍するのもファンにはうれしい趣向だろう。

『バスタフェロウズ』（文化放送エクステンド、SW）は乙女ゲーム（女性を主人公とした恋愛シミュレーションゲーム）の枠組みのなかで、ミステリを展開させた作品。舞台はニューヨークをモデルにした「ニューシーグ」という都市。時間を遡る能力を持つ主人公・テウタが、悪徳弁護士という噂のあるリンボ・フィッツジェラルドの死を目撃したことをきっかけに、過去を変えようと行動を起こす。リンボを含め、五人の男性キャラクターと親密度を高めることができ、後半に分岐する個別のルートではそれぞれ別種の事件に遭遇することになる。さらに、全員のストーリーをクリアしたあとは、物語全体の伏線が次々と回収されるシナリオが待っている。ミステリ好きはぜひ最後までプレイして欲しい。

『デスカムトゥルー』（イザナギゲームズ、SW、ダウンロード専用）は本郷奏多や栗山千明らが出演した、実写ベースのミステリゲーム。見知らぬホテルのベッドの上で目を覚ましたカラキ・マコト（本郷）は、自分が記憶を失っていることに気づく。テレビのニュースでは、自分が連続殺人犯として指名手配されていることが報道されており、部屋の中には気絶した女性（栗山）の姿がある。しかし、カラキはそのどちらについてもまったく経緯が思い出せない。窮地を脱するために行動を始めるカラキだったが、選択を誤り、何者かに殺害されてしまう。だが、気づくとまた同じホテルのベッドの上で目覚めているのだった――。実写でループもののシナリオを展開した意欲的な作品であり、その面白さもさることながら、俳優陣の演技も見事で止めどきを見失ってしまう。リプレイもしやすく、全体的に丁寧に設計された一作といえる。本作もきっと本誌読者にアピールするはずである。

同じく実写をベースにしたゲームとしては、海外で製作された『ザ・シェイプシフティング・ディテクティヴ』（サークルエンタテイメント、SW／PS4）も注目作。主人公が自らの姿を自由に変えられる能力を持っているというのが最大の特徴で、様々な人間に成り代わりながらタロットリーダーたちが予知したと

角川ゲームス

ケムコ

文化放送エクステンド

イザナギゲームズ

いう殺人事件の謎を解いていく。映像は基本的に一人称視点であり、容疑者たちがまるで自分に語りかけているかのような形でゲームが展開されていく。同じ人物でも、姿を変えていくとまったく違う反応を示すことがあり、人間の裏表をまざまざと見せつけられる。ゲーム開始時に犯人がランダムに選ばれるというのも面白い仕掛けではあるが、そのために推理が当てずっぽうになってしまうのが悩ましい。多様なゲームプレイを可能にすることと、ロジカルに真実に到達することとの間のバランスについて考えさせられる一作だった。

『ゴシックマーダー　運命を変えるアドベンチャー』（オレンジ、ＳＷ、ダウンロード専用）は、二十世紀初頭のイギリスが舞台。アーヴィング伯爵に仕える新人メイドのエリーは、身近な人が死ぬことを夢で予知できるという能力を持っている。ある日、アーヴィングが死ぬ夢を見たエリーは、その運命を変えるために屋敷で起こる事件を未然に防ごうと動き出す。乙女ゲームのテイストもあるという点では『バスタフェロウズ』と共通するが、こちらはプレイヤーに謎解きを求める場面が多いのが特徴である。とはいえ、選択肢は少なく、わかりやすいヒントも出されるので、初心者でも迷うことはほとんどないだろう。屋敷に集まるキャラクターがみな一癖もありそうなところは雰囲気満点で、終盤の展開も面白い。低価格帯のソフトゆえ、シナリオ自体は長くはないが、十分に楽しめる一作である。

『狗鷲《イヌワシ》　うらぶれ探偵とお嬢様刑事の池袋事件ファイル』（オレンジ、ＳＷ／ＰＳ４、ダウンロード専用）も、さくさくと遊べる手軽さが印象的。元刑事の狗神エイジの探偵事務所に、警視総監の娘であり、エイジの元相棒の妹でもある鷲宮ヒナが逃げ込んでくる。ヒナはウサギのかぶり物をかぶった連続殺人犯に追われてきたというのだ。さらに、ヒナには何かに触れるとその思念を読み取れるという特殊能力があるという。二人はこの能力を活用しながら事件の謎に迫っていく。その過程では、ヒナの兄がかつて追っていた事件の真相が徐々に明らかになっていくのだった。ゲームシステム自体はオーソドックスで、鍵になる場面では選択肢を選んだり、タイミング良くボタンを押すミニゲームをしたりといった入力が求められ、それが適切なものであれば次のシーンに進む。キャラクターが立っていることと、話のテンポが非常に速いことで、プレイヤーを飽きさせない。序盤から少しずつ組み込まれていく伏線が回収されていく終盤の展開も面白い。こちらも低価格で、気軽に楽しめる作品である。

『パズル探偵スカウト　失われたデータの陰謀』（Mediatonic、ＳＷ、ダウンロード専用）は謎解きとイラストロジックパズル（縦横の数字をヒントにマスを塗りつぶしていくパズル）を組み合わせた一作。主人公はテレビドラマで探偵役を演じているホナー・ミズラヒ。彼女が記憶を無くしたロボット「スカウト」と知り合い、スタジオ内で起きた現実の殺人事件の捜査を開始するというのが物語の発端。現場などで重要な手がかりを発見すると、スカウトのスキャン機能が発動し、パズル画面に移行する。これを適切に解くことができると、物語の続きが確認できるという仕組みである。パズル部分だけでも結構なボリュームがあり、後半になるとその難度も上がっていく。ヒント機能を使えば慣れていなくてもクリアすることはできるが、本格的に挑戦しようとするとなかなか手強い。イラストロジック好きならたまらない一作だろう。

『ＭａｚＭ：ジキル＆ハイド』（ＣＦＫ、ＳＷ、ダウンロード専用）はスティーヴンソンの原作をゲーム化した作品。プレイヤーは主にアターソンを操作して、ロンドンに突如として現れたエドワード・ハイドの謎に迫る。プレイヤーが謎解きをするというよりは、原作の物語をゲームとして体験することに主眼が置かれており、指示に従って移動したり、アイテムを入手したりすることで簡単にゲームを進めていくことができる。キャラクターや舞台はディフォルメされて表現されているものの、小説版を比較的忠実にゲームに落とし込んでおり、文章のみで読むのとはまた違った印象を受けるのが新鮮である。古典作品の新しい楽しみ方のひとつとして「あり」かもしれない。

　最後に変わり種を一つ。『紙謎　未来からの想いで』（ディライトワークス、ＳＷ）は、実際に印刷した紙を使いながらゲーム内の謎を解いていくアナログ要素を取り入れた作品。トキオのもとに届けられた古い写真の謎を追っていくというのが物語の発端である。同じタイプのゲームとして、二〇一八年に発売された『マドリカ不動産』（ＳＷ）があるが、『紙謎』はよりストーリー性が強く出ている。ひとりでプレイしても面白いが、複数人で紙を切ったり貼ったりしながらわいわいと遊ぶのもおすすめである。アイディアが出ずに詰まってしまうこともあるかもしれないが、その場合は公式サイトにあるヒント集を確認することができる。

　ここ数年の傾向として、ミステリを題材にしたゲームは、低価格かつ短時間で楽しめるダウンロード専用ソフトとして発売されることが多くなった。おそらくスマートフォンなどの端末でも展開できるようにという狙いがあると思われる。他方、今年の十一月にはプレイステーションとＸｂｏｘの次世代機が発売された。高性能のゲーム機が発売されたことで、ミステリゲームの傾向がどう変わるのか（あるいは変わらないのか）注視していきたい。

オレンジ

オレンジ

Mediatonic

ディライトワークス

探偵小説研究会の一年

——あとがきにかえて

秋好亮平◆ 憂鬱な出来事や悲しいニュースが多く、何となく気力が湧かない、それもこれも全てコロナ禍のせい……と言い訳ばかりもしていられず、校正校閲の通信教育講座を新たに受講してみました。お仕事します。

浅木原忍◆ 新入りの浅木原忍です。よく訊かれますが「あさぎはら」と読みます。コロナ禍で本業が開店休業状態ですっかりサボり癖がついてしまってよくないこの一年。元々引きこもりとはいえ他人とまともに会話した日が片手で数えられる程度しかない気がする……。

荒岸来穂◆ コロナ禍を機に友人たちとオンラインで読書会や勉強会をするようになりました。昔読んだミステリ評論を再読したり、積みっぱなしだった思想書に手を伸ばしたりと、評論を書くためのインプットの機会になっています。来年はここで得たものをアウトプットできるようにしたいです。

市川尚吾◆ 高血圧と高血糖の治療を始めたところ、不整脈と狭心症が見つかって三回入院した。ベストテンの投票をパスしたのはそれが理由。来年は読書欲が復活して投票にも参加できますように。

浦谷一弘◆ 浅からぬ(?)縁で、本当は千田理緒氏の『五色の殺人者』(東京創元社)と去年ニュージーランドに行った関連でフィン・ベルの『死んだレモン』(創元推理文庫)のレビューを書きたかったのですが、両作ともランク外で残念。千田理緒氏には、是非、女子校ミステリを書いていただけないかなと思っています。

円堂都司昭◆ コロナ禍でイベントが少なくなり、人とリアルで対面する機会も減った。だから、意識してインタビューの仕事を増やした。真面目に話す場面を自ら作らないとバカになってしまう。いずれ取材を軸に一冊まとめられたら、とも思いつつ。

大森滋樹◆ 二〇一三年に刊行した小説が今年、電子書籍化されました。本格ミステリではなく、異世界ファンタジーですが……。しかし、日常の日々がすでにして「異世界」であり、特殊設定もの、異世界ミステリは来年も増えていくでしょう。さらに、世界設定は過酷さをまし、呪縛や不幸となってキャラクターを苦しめるでしょう。純文芸よりエンタメの方が世界の問題に敏感に反応している……。

佳多山大地◆ 今年はコロナ禍のせいで、いつものように新作映画の年間マイベスト5を発表できるほど数を見ておらず。映画館に気楽に足を運べる日常が戻ることを願っています。

笹川吉春◆　悪路も走らなければキャンプもしないのに、ジムニーシエラを注文してしまった。一年待ちを覚悟。来年の今頃は納車されてることを祈ります。

末國善己◆　COVID-19の影響は少なからずありましたが、この時期でなければ生まれず、引き受けもしなかった仕事ができたのは良い経験になりました。編著は城昌幸『菖蒲狂い　若さま侍捕物手帖ミステリ傑作選』を刊行、本書が書店に並ぶ頃には『商売繁盛　時代小説アンソロジー』も発売されていると思います。

千街晶之◆　私が編者を務めた美術ミステリ・アンソロジー『歪んだ名画』が二〇二一年一月に朝日文庫から刊行の予定です。

鷹城宏◆　今年はコロナ禍で全国各地の芸術祭が数多く中止・延期となった。そんな中でも、「ヨコハマトリエンナーレ」と「さいたま国際芸術祭」は見ることができ幸いであった。あと、十二月から始まる「梅田哲也イン別府」も楽しみである。

嵩平何◆　探求書が多いです。所有本と同じで無尽蔵に殖えていきます。そのペースは買う量とも比較にならず、どれだけ本を買っても焼け石に水。このムックのように、一冊読む（買う）たびに欲しい本が百冊増えるのであれば、探求書が指数関数的に増えていくのは必定。って、何かおかしいですか？

蔓葉信博◆　今年は階段から転げ落ちて右肩がうまく動かなくなったり、靴下を履いたらなかに潜り込んでいたアシナガバチに刺されて救急車で運ばれたり、予定外の仕事が予定外に暴れまって夏休みがなくなったり、ほかにもあれこれありまして、ずれ込んだ厄年のような一年でした。来年は落ち着いてミステリが読める日々になるといいなと思っております。

羽住典子◆　柄刀一さんからお声がかかり、コラムにもある北海道ミステリクロスマッチに今年から参加しました。投票だけでしたが、久しぶりに手作り感を味わえてとても楽しかったです。来年は何か寄稿できたらと思っています。早くコロナが終息して、北海道を再訪したいです。

波多野健◆　『網内人』が教えるのは、ＩＴ産業が完全に米中だけの世界になったということ。アベノミクスやってる間にこんなことになったという絶望感。

廣澤吉泰◆　飛鳥高白寿記念出版として『細い赤い糸』が論創社から再刊された。同書は、発売された週に東京堂書店の週間ベストテンで一位となり、飛鳥氏も喜んでおられた。今回の「装幀大賞」受賞も喜んで頂けることだろう。

松本寛大◆　本年より探偵小説研究会の会員となりました。どうぞよろしくお願いいたします。今年は『ゾンビ日本初公開復元版』が観られて感無量。先日発売されたホラー&ダーク・ファンタジー専門誌「ナイトランド・クォータリー」vol.22で『ナイト・オブ・ザ・リビングデッド』を中心にゾンビについて書いていますので、ご興味がありましたらお手にとってみてください。

諸岡卓真◆　九月くらいから少し余裕が出てきて、ミステリゲーム以外にも手を伸ばせるようになりました。いまは『スーパーマリオブラザーズ35』にハマっています。小学生時代に培った知識と経験を存分に活かしています。

横井司◆　新型コロナ禍の自粛期間中、買い込んでおいたヴィヴァルディのオペラを聴きまくろうと思っていたのですが、意外と時間がとれず、いまだに聴けておりません。家にいればいるなりに、細々としたことに気を取られるわけです。

探偵小説研究会（たんていしょうせつけんきゅうかい）

1995 年に創元推理評論賞の選考委員と受賞者らを中心に結成。

おもに探偵小説に関する多面的な研究、評論活動を行っている。

編著に『本格ミステリ・ベスト 100 1975-1994』（東京創元社）、

『本格ミステリ・クロニクル 300』『本格ミステリ・ディケイド 300』（原書房）

などのほか、各メンバーが各紙誌書評、評論活動などで活躍している。

また、2006 年から機関誌『CRITICA』を発行。

2021 本格《ほんかく》ミステリ・ベスト 10

2020 年 12 月 15 日　第 1 刷

編著者 ……………探《たん》偵《てい》小《しょう》説《せつ》研《けん》究《きゅう》会《かい》

装幀・本文AD ……松木美紀
印刷・製本 …………新灯印刷株式会社

発行者 ……………成瀬雅人
発行所 ……………株式会社原書房
〒 160-0022　東京都新宿区新宿 1-25-13
電話・代表 03-3354-0685
http://www.harashobo.co.jp
振替・00150-6-151594

ISBN978-4-562-05878-5, Printed in Japan